치유를 가져다준 일기장의 기적

치유를 가져다준 일기장의 기적

초판인쇄   2023년 12월 11일
초판발행   2023년 12월 15일

지은이   손혜선
발행인   조현수, 조용재
펴낸곳   도서출판 프로방스
기획   조용재
마케팅   최문섭
교열·교정 이승득

주소   경기도 파주시 산남동 693-1
전화   031-942-5366
팩스   031-942-5368
이메일   provence70@naver.com
등록번호   제2016-000126호
등록   2016년 06월 23일

정가 17,500원
ISBN 979-11-6480-346-0 (03810)

치유를 가져다준

일기장의 기적

손 혜 선 지음

P 프로방스

예나 지금이나 남의 글을 읽다 보면 나보다 더 어려운 사람이 써 놓은 글에서 희망과 용기를 얻을 때가 많았다. 그리고 그 속에서 어려움을 극복한 용기와 지혜를 배울 수가 있었다. 그래서 만약에 내가 글을 쓴다면 누군가도 내 글을 읽으며 어려움을 딛고 희망의 노를 힘차게 저어 갈 수 있지 않을까? 하는 생각을 해 본 적이 있었다.

　가족과의 갈등이 심해서 힘든 시간을 보내고 있을 때 상담이 길이라는 생각이 들면서 찾아보기 시작했다. 가까운 곳에서도 도움을 받을 수 있는 여러 가지 길이 있었다. 그 길을 따라 걷다 보니 희망이 보이고 내면의 상처도 보였다. 그 내면의 상처를 있는 그대로 내보이면서 해결의 실마리를 찾기 시작했다. 상처와 직면하는 것이 때로는 아프고 힘들기도 했지만 견디며 치유해 나가기를 결심하고 행복을 향해 천천히 걸었다.

　자랄 때는 가난 때문에 힘들었고, 결혼해서 아들을 키울 때
는 가정폭력과의 전쟁과 불안 속에서 아들들과 살아남기 위해
힘들었다. 그 속에서도 잘 자라준 아들들이 고맙다. 희망을 안
고 신앙생활을 하며 살아온 세월이 헛되지 않았다. 50 후반이
되자 경제적으로도 조금씩 나아지고 조금씩 자유가 오면서 나를
돌아보며 내면 여행을 통해 진정 내가 원했던 삶이 무엇인지 알
면서 나의 삶은 바뀌기 시작했다.

　그래서였을까? 나처럼 살아가는 게 어렵거나 힘들고 아파서
혼자 감당하기 힘이 든다면 우리나라 복지사업 중 하나인 가족
상담이나 심리상담 등의 도움을 통해 충분히 행복해질 수 있다

는 걸 알리고 싶은 간절한 마음이 싹이 트기 시작했다.

그 여정을 뒤돌아보며 이 책을 써 내려갔다. 할 말이 많을 것 같더니 몇 글자 쓰다 보면 할 말이 떠오르지 않고 막혀서 이렇게 힘든 책을 왜 쓰기 시작했나? 싶기도 했다.

그럴 때마다 나의 목적을 상기하면서 일기장과 기억과 영상의 기록을 들여다보며 살아온 인생을 정리해 나갔다. 조금씩 길이 트이고 정리되면서 나의 잘못이 무엇이었는지 어디서 잘못이 있었는지를 알 수가 있었다. 이 글이 가시밭길을 걷는 사람과 주변인들에게 도움이 되기를 바라며 행복에 도움이 되기를 마음 간절히 담아 이 책을 드립니다.

2023년 가을에 손혜선

치유를 가져다준 일기장의 기적

글쓴이는 가족 내 불행의 바다에서 생과 사를 오가는 삶을 살고 있을 때 방송을 통해서 만난 사람이었다. 〈EBS 달라졌어요〉라는 방송 프로그램은 불행한 가족 상황에 놓인 사람들이 무언가 길을 찾기 위해서 절박한 마음으로 찾아오는 곳이다. 세상의 불행은 모두 모아 놓은 듯한 가정들이 대부분이다. 글쓴이의 가정도 마찬가지였다. 드러난 상황은 아들과 남편은 태풍이 부는 바다에 떠 있는 쪽배에서 세상이 끝난 듯 방관하는 모습이었고 글쓴이만 죽을힘을 다해서 노를 젓는 듯한 모습이었다.

인생은 바다라는 무대에서 태어나서 죽을 때까지 수십 편 수백 편의 연극을 만들고 가족, 직업, 이웃, 학교 등 다양한 등장 무대에서 주인공이나 조연 또는 스쳐 지나가는 역할을 한다.

글쓴이는 가족이라는 무대에서 필요한 역할을 하지 않는 남편과 아들을 포기하지 않고 필요한 역할을 하게 하기 위해서 안간힘을 쓰는 상황이었다. 이쯤이면 포기하지 않는 것이 이상하여 오히려 글쓴이가 가족에게 너무 집착하고 있지는 않는지 염려될 정도였다.

하지만 글쓴이의 인생은 숭고한 수행자의 삶이었다. 글쓴이에게 가정은 수행을 하는 공간이었고 가족들은 수행의 삶을 살아가는 데 등장하는 대상이었다.

제 연구소의 슬로건인 '천천히, 조금, 자주, 꾸준히 그리고 다시'이다. 책에서 이 문장을 발견하여서 정말 감사하였다.

글쓴이는

'천천히

조금

자주

꾸준히

치유를 가져다준 일기장의 기적

그리고 다시'를 반복하면서 가족이라는 끈을 놓지 않고 살아온 삶이었다. 글 전체는 수도자의 고통을 수행하는 삶인듯한 상황들이 문장들로 담겨있다.

사람들은 살아가면서 불행을 경험한다. 글쓴이는 불행에 굴복하지 않고 살아왔음을 고백하고 있다.

이 책은 자신의 불행이 감당할 수 없어서 힘들어하는 사람들이 보면 좋겠다. 목적이 있으면 대부분의 불행들은 과정이고 감당할 수 있다.

삶의 목적은 누가 만들어 주는 것이 아니라 스스로 선택할 뿐이다. 그리고 그 목적은 타인의 이해를 바라거나 동의를 구할 필요가 없다. 글쓴이는 스스로 삶의 목적을 만들고 목적으로 길을 만들면서 살아왔고 살아가는 모습에 감동의 박수를 드린다.

최대헌(최대헌드라마심리상담연구소)

감사 인사

이 글이 나오기까지 여러분들이 같이 저와 함께 보폭을 맞추며 걸어주셨습니다. 지면을 빌어 꼭 감사 인사를 드리고 싶은 몇 분이 계십니다.

진원찬 피디님은 가장 가까이서 수많은 격려와 용기를 주셨습니다. 방송을 마무리하던 날, 앞으로도 제가 힘들 때 손을 내밀게 되면 잡아 달라고 부탁드렸을 때 그렇게 해주시겠다고 하신 그 약속을 지금까지 지켜주셨습니다. 중간중간 저에게 많은 것을 가르쳐 주셨습니다. 그림일기 쓰는 방법, 연수와의 대화하는 방법을 알려주셨고 그 외에도 많은 격려로 저에게 힘을 북돋아 주셨습니다. 고맙습니다.

천원석 박사님께서는 저의 국어 스승님이셨습니다. 처음 맹 목적으로 글을 써보겠다고 덤벼들었을 때 제가 쓴 일기를 가지고 글쓰기 기초를 잡아주셨고, 이후로 힘든 일이 생기고 감당하기 힘들 때마다 용기를 주시고 길을 보여주셨습니다. 또한 제가 방송대에 들어가서는 과제물 작성을 비롯해 여러 부족한 부분에서 지도해 주시고 도와주셨던 분이십니다. 잊지 않겠습니다.

최대헌 선생님께선 심리극을 통해 제 상황을 객관적으로 보게 하시고 또 직면할 수 있는 용기를 주셨습니다. 이 과정을 통해 저는 제 가슴속에 쌓여있던 응어리진 눈물을 다 흘려보낼 수 있었고 그동안 혼자 짊어지고 오던 가족의 짐을 죄책감 없이 내려놓을 수 있었습니다.

이호선 심리상담 선생님께서는 저를 묶고 있는 힘든 동아줄을 풀어갈 수 있는 물꼬를 터 주셨습니다. 그리고 그 '엉킨 동아줄'은 8년에 걸쳐 지금까지 풀리고 있습니다. 무엇보다 가장 큰 장애물이었던 아들과의 장벽도 무너뜨릴 수 있었습니다. 너무도 평온합니다.

길은영 선생님께서는 그림 그리기를 통해 30여 년간 저 멀리 벌어져 있던 아들과의 간격을 좁혀나갈 수 있도록 도와주셨습니다. 상담 과정을 통해 아들의 유년기가 회색빛이었으며 그 이후로는 더욱 깜깜한 시절이었다는 것을 알려 주셨습니다. 그러한 아들의 내면의 색깔을 이해하기 시작하면서 조급했던 마음을 내려놓고 아들이 마음을 열고 다가올 수 있도록 기다리는 연습을 많이 할 수 있었습니다. 그리고 지금은 손에 닿을 수 있는 거리까지 좁혀지게 되었습니다. 덕분입니다.

치유를 가져다준 일기장의 기적

마혜경 시인님께 배운 글쓰기 이론과 틈틈이 던져 주신 조언을 통해 이 글의 기초를 이룰 수 있었습니다. 덕분에 글이 많이 자랄 수 있었습니다.

벅찬 육아 중에서도 성심을 다해 출간 기획서 작성을 도와준 친정 조카 지영이에게도 고마움을 전합니다. 두고두고 갚아 나가겠습니다.

마지막으로 부족한 글을 출판해 주시겠다고 선뜻 승낙해 주신 조현수 회장님과 프로방스 출판사에도 감사의 인사를 드립니다.

2023년 10월 가을의 문턱에서

차 례

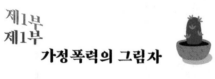

제2부
혼자 고민하지 마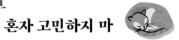

제3부
행복을 찾아

제4부
제4부
일기장의 기적

제1부

가정폭력의
그림자

손녀들과 함께 살기가 시작되고

　하루 내내 뛰어놀다 지쳐 잠이 든 아이들의 머리를 쓰다듬으며 내가 3년 동안 써 놓은 손녀들과의 일기를 읽어본다. 아이들의 자는 모습이 귀엽고 이뻐서 미소를 짓다가 미소 끝머리에 배어 나오는 쓸쓸함을 혀끝에 대어본다.

　2020년 1월 초 어느 날 저녁, 둘째 아들에게서 손녀 둘을 돌보아 달라는 전화를 받았다. 나는 그러겠다고 대답했고, 그렇게 해서 나와 손녀들과의 생활이 시작되었다. 그 당시 손녀들의 나이는 다섯 살과 세 살이었다. 육십 평생 술꾼인 남편의 주정을 참아가면서 아들 둘을 힘들게 키워놓고 이제는 먹고살 만해지나 싶었더니, 다시 나에게 육아의 짐이 지워지게 된 것이다.

처음에는 나도 손녀들도 서로가 살아온 환경이 낯설고 달라서 많이 어색하였다. 하지만 서로에게 익숙해지는 지난 3년 이상의 세월 동안 우리는 수많은 시행착오와 삐걱거림을 통해 이제는 떨어져서는 살 수 없는 존재가 되어 버렸다. 그 과정에서 나는 아이들이 잠든 밤마다 하루하루를 기록해 나갔다. 본래는 내 삶의 담담한 기록인 일기였지만 이제 다시 훑어보니 본의 아니게 손녀들의 육아 일기가 되어버렸다. 그러면서 아이들과의 생활을 글로 남겨두고 늙어서도 돌이켜보고 싶은 욕심이 들게 되었다. 육아 일기는 내가 글을 잘 써서도 아니고 누구에게 읽히기를 바란 것도 아닌, 그냥 내 마음의 끌림이었다. 여기에는 아이들이 커서 "할머니! 우리가 무엇을 먹고 컸나요? 할머니! 우리가 어떻게 자랐나요?" 하고 물어 올 때 그 글을 보여주기 위한 목적과 함께, 배우지 못하고 자란 내가 공부를 하게 되면서 무언가 하나라도 내 노력의 결실을 만들고 싶어 했던 욕심도 한몫한 셈이다.

처음에 이 행복과 아픔을 담담하게 글로 적어서 글쓰기 모임 밴드에 올렸을 때 많은 분이 재미있다, 따뜻하다, 담백하다, 또 올려 달라는 댓글을 올려주셨다. 물론 예의용 댓글일 경우가 많았겠지만 나는 그 댓글들을 보면서 감명을 받았고 계속해서 글을 써 갈 수 있는 용기를 얻게 되었다. 특히 '글이 따뜻하다'라는 댓글은 나를 다시 보게끔 만들어 주었다. 왜냐하면 나 자신이 따뜻함과는 거리가 먼 사람이라고 생각하고 있었기 때문이었다.

어린이집에서부터 유치원 졸업 때까지 손녀 둘과 나는 참 많은 시간을 자연과 함께 보내었다. 손녀들은 유난히도 바깥으로 나가는 것을 좋아했다. 주변을 둘러보니 자연을 많이 접하고 어릴 때 마음껏 뛰어논 아이는 풍성한 추억거리와 더불어 자랄 때 감성이 풍부하고 성격도 좋아 남과 잘 지내는 경우를 많이 보아왔다. 그래서 나도 손녀들을 잘 키우고 싶은 욕심에서 더 자주 바깥으로 나갔던 것 같다.

아이들과 함께 살기 시작한 초창기, 놀이터에서 그네를 타고 놀던 세 살짜리 둘째 손녀가 어린이집 친구가 엄마와 함께 노는 모습을 보면서 "나도 엄마 집에 가면 우리 엄마가 있는데……." 라고 중얼거렸다. 손녀는 엄마와 노는 친구가 부러웠던 마음이었다. 순간 가슴이 뚝 하니 내려앉는 것과 함께 날카로운 칼에 찔리는 듯한 아픔이 파고들었다. 그렇게 손녀들과의 동행은 시작되었다. 여름이면 온 집 주변을 돌며 매미 허물을 찾으러 돌아다녔고, 썰물 갯벌 바다에서 놀다가 밀려오는 밀물을 맞이하러 바다로 달려 들어갔다. 가을에는 해수욕장 해변에 가서 모래놀이를 하며 놀았고, 폭우가 쏟아지는 4월 어느 날 장화를 신고 마음껏 공원을 누비며 놀았다. 그렇게 뛰어놀며 좋아했던 기억, 새하얀 눈밭에서 뒹굴며 소리치며 좋아했던 기억, 비옷을 입고 장화를 신고는 빗속에서 물장구치던 기억, 식물원에서 나비를 잡으려 애쓰던 기억…… 그 외에 자연과 함께 더불어 놀아주었던 날들을 정리해 가던 순간, 나의 머릿속을 스쳐 지나가는 게 있었다. 그것은 내 마음이 무척 편안해졌다는 것이었다. '어라! 이 편안함은 무엇이지?'

치유와 행복

돌이켜보면 나는 초등학교에 입학하기 전부터 엄마를 도우며 살아오느라 어린 시절 마음껏 뛰어놀지 못했다. 그래서 지난 3년 동안 명목은 손녀들과 놀아주기 위한다는 것이었지만, 실은 어려서 놀지 못하고 억눌러 두었던 내 안의 욕구를 채우고 억울함을 해소해 나가는 시간이기도 했었다는 것을 알게 되었다. 지난 3년 동안 온전하고 충분하게 놀았던 것은 나에게 만족감을 주었고 그 과정에서 회복이 되면서 평온함이 자리를 잡아가고 있었던 것이었다. 그것을 깨닫는 순간 '아~~!'하고 내 속에서는 감사의 감탄이 절로 흘러나왔다. 이제 어느 정도 살만할 때 다시 손녀들의 양육을 떠맡으면서 내 인생은 왜 이리 지지리도 복이 없냐고 생각하였는데, 손녀들과의 생활은 실제로는 하늘이 주신 축복이 되어 있었다. 진심으로 감사의 기도가 절로 흘러나왔다.

두 아들을 키울 때는 하루하루가 언제 터질지 모를 폭탄을 품에 안고 살아가는 기분이었다. 언제 아버지와 아들이 치고받고 싸울는지, 언제 남편이 나에게 상을 뒤엎으며 시비를 걸어올지 몰랐기에 항상 눈치를 보며 불안한 상태에서 지내야만 했다. 나는 돈을 벌어야 했는데 마음 놓고 일을 할 수가 없었다. 왜냐하면 언제든지 아들과 아버지가 싸운다는 연락이 오면 집으로 달려가야만 했기 때문이었다. 그래서 나는 일자리도 어느 정도 시간을 자유로이 사용할 수 있는 영업직에 종사할 수밖에 없었다. 하지만 영업직은 판매한 만큼 가져오는 구조였다. 따라서 온 힘을 다해도 성과를 내기 힘든 판에 나는 영업에 집중할 수 있는 상태가 못 되었다. 그러다 보니 일정한 수입이 없어서 우리 집은 늘 전전긍긍 돈에 시달릴 수밖에 없었다. 그러나 지금 둘째 아들은 안정된 직장에서 열심히 일하고 있다. 그리고 큰아들 역시 혼자의 독립된 공간에서 자기 용돈은 스스로 벌어서 살아가고 있다. 그리고 나 역시 돈 걱정 없이 마음 놓고 손녀 돌보는 일에 치중하며 낮에 짧은 시간의 직장 일을 할 수가 있다. 비록 이제 나이가 들어 손녀들을 보면서 일을 하는 것이 만만치는 않지만, 과거에 비하면 참으로 마음이 행복하다.

손녀를 키우면서 말을 안 듣거나 힘이 들면 나도 모르게 소리를 지를 때가 가끔 있다. 그럴 때면 손녀들이 깜짝 놀랐다며 울음을 터트린다. 반면에 손녀들에게 부드럽게 말하면 미안하다고 말하면서 앞으로는 말을 잘 듣겠다고 대답하곤 한다. 그런 손녀들을 보면서 나는 종종 놀라곤 한다. 아이들의 생각과 감정이 이렇게 선명하구나!

늘 자기들 편에 서 있던 내가 가끔 내뱉는 소리에도 아이들이 놀라는데 큰아들과 둘째 아들은 어린 시절에 날마다 술에 취해 혀가 꼬부라진 상태에서 말도 안 되는 언어로 소리치는 아버지와, 소리치는 아버지를 향해 덩달아 소리를 질러대는 엄마 틈에서 얼마나 불안하게 살았을까? 하는 마음이 들곤 했다. 그런 아들들을 생각하면 너무도 미안한 마음이 흘러나온다.

가정폭력의 현장

　아들이 4살 때 아주 어렸을 때의 일이다. 이유는 생각나지 않는데 만취한 남편은 밥상을 부수고 나서 그것으로도 성에 차지 않았는지 벽에 걸린 거울을 주먹으로 내리쳐서 거울이 박살이 났다. 그러자 그 깨진 유리 조각을 입으로 가져가더니 잘근잘근 씹기 시작했다. 그 거울 유리 씹는 소리가 와그작거렸다.

　그때 손상된 치아는 지금까지도 본인을 불편하게 하고 있다. 치아가 약해서 배추김치도 먹을 수 없고 고기도 씹을 수 없다며 가끔 만나는 나에게 불평을 해 올 때가 있다. 그럴 때마다 나는 속으로 '본인이 자초한 지금의 불편을 누구에게 탓을 하는 거야!'라며 지나친다. 남편에게 그 일을 기억하는지 물어보지는 않았지만, 나는 아직도 어제 일마냥 생생하게 기억이 나서 남편이 그런 불평을 이야기해 와도 별 대꾸 없이 지나간다. 말을 해 보아야 본인은 아무런 뉘우침도 없을뿐더러 나와의 말싸움이 되어 버리기 때문이다.

아들들이 유치원 다닐 적에도 남편이 술을 마시고 들어오면 우리는 먹던 밥상을 안 보이는 곳에 숨기기 위해 그 밥상을 들고 도망 다녀야만 했다. 밥상이 뭐라 하는 것도 아닌데 도대체 왜 밥상을 뒤엎는지 알 수가 없었다. 그 때문에 방안의 온 벽에는 내던져진 김칫국물 자국으로 보기 흉하게 얼룩져 있던 기억이 아직도 생생하다. 한번은 아이들을 재우고 밥을 먹고 있는데 남편이 들어오더니 느닷없이 내가 먹고 있던 밥상을 뒤엎고는 나에게로 집어 던져 버렸다. 머리가 터져서 철철 흐르는 피를 수건으로 누른 채 한밤중에 병원 응급실로 달려가 여러 바늘을 꿰매고 온 일도 있었다. 머리의 그 흉터는 아직도 남아 있다. 가끔 미용실에서 "머리에 흉터가 있네요."라는 말을 들으면 그때가 생각나서 쓸쓸한 미소를 짓는다.

옛 어른들 말씀에 밥상 엎는 사람만큼 나쁜 사람이 없고 그 버릇은 빌어먹을 버릇이라고 들었다. 그런데 우리 집에서는 허구한 날 가장이 밥상을 엎으니 속이 뒤집힐 노릇이었다. 사정하고 빌어도 보지만 소용이 없었고 싸움의 빌미만 될 뿐이었다. 밥 못

먹는 것은 차치하고라도 없는 살림에 그릇은 허구한 날 깨어져 나갔고, 뒤엎어진 상과 음식을 눈물을 흘리며 처리하다 보면 한밤중이 되곤 했다.

연수가 7살이던 유난히도 무덥던 여름이었다. 남편은 목수 일을 해서 조금 번 돈으로 초저녁부터 들이부은 술로 인해 혀가 꼬부라져 집에 와 있었다. 소리소리 지르며 오라 가라 가족을 괴롭히는 남편을 피해 나는 두 아들을 데리고 밖으로 피신 나와 남편이 잠이 들면 집으로 들어가려고 대문 밖에서 서성이고 있었다. 그때 우리 집을 지나가던 옆집 아저씨께서 황급히 우리 집으로 뛰어들면서 가스 위에서 이불을 끄집어 내리는 모습을 보았다. 남편이 술김에 이불을 가스에 올려놓고 불을 켜 놓은 채 방에 들어가 버린 것이었다. 남편은 이처럼 술을 마시면 물불을 가리지 못했다. 그런 상황에서 우리는 남편의 가혹한 폭력을 피해 밖으로 피신을 나오는 날이 많았다. 여름에는 집 밖에서 모기와 싸웠고, 겨울에는 추위와 싸우며 어서 빨리 남편이 잠들기만을 기다렸다가 방으로 들어가곤 하였다.

경쟁상대가 된 큰아들

아들이 7살 무렵부터 남편은 어린 아들을 경쟁상대로 생각하였는지 술만 먹으면 어린 아들에게 욕을 하고 주먹 폭력을 행사하곤 하였다. 잠을 자라고 하였는데 자지 않는다고 트집을 잡아 아이의 옷이 찢어지도록 멱살을 잡고는 마구잡이로 때렸다. 그리고 밤새 아이들과 내 이름을 부르며 오라 가라 하면서 잠을 재우지 않기도 했다. 밤늦게까지 혼자서 소리를 치고 떠들어대던 남편이 잠이 들 때까지 우리는 어둠 속에서 불안과 싸우며 기다렸다가 겨우 잠을 자곤 하였다. 어느 날 저녁에는 우리가 밖으로 피신한 사이에 술김에 모든 문을 꼭꼭 잠그고 잠이 들어서 어쩔 수 없이 이웃집에 가서 잠을 잔 날도 있었다.

지금은 파출소에 연락하면 여성 폭력 쉼터가 있어서 도움을 받을 수가 있다. 그러나 그때는 그런 제도가 없었기에 그런 날은 아들들을 데리고 아는 이웃집에 사정해 눈치 보며 하룻밤을 지내야만 했었다.

그때의 기록이 지금 남아 있지는 않지만, 기억은 아직도 생생히 남아 지금 생각하면 아이들에게 정말 미안하고 한편으로는 그 끔찍한 세월을 어떻게 살아왔는지 수치스럽기만 할 뿐이다.

살면서 법에 호소해 볼까도 생각했다. 그러나 같이 안 살 것이라면 이혼이 낫지, 법적으로는 아무 소용이 없음을 알았다. 접근 금지도 말이 먹혀야 효력이 있는 것이고, 치료비도 주머니에 돈이 있어야 받아내는 것인데, 정작 남편 주머니에는 아무것도 없으니 법적으로의 처벌도 아무 소용이 없는 것이다. 나의 몸

치유를 가져다준 일기장의 기적

과 아이의 몸에는 손찌검으로 인해서 얼굴과 몸에 상처가 있어도 그 사람에게는 막무가내였다.

밤새 이어지는 폭력

아들이 8살 때 주택가에 살 때의 일이다. 거의 매일 술을 먹었고, 그 술 때문에 속이 망가져서 속이 아프다고 보양탕을 끓여 달라고 했다. 재료를 사다가 끓이기 시작했다. 이제 5분 후면 불을 끄고 먹을 수가 있었다. 그런데 남편은 그 5분을 못 참고 그 뜨겁고 큰 냄비를 바닥에 내 던지고 난리를 쳤다. 그것도 모자라 부엌문 유리를 손으로 치면서 스스로 손목에 큰 상처를 입었다. 그러고 다음 날 아침까지 나를 잠 못 자게 소리 지르며 밤새 괴롭혔다. 나는 밤새 참았던 울음을 더는 참지 못하고 아침 녘에 터지고야 말았다. 그때 앞집 누군가의 집에서 아침부터 재수 없게 울고 있다며 짜증 내는 남자 목소리가 내 귀에 들렸다.

다세대라 앞집 어느 집의 누구인지도 모르고, 내가 이른 아침에 남의 집에 찾아갈 수도 없어서 속으로만 미안해하며 그날 하루가 지나갔다. 그렇게 하루하루가 힘겹게 지나갔고 내일 일을 장담할 수 없는 바람 앞의 등불 같은 나날을 보내었다.

전화기 부수기

핸드폰이 없던 시절, 남편은 목수라는 직업을 가지고 가끔 일을 나가고 있었다. 며칠만이라도 일을 하고 돈을 가져오면 그나마 살림을 꾸리는데 한숨 돌리겠는데 그러지를 못했다. 하루 이틀 일하고 나면 술을 먹고 와서는 전화기를 던져서 박살을 내었다. 그래야 일을 나오라는 전화를 받을 수 없는 상태가 되어 일을 나가지 않아도 되기 때문이었다. 왜 일을 나가지 않느냐고 물으면 전화기가 없는데 어떻게 연락을 받을 수 있느냐며 나에게 다시 전화기를 사 오라고 행패를 부리며 다그치곤 했다. 그렇게도 일을 하기가 싫을까? 도대체 나는 이해를 할 수가 없었다. 여러 날을 버티다가 나는 또 할 수 없이 몇만 원을 들여 전화기를 사 오면 그때 연락을 받아 며칠 동안 일을 하며 사는 생활도 참 많이 보내고 살았다.

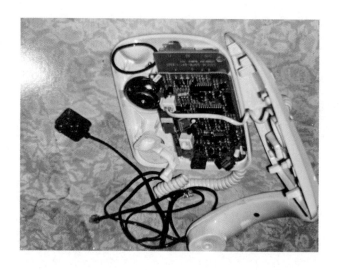

　　　　　　　　　　치유를 가져다준 일기장의 기적

컴퓨터 사주려고

아들이 중학 입학을 앞두고 있을 무렵이었다. 그 당시가 컴퓨터가 대폭 가정으로 보급되기 시작되는 시초였다. 아들이 중학교에 가면 컴퓨터가 필요할 거 같았다. 그래서 어떻게 큰돈을 준비해서 컴퓨터를 사줄 수 있을까를 고민하고 있었다. 가정 형편이 웬만한 집은 집마다 컴퓨터가 있었고, 집에 컴퓨터가 없는 아이들은 컴퓨터가 있는 친구 집에 가서 게임을 하며 놀았다. 그런데 그마저도 힘든 가정의 아이들은 문방구 앞에 있는 게임기 앞에서 해가 지도록 놀거나 혹은 그렇게 노는 아이의 게임을 구경만 하며 방과 후 시간을 보내곤 하였다. 그런데 우리 아이가 바로 그 부류에 속하였다. 아이들이 컴퓨터가 있는 친구 집에 가거나 다른 아이들이 게임하고 있는 모습을 구경하고 있는 모습을 지켜보는 것이 너무도 안 좋았다.

그 무렵 간간이 일을 나가던 남편이 어느 날부터 여러 날 일을 나갔다. 그래서 받아 올 수 있는 돈을 계산하니 일백만 원이 훨씬 넘었다.

그래서 남편과 의논해서 그 돈이 생기면 컴퓨터를 사주기로 약속했다. 남편이 일하는 현장이 가까우면 월급날 그 돈을 받으러 가고 싶었다. 전에도 그렇게 어쩌다 많이 번 돈을 술값으로 다 날리고 빈손으로 들어오는 날이 많았기 때문이었다. 그러나 그때는 차도 없었고, 어떻게 찾아갈지도 막막했다. 더욱이 작업장이 서울이라 가지는 못하고, 집에서 남편이 무사히 돈을 가지고 오기를 기다리고 있었다.

드디어 월급 받는 그 날, 퇴근하고 집에 오니 커다란 오디오가 집에 설치되어 있었고, 남편은 술을 먹고는 그 오디오를 크게 틀어 놓은 채 혼자 춤을 추며 놀고 있었다. 전에도 라디오를 크게 틀어 놓고 그렇게 노는 모습을 본 적은 있었다. 그런데 아예 오디오를 사서 보란 듯이 노는 모습을 보니 기가 막혔다. 아들에게 인심을 써서 조금이라도 아버지의 위신을 세워주고, 아들들이 남의 집에 가거나 길거리에서 놀지 않게 하려고 세웠던 계획이 다 사라져 버렸다.

남편은 혼자 자라서 가족이라는 개념이 없이 오로지 자신밖에 모르고 자랐고 그렇게 살아온 삶이었다. 그래서 어쩌면 마음속에 그 오디오를 본인의 소유로 만들어 맘껏 놀고 싶었는지도 모른다고 생각을 해 보기는 했다. 그래서 본인만의 입장에서는 이 기회에 소원을 이루었을 수는 있었겠다고 이해를 하고 싶었다.
반면 나는 어떤 의지할 기둥도 없이 아이들을 건사하며 하루하루 살아내기에 너무도 힘이 벅찬 나날들이었다. 한창 컴퓨터를 기대하며 모처럼 아버지의 정을 기대하던 아들은 그 일로 크

　　　　　　　　　　치유를 가져다준 일기장의 기적

게 실망했고, 이후 아버지와의 갈등과 불신은 회복될 수 없는 지경으로 접어들고 있었다.

컴퓨터가 생기고

큰아들이 중 1, 둘째가 초 5일 무렵 드디어 컴퓨터를 사주게 되었다. 컴퓨터가 집에 놓이고 처음 컴퓨터를 켜서 게임을 시작할 때 환호성을 지르며 좋아하던 아이들의 모습이 지금도 눈에 선하다. '아들이 저렇게 실컷 놀고 나면 그동안 속에 쌓인 분노나 스트레스가 풀릴까? 아니 그렇게 풀렸으면 좋겠다'라고 생각하며 아이들을 지켜보았다. 그런데 그러한 마음이 20년이 지나 현재까지도 이어질 줄은 당시엔 전혀 상상도 할 수 없었다. 앞으로 얼마를 더 기다리면 게임 앞을 떠나 일어날 수 있는 것일까?

눈물의 기도

아들이 중학생이었을 때, 남편이 저녁 늦게 들어왔다. 아주 많은 술을 먹은 듯했다. 아들들은 자고 있었던 것 같은데 정확한 기억은 없다. 저 멀리서부터 소리치며 나를 부르는 소리가 들려왔다. 내 가슴이 쿵쾅거리기 시작했다. 저 정도면 꼬부라진 혀로 말도 안 되는 엄청 많은 잔소리를 늘어놓고 나를 오라 가라 하며 잠을 안 재울 것이 뻔했다. 어딘가에 숨어야 할 것 같았다. 장롱이 보였다. 장롱 속에 올라가서 이불을 뒤집어썼다. 자칫 들키기라도 하면 한 대 맞을 수도 있는 상태였기 때문이었다. 그런 내 모습을 보니 눈물이 맺혔다. 하지만 크게 소리를 낼 수도 없어서 이불을 뒤집어썼다. 그러자 다시 눈물이 갑자기 왈칵 쏟아지며 하나님을 향해 통곡의 기도가 나오기 시작했다. '하나님 너무 힘이 듭니다. 왜 이렇게 살아야만 합니까?' 하며 눈에서는 눈물이 흘러나왔고, 목에서 나오는 울음은 삼키며 그렇게 한참을 이불속에서 소리 없는 통곡으로 기도하였다.

경찰과 사회에 대한 불신

아들이 고등학생이던 어느 날, 학교 끝나고 들어오는 아들에게 남편이 이유 없이 얼굴에 주먹을 날렸다. 영문도 모르고 얻어맞은 아들은 분노에 휩싸여 곧바로 아버지 얼굴에 주먹을 날렸다. 순식간에 남편의 눈 밑에 달걀만 한 혹이 생겼다. 무섭기도 하고, 우습기도 하고, 큰일 났다 싶었다. 곧바로 남편은 아들이 아버지를 때렸다고 파출소에 신고했고, 경찰 두 분이 왔다. 경찰이 집으로 찾아온 것이 처음 있는 일은 아니었다. 단지 신고 주체가 바뀌었다고나 할까? 그날 나는 평상시와는 달리 아들을 변호했다. 하지만 남편은 막무가내로 아들을 잡아가라고 소리소리 질렀다. 내가 그냥 가시라고 경찰관에게 아무리 말해도 경찰관은 아들을 불러 조사를 하고 수첩에 뭔가를 적어갔다. 나는 거기까지만 알고 있었다.

나중에 안 것은 평소 아버지가 폭력을 하면 아들이 신고하여
경찰이 왔다가도 가정사라고 그냥 가버리던 경찰이, 아들이 아
버지를 때린 것은 잘못한 일이라며 파출소로 데려가서 조사했다
는 것을 알게 되었다. 내가 집에 없을 때 일어난 일이었고 나에
게 말해주지 않아서 전혀 모르고 있었다. 그 사실을 알았을 때
눈앞이 깜깜했다. 그렇게 술에 취한 아버지의 폭력 앞에 마주 선
자신에게 불공평하게 조사하는 것에 대해 아들은 경찰에 대한
깊은 불신을 갖게 되었다. 그리고 그 불신은 단지 경찰이 아닌
세상에 대한 불신으로 굳어지게 되었다.

　　그때 내가 좀 더 현명했더라면 어땠을까? 당시의 상황을 나
혼자 감당하기에는 너무너무 힘들었다. 남편은 그렇다 치더라도
아들에게 잘잘못을 따져서 말하기엔 당시의 연수가 너무나 억울
함과 분노에 차 있었고 이리저리 유야무야 시간이 지나가 버렸
다. 그런 일들이 엄마를 비롯해 세상에 대해 연수의 마음을 닫
게 만들고 있다는 생각을 그때는 하지 못하고 먼 훗날 상담을
받으며 정리할 수 있었다.

틱과 학교생활

초등학교 2학년 무렵, 어느 날부터 아들이 턱을 아래위로 일정한 시간마다 흔드는 모습에 가슴이 덜컥 내려앉았다. 행여 어린 나이에 중풍인가 싶었다. 병원에 가서 진료를 받아보니 마음이 불안하면 나타나는 틱 증상이라고 했다. 그렇게 우리의 일상생활이 불안했으니 그럴 수 있겠다며 의사 선생님 말씀을 이해할 수가 있었다. 그때부터 약을 먹기 시작했다. 약을 먹으니 아이가 힘이 없이 무기력해지기 시작했다. 하지만 그런 모습을 보면서도 틱 증상 때문에 끊을 수는 없었다.

학교에서는 약 부작용으로 인해 쏟아지는 잠을 이길 수가 없어 엎드려 자는 날이 많았다. 어느 날은 아무런 이유도 없이 수업 도중에 그냥 집으로 오는 날도 있었다. 선생님께서는 그러한 아들을 위해 어항을 구경하며 놀게도 하게 해주시는 등 나름 마음을 다해 보살펴 주셨다. 그런데도 나는 종종 학교에서 호출을 받아서 불려 가야만 했다. 그때 불려 간 이유가 지금은 구체적으로 기억나지는 않는다. 하지만 여러 번 불려 간 걸로 기억된다. 지금 한창 정신없이 뛰어노는 큰 손녀를 보고 있노라면 내 아이는 저만할 때부터 벌써 친구 사귀기가 힘들었었구나! 하는 생각이 들며 순간 불쌍한 마음과 함께 그 마음을 알아주지 못한 것에 대한 미안한 마음이 일어나곤 한다.

그날은 초등학교 운동회날이었다. 아들이 어떻게 친구들과 어울리는지 보려고 뒤에 서서 보고 있었다. 아들은 아이들과는 떨어진 채 맨 뒤에서 혼자 놀고 있었다. 친구들과 어울려 놀지 못하는 아들의 모습을 보며 무척 안타까웠다. 그런데도 딱히 엄마로서 어떻게 할 방법을 찾지도 못하고 남편으로부터 아들을 보호하지도 못했다. 오직 먹고 살기 위해 일하면서 세월을 지나온 것 같다. 그렇게 아들은 학교 끝나고 집에 오면 엄마가 없는 집에서 아버지에게 일방적으로 손찌검을 당하거나 이유 없는 욕을 들으며 불안과 분노 속에서 자랐고, 학교에서의 생활은 약으로 인한 졸음으로 공부에는 흥미를 잃었고, 무엇보다 가까운 친구 하나 없이 혼자만의 세계에서 지내고 있었다.

남편의 아내폭력

남편의 직업이 목수였던 탓에 일할 때 쓰는 연장이 집에 있었다. 한번은 무슨 이유인지 생각이 나지는 않는데 남편이 커다란 톱으로 내 등을 때려서 상처가 여기저기 생겼다. 그 외에도 수시로 나를 때려서 상처가 여기저기 생길 때가 많았다. 때로는 식칼에 맞아 다치기도 했는데 이를 지켜보던 아들이 아버지와 엄마와의 싸움을 말리려다 같이 다치기도 하였다. 나는 이러한 남편의 무자비한 폭력으로 생긴 상처들을 두꺼운 화장으로 덮은 채 영업을 위해 사람들을 만나러 다녔다. 하지만 몸에 난 상처보다 마음에 입은 상처와 그로 인한 수치심으로 인해 늘 지옥 같은 나날이었다. 하지만 그 와중에도 먹고는 살아야 했다. 아이들을 굶길 수는 없었기에 제품을 하나라도 팔기 위해서 억지웃음을 지으며 그 마음을 억누르려 애썼던 기억이 남아 있다. 그 뒤로는 칼을 비롯해 흉기가 될 수 있는 것들은 불편해도 당장 눈에 띄지 않게 숨겨놓고 사용했다.

치유를 가져다준 일기장의 기적

알코올 병동 입, 퇴원

술의 폐단

어느 날, 남편이 술을 먹으며 친구들과 어울려 놀면서 학교가 끝난 아이들이 집에 있는데도 불구하고 포르노 영화를 보았다는 사실을 뒤늦게 알았다. 정말이지 아이들을 제대로 키울 수나 있겠는지 너무도 암담했다. 술에 취해 아들에게 욕하고, 주먹질하고, 말을 안 듣는다고 친구와 같이 나무에 거꾸로 매달아 놓고 때렸다. 이 일은 나중에 아들을 통해 알았다. 그런 폭력에 무방비로 노출된 채 살아오던 아이는 어느 순간부터 아버지를 자기 손으로 죽여버릴 것이라고 말하기 시작했다. 남편은 긴 세월을 알코올 병동에서 살았고, 그러다 잠시라도 퇴원해서 집에 오는 날이면 강하게 눌렸던 스프링이 더 강하게 튀어 오르는 것처럼, 온 가족에게 폭력을 가했다. 그러면 그것을 이유로 다시 병원에 입원시키는, 그야말로 끝없이 되풀이되는 무간지옥의 세월을 나와 아이는 살아야만 했다.

닭 병 걸린 듯

남편이 한창 술을 많이 마실 때의 일이다. 보통 술을 먹게 되면 대개가 몸을 가누지 못할 정도로 마셔댔다. 그러던 어느 날, 퇴근하고 집에 오니 남편은 들어오던 나를 힐끗 보고는 비틀거리며 나에게로 다가오다가 펄썩 주저앉았다. 그러면서 풀린 눈동자로 다시 나를 올려다보려고 하다가 닭이 병에 걸려 머리를 땅바닥에 콕 박는 것처럼, 갑자기 머리를 방바닥에 콕 박으며 쓰러졌다. 그 상태로 잠시 몸을 뒤척이던 남편은 약간의 시간이 지난 후, 간신히 몸을 일으킨 후 비틀거리며 화장실로 향했다. 하지만 화장실에 들어가지도 못한 채, 옷 입은 그대로 변을 내보내고 있었다. 곧이어 악취가 온 방에 진동하기 시작했다. 그 상태로 다시 쓰러져 몸에 뭉칠하던 남편은 나와 아이들을 향해 혀 꼬부라진 상태로 욕설을 퍼붓는 것이었다. 차마 눈뜨고, 귀를 열고 볼 수도 들을 수도 없었다. 나와 아이들은 그런 남편을 등진 채 서로 부둥켜안고 벌벌 떨며 바라보고 있을 수밖에 없었다.

치유를 가져다준 일기장의 기적

그런 생활 속에서 몇 날 며칠을 누워 굶었다가는 다시 일어났다. 마치 굶으면서 해독하는 원리처럼 몇 날 며칠을 자고는 회복하고 살아나기를 반복했다. 일어나면 배가 고프니 다시 소주를 마신다. 당장 허기를 메꾸는 방법이었다. 소주 한 병이 밥 한 그릇과 맞먹는다는 말이 맞는 것만 같았다. 밥 안 먹어도 죽지 않고 그렇게 해서 회복되기도 하고 다시 취해서 인사불성이 되기도 하는 세상을 살았다.

술을 먹지 않았을 때의 남편은 순한 양 같았고 갓 시집온 새색시 같을 때도 있었다. 누군가가 그게 알코올 중독자의 특징이라고 말했다. 억압된 자신을 감당하지 못해 알코올에 의지하기 때문이란 것도 그때는 몰랐다.

어느 순간 도저히 이대로 살 수는 없다고 생각했다. 여성 가장이 되겠다고 단단히 마음을 먹고 더는 바닥은 없다고 다짐했다. 그리고 화려한 복수의 꿈을 간직했다. 두 아들을 잘 성장시켜서 반듯하게 사회로 내보내겠다는 각오였다. 그러고는 자존심을 내려놓은 채 주변 어른들과 소개받은 정신과 선생님과 상의 후 남편을 알코올 병동에 입원시키기로 했다. 그러나 막상 입원시키려니 병원비가 문제였다. 한 달 병원비가 우리 한 달 생활비와 비슷하게 들어가서 도저히 엄두를 낼 수가 없었다. 그럴 무렵 출석하고 있던 교회 어르신께서 동 사무소에 우리의 사정을 알려서 기초 생활 대상자가 될 수 있었다. 그때부터 병원비를 지원받을 수 있어서 그에 대한 부담이 줄어 남편을 입원시킬 수가 있었다. 그렇게 남편을 입원시키고 나니 늘 불안했던 생활에 안정이 찾아오고, 덩달아 마음이 조금씩 편해지기 시작했다.

그런데 안 되는 사람은 무엇을 해도 안 되는 법이라도 있는가 보다. 오래지 않아 병원 법이 개정되었다며 퇴원해서 데려가라고 연락이 왔다. 1년 이상은 강제 입원이 허용되지 않았다고 했다. 나는 알코올로 인해 겪는 가족의 아픔을 모르는 사람이 만든 법이라며 분개하고 항의도 하고 빌어도 보았지만, 바위에 계란을 던지는 격이었다. 병원에 있는 동안에는 어느 정도 차도를 보이던가 싶던 남편이 퇴원하고 집에 들어서면서부터 어느 틈에 소주를 병째로 마시고는 병을 감추며 수돗물을 안주 삼아 먹고 있었다. 같이 들어왔는데, 가게에 간 적도 없는데, 돈은 어디서 나서, 또 어느 틈에 소주를 샀는지 도대체 알 수가 없었다. 그렇게 술이 한번 들어가면 눌러놓은 스프링이 튀어 오르듯이 그동안 눌러놓은 폭력성이 튀어 올라와 남편이 휘두르는 주먹과 막말로 내뱉는 언어로 인해 금방 온 집안이 쑥대밭이 되어버렸다. 반복된 입원과 퇴원. 그런 생활이 되풀이되면서 세월은 흘러갔고, 그 와중에도 아이들은 커가고 있었다.

치유를 가져다준 일기장의 기적

어머니 잘못이 아니에요!

큰아이 연수는 중학생이 되어도 여전히 친구들과도 잘 지내지 못했고 학교생활에 어려움이 많았다. 그래서 진로 검사도 할 겸 현재 심리상태를 파악하기 위해 이 방면에서 유명한 박사님을 소개받고 서울로 상담하러 찾아갔다. 그곳에서 그림 심리상담과 함께 블록을 이용한 검사도 진행했던 것으로 기억된다. 아들이 그린 그림은 무엇을 그린 것인지를 알 수가 없었고 내 눈에는 마치 정체 모를 괴물로만 보였다. 여러 검사 후 박사님께서는 아들은 혼자서 일을 할 수 있는 직업을 가지면 좋을 것이라며 검사 결과를 말씀해 주셨다.

상담을 마치고 조금은 무거운 마음으로 상담실을 나서는데 사무 보시던 여선생님께서 "어머니 잘못이 아니에요!"라며 내 뒤에서 큰 소리로 말하는 소리를 들었다. 그 당시 내 가슴에는 모든 잘못이 나에게 있는 것 같아 죄책감이 무의식으로 마음을 억누르고 있었다. 지금은 어찌 보면 다소 진부하게 들리기도 하는 '내 잘못이 아니다'라는 그 말은 지금까지도 내 가슴에 남아서 마음이 힘들 때마다 위로와 격려의 언어로 나에게 힘이 되어주고 있었다.

그날 상담을 끝내고 어두울 무렵 집에 오니 사고가 나 있었다. 만취한 남편이 냉장고 문을 칼로 찍어 난장판을 만들어 놓은 것이었다. 한두 군데가 아니었다. 냉장고 문 전체에 빈틈없이 빼곡하게 칼로 찍은 자국이 선명히 찍혀 그대로 있었다. 아들과 내가 보이지 않으니 어디로 도망간 줄 알고 화풀이를 한 모양이었다. 엄마 마음으로 아들을 잘 키워 보겠다고 서울까지 가서 검사와 상담을 하고 왔는데 남편은 이렇게 집안을 난장판으로 만들어 놓다니……. 너무도 참담했다. 혼자 감당하기에는 너무도 억울했다. 그래서 가까이 사시는 시누이에게 알렸다. 시누이는 고모부와 함께 오셔서 현장을 보고 여러 가지 이야기를 하고 가셨다.

중학 등교 첫날

연수가 중학교에 입학하던 날이었다. 남편이 밖에 나갔다가 집으로 오더니 연수의 교복 속에 입었던 조끼와 넥타이를 손으로 쥐어 잡고는 갑자기 가위로 싹둑 잘라버리는 것이었다. 그리고 이어 아이 방의 컴퓨터 선마저 잘라버렸다. 그것도 손을 써서 고칠 수 없게 본체 바로 뒤에서 잘려 나갔다. 공부는 안 하고 게임을 한다는 것이 그 이유였다. 느닷없이 아빠에게 일격을 당한 아들은 컴퓨터 선이 잘리는 순간 눈이 뒤집혔다. 아이도 아빠의 멱살을 잡고 고함을 치며 같이 흔들어대기 시작했다.

이 무렵 아들은 이미 덩치 면에서나 힘에서도 아버지에게 뒤지지 않을 정도로 커 있었다. 초등학교 다닐 때는 아들이 일방적으로 맞기만 해서 나는 아이 편에서 싸움을 말려야 했고, 그러다 보니 남편과 나와 아들, 세 사람의 싸움이 되었다. 하지만 이제는 힘으로 아빠와 맞설 수 있을 정도로 자라 있었다. 두 부자가 서로 멱살을 잡고 욕설을 퍼부으며 뒤엉켜 싸우는 모습, 그 모습은 사람의 모습이 아니었다. 두 괴물의 싸움이었다. 그리고 둘이 질러대는 고함과 욕설은 괴물들이 질러대는 비명 같았다. 이제 아들 대신 맞아줄 수도 없게 되었다. 아니 이제 자칫하면 반대로 남편을 대신해 아들에게 맞을지도 모르겠다는 생각이 들었다. 아들은 이렇게 점점 더 거칠어지고 황폐해져 가고 있었다.

가정폭력의 근원

폭력을 당하고 자란 아들 역시 폭력에 둔감해질 수 있겠다는 생각이 들었다. 반드시 내 대에서 폭력만은 끊겠다고 마음을 굳게 먹었다. 지인에게서 폭력 상담소가 있다는 말을 듣고 찾기 시작했다. 그때는 인터넷이 지금처럼 발달하지도 않았고 더욱이 나는 인터넷과는 거리가 먼 생활이었기에 무턱대고 114로 전화를 걸어 물었다. 안산에는 없고 수원에 가정폭력 상담소가 있다는 응답을 받을 수 있었다. 남편이 집에 없는 날, 미리 전화로 약속을 한 뒤에 상담소를 찾아갔다. 상담의 목적은 가정폭력의 대물림을 아들 대에서는 반드시 끝내는 것이었다. 그렇게 나는 상담사님의 도움을 받아 할아버지와 아버지, 그리고 아들의 폭력이 어디서 나오는지 찾아가기 시작했다.

문제 해결에 대한 기대와 설레는 마음을 안고 처음 만난 심리상담 선생님은 크지 않은 키에 무척 성실하고 친절해 보였다. 얼굴을 보는 것만으로도 문제가 반은 해결된 듯한 신뢰를 주는 선생님이셨다. 나는 내가 처한 상황과 생각과 감정을 솔직하게 털어놓기 시작했고, 여러 가지 질문을 받으며 상담을 받기 시작했다. 선생님은 아들의 상태도 보시고 여러 가지 심리 검사도 하였다. 아들에게는 지금 갖고 싶은 것이 무엇인지 물었다. 무슨 비싼 장난감인지 게임이었던 것 같다. 수차에 걸친 상담을 통해 가족 간에 뿌리내린 폭력의 근원에 대해 찾아가기 시작했다. 내 안에 이렇게 많은 이야기가 숨어 있었나 싶을 정도로 현재의 남편 상태와 시아버지 이야기들이 쉴 새 없이 쏟아져 나오기 시작했다.

가정폭력의 뿌리

시아버님 역시 술을 좋아하셨다. 아니 미쳐있었다는 표현이 더 정확할 것이다. 시아버지는 가족을 전혀 돌보지 않았다. 그래서 결국 남편이 5~6세 무렵 시어머님은 배고픔을 해결하기 위해 재가를 가셨다고 들었다. 그러다 보니 어린 남편은 친척 집에서 눈칫밥을 먹으며 자라야만 했다. 실제로 부모님이 모두 생존해 계심에도 불구하고 남편은 고아처럼 자란 것이었다. 시어머님은 재가한 후 섬으로 떠났다가 예수님 믿고 구원을 받은 뒤 불쌍한 아들이 생각나 찾아서 만나 지금까지 산다고 들었다. 남편이 5~6세 때 헤어졌다가 몸과 마음이 다 성장한 22살 무렵에 아들과 엄마가 만난 것이었다. 이 당시 일주일에 한 시간씩 받았던 상담은 내가 그 지옥 같은 삶을 포기하지 않고 견딜 수 있는 버팀목이 되어주었으며, 징검다리와 등대 역할을 해주었다.

주어진 기간의 모든 상담이 끝나고 난 후 상담 선생님은 그동안의 상담 자료를 가지고 말씀해 주셨다. 머리로는 이해가 되었지만 너무나 어이가 없었다.

엄마가 떠나고 아버지와 살았지만, 가정과 자식을 책임지지 않는 아버지를 가까이 두고 친척 집에서 고아처럼 자란 것이 원인이라는 거였다. 남편의 몸은 성인이 되었으나 정신세계나 무의식 속에는 성장하지 못한 그대로 3살짜리에 머무른 어린아이 상태라는 것이었다. 성인이 되어 물리적인 힘만 세어진 아버지의 내면 아이가 분노의 주먹을 아들에게 휘두르고 있다는 것이었다. 정말이지 아버지와 아들의 싸움을 보면 어린애와 똑같을 때가 많았다. 그때 엄마라는 자리가 얼마나 얼마나 중요한지 크게 느꼈다.

결혼한 뒤 남편의 내면 아이는 아내인 나를 엄마처럼 여기고 살다가 남자아이가 태어나서 성장하자 엄마에 대한 그림자가 두려움이 되어 또다시 엄마를 빼앗길까 봐 아들을 학대하고 있다는 거였다. 어릴 때 신 같은 존재였던 엄마로부터 버림받거나 학대받은 상처는 무의식 바다의 가장 밑바닥에 가라앉아 본인도 모르게 자신을 괴롭히며 자기보다 약한 사람을 학대한다는 것이었다. 가정폭력의 근원이 이렇게 무의식 속에 숨어 있었다. 선생님의 말씀을 들으며 주 양육자로서의 엄마라는 자리가 얼마나 중요한 것인지 아주 크게 다시 내 가슴에 와 남았다.

이제 남편의 그림자를 보고 상태를 알았으니 길을 찾아야 했다. 수원 가정폭력 상담소와의 무료 상담 기간이 만료되어 새로운 유료 상담자를 소개받았다. 그 당시 회당 50분 상담료가 13만 원. 가까스로 먹고 살아가는 나에게는 엄청 큰돈이었지만 아끼지 않았다.

상담은 '엄마가 편안해야 아이도 편하다'라는 주제로 시작되었다. 어머니 교실 수업도 참여했다. 좋은 엄마는 컨테이너가 되어야 한단다. 컨테이너는 넓어서 모든 것을 담는 것처럼 좋은 엄마는 모든 것을 담는 사람이라는 거였다. 초등학생인 큰아들과 아버지가 싸우고, 그걸 말리는 엄마와 아버지가 날마다 싸우는 가정환경에서 불안한 나날을 보내야 했던 아이는 산만할 수밖에 없었고 그 때문에 늘 야단맞기가 일상이었다. 그렇게 불편하고 불안한 아이의 환경을 인식 못 한 채 이 못난 엄마는 아이를 혼만 내기만 했지, 아이를 껴안고 인정해 주지 못했다는 것을 알기 시작하면서 아이를 향한 미안함과 죄스러움에 눈물이 나기 시작했다. 전철 타고 오갈 때도, 혼자 있을 때도 수시로 눈물이 났다.

그 뒤로 나는 무엇보다 내가 먼저 행복해지려고 노력하기 시작했다. 엄마인 내가 편해야 가족이 편하다는 말이 내 가슴에 박혔다. 걱정거리가 생겨도 덜 걱정하려고 애를 썼다. 매사를 긍정적으로 바라보며 주어진 환경에 적응하던 나였지만 더욱더 생각을 많이 바꿔 나가기 시작했다. 그러나 환경이 기적처럼 좋아지는 것은 아니었다. 남편의 거듭된 입 퇴원과 가중되는 병원비, 그리고 퇴원 후면 어김없이 반복되는 알코올로 인한 가정폭력은 여전히 가족이 마음 놓고 살아갈 수 없게 만들었다. 상처받은 아이의 감정을 세심하게 살피며 아이의 모든 것을 담고 돌보아야 했지만, 당시에는 아이의 마음 상태까지 돌볼 여유가 없었다. 우선 당장 살아남아야만 했다. 그리고 나 역시 마음 둘 곳도 없었다.

그런 와중에도 심리상담은 여러 곳을 스쳐 가며 진행되었다. 나무를 접목해서 개량하듯이 상담을 통해서 내가 처한 현실을 이해할 수 있는 이론들을 하나씩 배우고 알아갈 수 있었다. 하지만 그 이론들은 당시까지는 실생활에의 응용과 접목까지는 이를 수가 없었다. 이후 서서히 상담을 통해 알게 된 것들을 통해 현실을 변화시키기 위한 힘을 조금씩 비축해 나갈 수 있었다. 가정폭력 앞에서 한 치 앞도 보이지 않았던 아들의 중학교 시절이었다. 집은 보금자리가 아니라 지옥 같은 곳이어서 밤사이에 누가 다칠지 예측하기 어려운 시절이었다. 그때 내가 불렀던 복음찬송가가 있었다. '내일 일은 난 몰라요. 하루하루 살아요. 불행이나 요행함도 내 뜻대로 못해요. 험한 이길 가고 가도 끝은 없고 곤해요. 주님 예수 팔 내미사 내 손잡아 주소서 내일 일은 난 몰라요. 장래 일도 몰라요. 아버지여 날 붙드사 평탄한 길 주옵소서~~~.' 이 노래를 부르며 하루하루 내일을 향해 버티어 나가던 때도 있었다. 나에게 더 이상의 바닥은 없다며 오기와 독기를 가슴에 안고 오뚝이처럼 다시 일어나서 걷고 뛰었다.

분가와 자살 시도

그때가 2013년 무렵이었다. 이제 더는 한 지붕 아래 남편과 아들이 같이 살게 할 수는 없다고 생각했다. 급한 대로 방을 얻어 연수를 분가시켰다. 보증금 이백만 원에 월세 이십오만 원짜리 방을 얻어 책상과 컴퓨터, 그리고 간단히 밥해 먹을 수 있을 정도의 간단한 식기구들을 마련해 주었다. 대신 자기의 용돈은 벌어서 쓰라고 일렀다. 처음에는 본인도 홀가분 해하며 신나는 것 같더니 결국 몇 달 못 가서 사고를 치고 말았다. 어느 날 저녁 무렵 나를 오라고 불렀다. 아들은 내가 들어오는 발자국에 맞추어 전기선으로 목을 묶어 가스 밸브에 목을 매달고 있었다. 자살 시도를 한 것이었다. 그 모습을 보는 나는 기가 막히고 무서웠다. 자살할 준비를 해 놓은 다음 엄마를 부른 이유를 알 수가 없었다.

그날 밤 신고를 받고 출동한 119 구조 대원이 우리를 큰 병원 응급실로 후송하였다. 목에 상처가 났을 수도 있다며 병원에서는 여러 가지 검사를 하였다. 진정제를 맞고서야 사고의 경위를 설명해 주었다. 그 뒤 아들 마음이 진정된 후 새벽녘에야 집으로 올 수가 있었다. 119에 신고되어 자살 센터에 자동으로 접수가 되었다. 언제 또다시 무슨 짓을 할지 몰랐다. 어찌 되었건 한마디로 나는 혼이 나갔다. 겁이 덜컥 났다. 그래서 할 수 없이 이번에는 아들을 집으로 불러들이고 남편을 아들의 방으로 분가시켰다. 그렇게나마 부자간의 싸움은 일시적으로 막을 수 있었다.

치유를 가져다준 일기장의 기적

가족이 뭐길래?

분가 후 남편은 그곳에서 더욱더 자유롭게 술을 먹기 시작했다. 비록 우습게 여기는 마누라일망정 어느 정도 제재가 되었는데 어쩌다 그 방에 가 보면 어디서 돈이 났는지 방바닥 가득 술병이, 그것도 양주병들이 늘어져 있었다. 밥은 안 먹고 그 독한 양주를 마셔대서인지 몰골이 사람이 아닌 송장같이 보였다. 행여나 죽었나 싶은 마음에 확인하러 들어가면 남편은 나를 향해 손가락질로 온갖 욕을 퍼부었다. 그때 문자 그대로 '속이 썩어 문드러진다.'라는 말의 의미를 온몸으로 알 수 있었다. 정말이지 내 몸과 마음은 썩어가는 듯했다. '아! 내가 이렇게 마음이 썩어가는구나!' 무서웠고 서러웠다. 그 이후로 더더욱 욕을 듣기 싫어졌다.

그 무렵 친정 큰오빠께서는 암으로 투병 생활을 하고 계셨다. 병원에서는 죽을 날짜까지 알려준 상태가 되었다. 그래서 남편에게 "살아서 못 가더라도 돌아가시면 장례식장에라도 가야 하니 술을 그만 먹고 정신 차리고 있으라."하고 여러 번 일러 주고 있었다. 그런데 막상 부고를 받고 집에 가 보니 남편은 술에 취해 일어설 수조차 없는 상태가 되어 있었다. 평소에 동생 남편이라고 남편을 끔찍이 사랑해 주신 오빠이셨는데, 술 때문에 그 오빠의 마지막 가는 길마저 외면해 버린 남편이었다.

자율 입원하려고

어느덧 자신보다 훌쩍 커버린 아들과의 다툼에서 이기기는커녕 이제는 함부로 시비도 걸 수 없게 되자 남편은 차라리 이혼해 달라고 나를 조르기 시작했다. 하지만 나는 엄마로부터 한번 버림받은 남편을 내가 다시 한번 더 버릴 수 없다는 생각에 어떻게든 이혼만은 하지 않고 버티며 살았다.

하지만 분가했는데도 홀로 살아갈 방도를 찾기는커녕 여전히 술로 세월을 보내고 있었다. 가끔 찾아가 보면 산 송장처럼 누워 있었고, 어쩌다 일해도 본인이 쓸 생활비마저도 제대로 챙기지 못하는 남편이었다. 결국 남편이 그토록 원하던 이혼 도장을 찍고 남편에 대한 모든 법적인 책임을 내 손에서 놓기로 했다. 이혼을 하게 되면 마음대로 병원 출입이 가능한데다 보조금을 타는 병동 사람들을 보고 나에게 요구하는 것이었다. 그래서 서류를 갖추어 그토록 본인이 원하던 이혼 도장을 찍어 주었다.

그렇게 법적으로 남이 되어서였던지 그 뒤부터 아들의 마음이 좀 가라앉아 보였다. 남편이 원하는 대로 다 해준 것이었기에 나도 남편에 대한 책임감이 없어지며 다소 홀가분한 마음이었다. 도대체 가족이 뭐길래 그동안 두 살림을 꾸리느라 힘들었는데 이제 아들만 직장을 나가면 내가 한 씨름 놓을 수가 있을 것 같았다. 머리가 커진 아들은 엄마와 아버지와의 법적 끈이 놓이자 마음의 안정을 보이기 시작했다. 주변에서도 잘했다고 한 씨름 놓았다고 좋아했다. 그런 도중에도 나는 심리 상담의 끈은 놓지 않고 잡고 있었다.

집안에 갇힌 아들

20살이 되어 성인이 되면 밖으로 쫓아낼 거라고, 법적 보호 나이까지만 엄마가 같이 살게 할 거라고 늘 말했다. 그런데 아들은 나이가 들어도 일을 나갈 생각도, 일을 배울 생각도 없어 보였다. 아니 아예 밖으로 나갈 생각도 하지 않는 것 같았다. 그렇다고 내가 힘이 부족하니 억지로 내쫓을 수도 없었다. 제발 밖으로 나가서 일이 아니라도 좋으니 무엇이든 하라고 닦달하는 것이 정해진 일과였다. 그러나 나의 애끓는 애원은 아들에게는 아무 의미도 없는, 벽에 부딪혀서 허공으로 사라지는 소음 같은 것 같았다.

어릴 때는 날씬하고 멋있던 아들이 신경과 약을 먹으면서 그로 인한 부작용으로 살이 찌기 시작했다. 이제 덩치로는 내가 감당할 수가 없을 정도였다. 이제는 무서운 마음이 들기 시작했다. 어쩌다 공공 근로 취업을 나갔다가도 그나마도 며칠 안 되어 때려치우고 원상으로 돌아오기가 바빴다. 나는 일을 하다가도 아들만 생각하면 걱정으로 한숨만 쏟아졌다. 뭐라고 한마디 말만 하면 싸움이 되고, 갈등은 더욱 쌓여만 갔다. 밖으로 나가야만 산다고 설명해도 알아듣는지 말을 못 알아듣는지 알 수 없는 상태에서 나 혼자 애태우며 살고 있었다.

남편에 대한 생계는 더 책임지지 않아도 되었다. 그렇지만 아들은 직장이 없으니 내쫓을 수도, 그렇다고 내가 집을 나갈 수도 없는 상황이 되었다. 나도 서서히 지쳐가고 있었다. 어떻게 해야 아들과 소통하며 오순도순 행복하게 살 수 있는지, 소통이 안 되는 원인을 알고 싶은 마음만 가슴에 가득 차 있었다.

이를 점입가경이라고 하는 것인가! 집에서 놀 바에는 그나마 곱게 놀면 좋은데, 어느 순간부터 아들은 게임 속에서 뭔가를 사느라 내 핸드폰으로 결재하기 시작했다. 내가 손에서 잠시 핸드폰을 놓은 사이를 노려 아들은 게임 결재를 하였고 그것은 다음 달이 엄청난 요금의 고지서가 되어 달마다 날아오기 시작했다. 그 때문에 아들과의 충돌은 더 자주, 더 크게 일어났다. 고지서를 가지고 아들에게 화를 내면 일을 해서 갚을 것이라면서도 일은 나가지 않았다. 그러면서 나는 일을 나가서도 아들의 끼니 걱정을 하고 있었다. 진작에 독립해 나가 살던 둘째는 가끔 집에 오면 그런 나를 많이 못마땅해했다.

독립을 위한 갈등

　모든 동식물은 성장하면 어미 곁을 떠난다. 사람도 자녀를 잘 양육해서 독립시키는 게 부모의 역할이다. 그 자녀의 독립이 내게는 왜 이렇게 어려울까? 아들이 떠나지 않으면 내가 그냥 떠나면 된다고 계속 이야기하는데 그게 어렵다. 그 발목을 잡는 마음은 무엇 때문일까?

　그동안은 아들과의 독립문제를 혼자 생각으로만 살다가 어느 순간부터는 몇몇 지인들과 의논하면서 살아가고 있는데 결국 결정은 내가 내리는 것이다. 교육을 받고 책을 읽으면 고개가 끄덕여지고 이해가 가는데 정작 결정을 냉정하게 내리고 행동해야 할 시점에는 행동에 들어가지 못하고 있는 걸 느낀다. 모두가 내가 뿌린 씨앗이고 열매인데 회피하고 있는 것 같다. 맨날 과감하

치유를 가져다준 일기장의 기적

지 못하고 아들에게 쩔쩔매는 나 자신이 한심했다.

매일 바쁘게 살면서 여유롭게 시간을 갖지도 못하고 살아서 어떤 날은 마음 먹고 푹 자거나 쉬고 나면 정신이 맑아지기도 했다. 짧은 시간 자면서 일을 하는 내 모습을 보면 나 자신을 소중히 여기지 않는 모습같이 느껴지기도 했다. 어느 때부터인가 내가 나를 사랑해야 살 수 있다고 스스로 계속 메시지를 받고 있었다. 도대체 아들과 나 사이에 무엇이 있기에 이토록 아들이 떠나지도 못하고 나는 아들을 독립되게 떠나보내려고 애를 쓰는데도 왜 독립이 이루어지지 못하는 걸까?

혼자 살며 재활센터에 다니면서 나름 자기 혼자 생활할 정도의 돈은 벌던 아들이 얼마 전에 생활비와 고시원비 달라는 전화를 걸어왔다. 월급 받은 돈을 게임으로 다 써버렸다는 것이다. 마음을 모질게 먹고 안 보내주었다. 언제까지고 나에게 의지하게 할 수는 없기 때문이었다. 적어도 먹고, 자고, 입는 것 정도는 자기 힘으로 벌어서 생활을 할 수 있게 하기 위해서는 내가 돈을 주는 것부터 중단해야 한다고 생각했다. 그런데 다음 날 아들이 문자를 보내왔다. 인터넷에 올려져 있는 예전 방송 찍었던 영상들과 거기에 달린 댓글들 —주로 아들에 대해 안 좋게 이야기하는, 그중에 심한 욕도 있었다.— 을 처리해 달라는 것이었다. 가슴이 덜컥 내려앉았지만 애써 무시했다. 왜냐하면 얼굴을 안 보고 사니까 대거리할 일은 없지만, 자신의 마음에 내가 조금이라도 마음이 들지 않으면 과거 일을 들추어내면서 내 가슴을 후벼 파서 그랬다. 그러면 내가 견디지 못하고 돈을 줄 것이라는 계산인 것 같았다. 당시에는 어떻게 처신을 하는 것이 잘하는 것인지를 몰라서 상담 선생님께 문자를 드리고는 찾아뵈었다. 아들의 근황을 묻기에 그동안 있었던 일들에 관해 말씀드리면서 현재의 심정과 갈등을 토로했다.

"지방으로, 아니 외국으로 혼자 이사가 버릴까요? 그렇게 내가 눈에 안 보이면 어쩔 수 없이라도 혼자서 살아갈 방도를 찾지 않을까요?" 선생님은 "그건 안 된다"라고 하셨다. 선생님은 남편과의 이혼과 아들을 혼자 두고 지방이나 외국에 나가는 건 다른 차원이라고 하셨다. 그래서 그 생각은 지우기로 했다.

"그래도 지금은 자활 센터 도움을 받고는 있지만 혼자 살고 있잖아요. 예전에 비하면 많이 나아간 것 아닌가요? 한발 한발 나가고 있잖아요. 있는 그대로를 받아들이세요. 그리고 일관된 모습을 보여주는 것이 중요합니다."라고 말씀해 주셨다. 돌이켜 보니 그동안 아들이 무언가를 요구할 때마다 '이것을 해주는 것이 맞는 것인가? 혹시 아이를 더 망치는 것은 아닌가?' 싶은 생각이 들면서도 거절하지 못하고 끝내 해주곤 했었다. 아마도 어렸을 때 바람 앞의 등불처럼 가족 모두 정서적으로 안정되지 못하다 보니 아이의 감정을 들여다보지 못하고 살아온 죄책감 때문에 아들의 무리한 요구를 거절하지 못했던 것이 원인이 아닐까? 라는 생각도 들었다.

나와 아들의 상황을 우선 주변에 알리고 적극적으로 아들의 재활을 위한 도움을 요청하라는 선생님의 말씀을 듣고 바로 실천에 옮기기 시작했다. 가까이 지내는 사촌 시누이로부터 나의 사정을 알고 있는 분들께 솔직하게 고민을 꺼내 놓았다. 많은 분의 말씀이 "대충 짐작은 하고 있었지만, 그 정도인 줄은 몰랐다" 라고 하시며 격려를 보내주시고 같이 기도하겠다고 말씀해 주셨다. 그리고 시간이 지난 지금도 내가 용기를 낼 수 있도록 나를 북돋아 주고 계신다. 그런 면에서 나는 정말 많은 빚을 지고 있다. 물심양면으로 도와주신 많은 분에게 감사를 드린다. 반드시 어떤 모양으로든지 돌려드릴 것이다.

아들 입원

갈등 속에서 서 있던 어느 날부터 아들은 자살 시도를 해서 내 속을 태웠다. 상상도 할 수 없는 생각과 행동을 하는 데 도대체 어떻게 해결해야 할지 방법을 알 수가 없어서 답답하기만 했고 마음은 깜깜한 밤이었다. 그런 가운데서 서른 살 생일이 되면 자살하겠다는 암시의 말도 달고 살았다. 강아지를 키울 때는 강아지 목줄을 목에 감고는 사진을 찍어 나에게 보내기도 하고, 손에 상처를 내어 현관문에 피를 칠해 놓기도 했다. 보기만 해도 끔찍했다. 말이라도 하던 불평을 하던 표현을 하면 좋겠는데 자기 속에만 갇혀 컴퓨터 앞에서 게임만 하고 앉아있으니 내 속이 타들어 가고 있었다.

치유를 가져다준 일기장의 기적

말을 해 보려고 시도하면 엄마가 와서 이야기하라 하고 다가가면 컴퓨터에 시선을 고정하고 아무런 대꾸도 없어서 나를 약올리는 것 같았다. 왜냐하면 이야기하려면 요구 조건이 많고 게임을 하면서 컴퓨터만 보고 엄마 얼굴을 보지 않아 대화가 되지 않았기 때문이었다. 그러다 원하는 게 안 되면 엄마를 모욕하는 말을 하니 무섭기도 하고 내 마음이 무거웠다. 그러나 내 힘으로는 대책이 없었다. 그리고 아들이 실지로 그 일을 옮길 용기가 없는 것도 알고는 있었다. 엄마에게 겁을 주어 자신을 알아주고 더 잘해달라는 속마음이라고 생각하고 있었다. 그러면서 마음 깊이 아들의 그 말을 마음에 새기고는 있었다.

그러는 와중에 아들은 시에서 자립을 도와주기 위해 운영하는 자활 센터에 다니고 있었다. 마음 상담도 해주고 일도 가르쳐 주며, 자립을 할 수 있도록 후원해 주는 곳이었다.

작년에 아들의 말 때문에 무슨 일이 생기기 전에 안전하게 병원에 입원시키려고 아들과 같이 가까운 병원을 직접 찾아가 상담하며 알아보러도 다녔다. 추천받은 병원도 찾아가 보았다. 기회가 되면 본인 스스로 병원에 가겠다고 했기 때문이었고 아들이 어디가 아픈지, 무슨 이유에서인지 검사와 치료를 제대로 받아보게 하고 싶었기 때문이었다. 그런데도 그동안은 상급 병실만 있어서 병원비가 비싸 엄두도 못 내고 되돌아 서 있는 중이었다. 상급 병실료는 우리 집 한 달 생활비와 비슷해서 엄두를 낼 수가 없었다. 그런 가운데서도 세월은 흘러 서른 살 생일은 다가 오고 있었다. 일반인은 병원비가 장난이 아니어서 나는 고민하 고 있었다.

그러던 와중의 2016년 8월 초 어느 날 낮에 정신건강증진센 터 담당 선생님께서 아들 입원 관련해서 통화하고 싶다고 문자 가 왔다. 선생님은 몇 년 전부터 아들이 집에만 있거나 어려운 일 있을 때 찾아와 주셨던 분이셨다. "아들이 죽고 싶다며 자살 생각을 하는데 알고 있는지?" 묻는 내용이었다. 알고 있다고 대 답했다. 자주 입 밖으로 말을 내고 있었기 때문이었다. 그 말이 자살 센터로 접수되었고 자살예방 센터와 건강증진센터에 대상 이 되어 병원비를 지원해 준다는 연락을 받은 것이었다.

마침 그날은 직장 일이 빨리 끝나서 길게 통화가 가능했다. "건강증진센터와 자살 예방 센터가 힘을 다해 아들을 도우려고 합니다. 설문조사를 해봐도 자살확률이 높아서 병원에 입원 권 유를 했어요. 작년에도 입원하려다 입원비 때문에 병원에 못 갔 다고 들었는데, 지금은 상황이 좋아져서 자살 예방 센터와 건 강증진센터에서 월 최대 40만 원까지 보조가 되니 빨리 병원에 가야 해서 아들에게 서류 준비하라고 적어 주었어요. 병원에도 연락했고요. 병원비는 대략 30만 원 정도 나온답니다"라고 통보가 왔다. 작년 상황을 말씀드린 다음, 내가 직접 확인해 보고 다시 연락하겠다며 끊고는 병원에 확인해 보니 작년과 똑같은 대답이 나온다. 그래도 이제는 지원금이 있으니 입원시켜야겠다고 마음먹고 일단은 아들에게 선생님께 입원하겠다고 전달하라고 일렀다.

평소에는 점심시간 외 작업 도중에 핸드폰을 만지지도 않지만, 그날은 아들과 선생님과 문자로 입원 준비를 해 나갔다. 병원에선 저녁 9시까지 와야 한다고 했다. 오후 7시에 회사 일을 끝내자마자 아들에게 입원 준비하라고 일러두고 곧장 고시원으로 갔다. 오늘도 준비 완료가 안 되고 있었지만 내가 별도로 챙겨 주거나 하지 않고 아들이 준비해 놓은 그 상태로 출발했다. 괜히 시비가 붙으면 이길 힘도 없고 시간도 여유가 없기 때문이었다. 병원에 도착하자 담당 선생님께서 아들에게 여러 가지 질문을 하니 나보고 직접 대답하라고 저는 가만히 있다. 나도 가만히 있으니 '우리 엄마는 저래요. 불리하면 말하지 않아요.'라고 이른다. 그러자 담당 선생님께서 아들을 바라보며 직접 대답하라고 하니 그때서야 생각을 다 말한다. 방송국에서처럼 대답을 잘하고 있다. 왜 여기 오고 싶어 했느냐고 물으니 보가 싫은 인간들을 최대한 오래도록 안 보고 쉬고 싶다고 말을 했다.

여러 입원 절차를 마치니 23시다. 이천에서 집까지 한 시간 정도를 어두운 밤길을 혼자 달려와서 누웠다. 마음이 홀가분하며 안심이 되었다. 평소 서른 살 생일에 자살을 암시하는 말을 버릇처럼 해왔던 터라, 그 서른 살 생일이 한 달밖에 남지 않은 상황에서 무슨 일을 겪을지 몇 년 동안 속을 태워 왔기 때문이리라. 또한 센터에서도 함께 해줘서 아들을 혼자 돌보아야 한다는 부담이 줄어 마음이 좀 가벼워졌다. 일단은 맘이 놓였다. 이번에는 아들이 왜 사회생활이 안 되는지, 왜 나와 대화가 안 되고 말이 되돌아오는지?, 내가 알지 못하는 어떤 문제라도 있는지 등을 정밀히 검사하고 진단해서 그에 따른 치료에 효과가 있기를 간절히 기도했다.

서른 살 생일

아들이 입원한 지 한 달이 지나가고 있었다.

다음날이 서른 살 생일이다. 마침 내가 쉬는 날이라 아들이 주문한 피자와 치킨을 사서 병원에 면회 갔다. 새로 옮긴 병동 면회실로 가서 두 가지를 펼쳐 놓으니 아들은 엄마 먼저 먹으라고 권했다. "그래, 같이 먹자~." 하고 그날에는 다른 때와는 달리 먹는 양을 제한하지 않았다. 평소에는 당뇨와 비만이 있어서 먹는 문제로 말다툼을 해 왔었다. 내가 피자 두 조각 먹고, 나머지는 아들이 먹었다. 평소 치킨을 좋아했던 아들이 절반도 안 먹고 손을 뗀다. 남은 음식은 둘만의 면회를 끝내고 병동에서 친하게 지내는 친구들을 초대해서 나누어 먹었다.

웃으면서 친구들과 사이좋게 지내는 모습이 보기가 좋아서 나는 미소를 지었다.

면회를 마치고 돌아설 때 엄마를 향해 한참 손을 흔들어 주는 모습을 보았다. 참으로 기분이 좋았다. 집에 도착한 뒤 조용히 생각하면서 낮에 일을 정리해 보았다. 아들이 엄마에게 양보할 때 바로 고맙다고 말을 해야 했는데 ~~ 하는 아쉬운 마음이 들었다. 그때 마침 아들에게서 전화가 왔다. 잘 도착했는지 묻는 안부 전화였다. 나는 기억을 떠올리며 아까 엄마한테 음식 먼저 먹으라고 기다려 줘서 고마웠고, 친구들과 잘 지내고 있어서 고마웠다고 하니 "응"하고 대답하는데 오랜만에 듣는 부드러운 말이었다. 그 말이 듣기 좋으면서 가슴이 뭉클해 왔다. 그날 마음에 어떤 변화가 생긴 걸까?

센터에서 안내해 준 병원에서 안전하게 상담과 치료를 하며, 그 생일날을 조용히 안전하게 아무런 일없이 지나가고 있음에 우리를 지켜주신 하나님께 감사를 드렸다. 도와주신 여러 단체와 선생님들께도 감사의 마음이 들었다.

아들의 서른 살 생일을 아무 일 없이 보내면서 앞으로 더욱 새로운 마음으로 우리 가족 모두 단란하고 건강하게 살아가기를 소망했다.

치유를 가져다준 일기장의 기적

제2부

혼자
고민하지 마

EBS '달라졌어요'를 보며

2014년, 이 당시에는 내 모든 정신은 오로지 아들 녀석에게 맞추어져 있었다. 단 한 가지 바람은 아들의 온전한 독립이었다. 그래서 아들의 독립을 위한 방법이라고 누군가가 무슨 말이라도 하면 말 그대로 묻지도 따지지도 않고 무작정 실천에 옮겼다. 그 정도로 아들의 독립은 나에겐 절박한 것이었다. 그것이 결국 수원 가정폭력 상담소를 시작으로 TV 출연까지 이어지게 된 것이다. 비록 내 얼굴과 아들 얼굴은 물론 우리의 비루한 생활이 낱낱이 드러난다고 할지라도 해결 방법만 찾는다면, 그래서 지금보다 좀 더 나아지고 행복해진다면 마다할 이유가 없었다.

아들의 학창 생활은 중학교는 물론 고등학교도 말로 다 할

치유를 가져다준 일기장의 기적

수 없는 난관의 연속이었다. 어찌어찌하여 어렵게나마 고등학교를 졸업시켰다. 적어도 고등학교는 나와야 군대도 갈 수 있고 사회 생활하는데 최소한의 어려움은 피할 수 있다고 생각했기 때문이다. 하지만 고등학교를 졸업하고도 아들은 밖으로 나가기를 거부하고 집에만 틀어박혀 게임에만 몰두하고 있었다. 사람이 밖으로 나가서 무엇이라도 보다 보면 관심이 가는 것도 생길 것이고 그러다 보면 마음 잡고 직장도 다닐 수 있는데 아들은 사회생활에 단 한치의 관심도 없어 보였다. 그렇게 집에서 게임에만 몰두하고 있다 보니 자연히 나와의 다툼은 시도 때도 없이 일어날 수밖에 없었다.

그러던 중 우연히 아동 돌보미를 하시는 언니와 만나 이런저런 이야기를 나누게 되었다. 대화 중에 내 한탄을 듣던 언니는 조심스레 나보고 EBS에서 방영하고 있던 '달라졌어요'라는 프로를 한번 보라고 추천을 해주셨다. 나는 예나 지금이나 TV를 잘 보지 않는다. 그럴 시간 있으면 책을 읽거나 글을 쓰기 때문이다. 하지만 아들을 사람 만드는 데 도움이 되는 것이라면 작은 것 하나라도 무엇이든 시도해 보던 나는 TV를 보기 위한 유선을 신청했다. 그리고 퇴근 후 시간을 맞추어 프로그램을 지켜보기 시작했다. 방송의 내용은 여러 가지 일로 가족 구성원 간에 단절되었던 관계가 전문가들의 솔루션을 통해 문제를 진단하고 그에 대한 해결 방법을 찾아 차츰 해결해 나가는 과정을 그린 것이었다. 물론 방송에서는 종국에는 다시 가족이라는 울타리를 새로이 만드는 모습을 보여주었다.

그날은 폭식증에 걸린 딸과 그로 인해 갈등을 빚는 엄마가 출연했다. 딸은 며칠을 굶은 사람처럼 닥치는 대로 먹어 치우고, 그러다 집에 먹을 것이 떨어지면 이웃에 사는 할머니 집에 가서 냉장고를 뒤지거나 그것도 모자라면 엄마의 돈과 카드를 훔쳐서라도 슈퍼에 가서 먹을 것을 사 대었다. 그런데 딸은 기껏 그렇게 먹고는 화장실에 가서 모두 게워내고는 다시 먹을 것을 찾아다녔다. 엄마는 냉장고에 열쇠를 달아놓기도 하고 딸이 훔칠까 봐 돈도 카드도 다 숨겨놓고 살지만 소용없었다. 그렇게 음식에 집착하는 딸을 보며 노심초사하는 엄마. 이랬던 모녀가 결국 상담과 치료를 통해 차츰 안정되어 가는 모습을 보여주고 있었다.

방송 말미에서 그 엄마는 함빡 웃으며 이렇게 말했다. 이 프로가 아니었으면 자신의 잘못은 모르고, 오로지 딸만 나무라며 강제로 통제하다 딸만 나쁜 사람 만들 뻔했다고. 엄마는 방송 과정에서의 상담을 통해 딸이 엄마의 관심을 끌기 위해 토해가면서도 먹을 것을 찾았다는 것을 알게 되었고, 이후 두 사람의 관계는 회복되는 것을 볼 수가 있었다.

치유를 가져다준 일기장의 기적

더 이하 내려갈 곳이 없던 나에게 그 방송은 하늘에서 내려준 동아줄로 다가왔다. 방송국에 신청해 봐야겠다고 결심했다. 내 비루한 생활이 드러나고 얼굴이 알려지는 것은 전혀 문제가 되지 않았다. 아들과 나의 생활 방식에 어떤 문제가 있기에 소통이 안 되는지, 우리 가족의 위기 문제를 전문가에게 맡기고 도움을 받고 싶었다. 여러 번 시청하고, 여러 번 고민 후에 전화로 신청했다. 사연을 이야기하고 도와 달라고 했다. 하지만 답이 오지 않았다. 어느 금요일 퇴근 시간, 작업시간 중에 부재중 전화가 와 있었다. 바로 전화를 거니 '달라졌어요. 제작팀'이라고 했다. 그날은 전화로 30분 정도 상황을 말했다. 제작팀과 상의 후 연락하겠다는 답을 들었다. 그러고도 여러 날이 지나도록 답이 없어서 혹시나 안 되면 어쩌나? 하는 불안한 마음으로 전화가 오기만을 기다렸다. 간혹 하도 답답해서 전화를 걸면 가족 상담팀이 따로 있다며 연결해 주었고, 가족 팀은 계속 바쁘다는 말만 반복했다.

그러던 어느 날, 드디어 전화가 왔다. 제작팀이 아들과 같이 있을 때 한번 방문하겠다고 하였다. 한 가닥 희망이 솟아올랐다. 그때는 아들이 지방으로 일을 갔을 때였다. 며칠 후 아들이 일을 끝내지 못하고 중간에 올라왔다. 평소 같으면 일을 마치지 못하고 올라온 아들과 한바탕 부딪힐 수 있었는데 이날은 반갑기만 했다. 나는 제작팀에 전화를 걸었고 마침 다음날 제작팀의 시간이 비어 있어 만나기로 했다. 다음날 내가 퇴근했을 때, 작가님과 피디님이 미리 오셔서 아들과 인터뷰를 진행하고 있었다. 그다음에 나와는 따로 일대일로 단독으로 인터뷰를 했다. 나는 현재 직면하고 있는 문제와 과거 이야기를 생각나는 대로 다 말했다. 긴장되어서 인터뷰 도중에 추워서 잠바를 입기도 했다. 인터뷰가 끝나고 돌아가시는 분들에게 꼭 좀 도와달라고 몇 번이고 부탁을 드렸다. 방송국 내에서의 심사 과정을 거쳐야 한다는 말에 다소 실망이 되었지만, 결과를 기다리는 수밖에 없었다.

지성이면 감천이라고 했나, 여러 날 후에 드디어 촬영을 할 수 있게 되었다는 연락이 왔다. 그리고 촬영 첫날, 담당피디님의 첫 말씀이 "저희 들을 믿고 같이 해주세요"였다. 처음 촬영 이야기를 했을 때는 의외로 덤덤히 승낙했던 아들도 막상 카메라가 돌기 시작하자 잔뜩 긴장하는 눈치였다. 하지만 차츰 분위기에 익숙해지기 시작하면서 아들은 서서히 마음을 열기 시작했다. 이후 몇 주에 걸쳐 본격적인 우리의 실생활 촬영이 시작되었다. 낮에는 집에서 연수의 실생활이 촬영되었고, 내가 퇴근하면 모자간의 실생활이 촬영되었다. 그리고 이와는 별도로 방송국에서는 각 분야의 전문가 세 분과의 상담이 별도로 진행이 되기 시작했다.

치유를 가져다준 일기장의 기적

주중에 한 번씩 상담 치료를 위해 서울로 갔다. 심리치료, 미술치료, 심리극치료 상담이 번갈아 이어졌다. 거기에 제작팀은 아들이 동물을 좋아해서 동물 치료 상담까지 연결해 주었다. 이전에 받았던 심리상담을 통해 많은 자극을 받았던 나였기에 방송국에서 전문가와의 치료에서 나와 아들에게 부디 의미 있는 변화가 있기를 기대했다.

솔루션

세 분의 전문가와 한자리에서 우리 가정의 전체적인 상태를 파악하기 시작했다.

그동안 실생활 촬영을 통해 우리의 상태가 어느 정도 파악되었고, 그 후에 세 분의 전문가가 한자리에 모여 이야기하는 시간을 가지게 되었다. 상담 선생님들의 질문에 나는 내 속마음을, 아들은 아들 자신의 속내를 드러내 놓고 말하기 시작하였다. 나는 아들이 왜 사회생활을 못 하는지 원인을 알고 싶었다. 그리고 무엇보다 아들과의 진정한 소통을 원했다. 죽기 전에 아들의 속마음을 알고 살가운 대화라도 하다가 죽으면 소원이 없겠다는 말씀을 드렸다.

반면 상담 선생님들의 질문에 아들은 엄마가 걱정하시는 이유가 뭔지 모르겠다고 답했다. 엄마의 존재는 무엇이냐는 질문에 아들은 자신이 힘들 때는 전혀 도움이 안 되는 힘 없는 존재이고, 그런 엄마가 짜증 난다고 했다. 그래서 엄마가 더는 보호자가 아니라고 했다. 그것은 커가면서 하루가 멀다 않고 가해지는 아버지의 가정폭력과 폭언에 전혀 보호막이 되어주지 못한다고 여긴 엄마에 대한 불신의 확인이었다. 가슴이 불에 덴 듯이 아팠다.

　　내가 남편 대신 돈 벌기 위해 삶에 쫓기며 일하는 동안 아들은 집에서 아버지와 싸우며 불안 속에 살고 있었다. 폭력을 피해도 어차피 집안이고 밖에는 나갈 곳이 없어 집안 구석이나 장롱 속에 숨어 있었다. 나도 어느 때는 남편의 폭력을 피해 장롱 속에 숨은 적이 있었는데, 아들도 장롱 속에 숨었었다는 이야기를 들으며 내 한 몸 지키고자 제대로 아들의 보호막이 되어주지 못했던 나 자신이 부끄러웠고 아들에게 미안했다.

　　한편으로는 전문가 앞에서 연수가 하는 말을 듣고 놀랐다. 자신의 감정과 생각을 솔직하게 잘 표현하는 모습이 낯설기도 하였고 어느 경우에는 내가 전혀 몰랐던 과거 이야기를 듣게 되었기 때문이다. 무엇을 위해 그렇게 죽으라고 눈감고 앞만 보고 뛰어갔는지……. 나는 내 나름대로 아이들에게 최선을 다해왔다

고 생각하고 있었는데 정작 아들의 고통에는 전혀 귀를 기울이
지 못했다는 걸 조금씩 알아가고 있었다.

치유를 가져다준 일기장의 기적

다양한 전문 상담 치료

미술치료

미술치료를 담당하시는 길은영 교수님과의 상담 시간이었다. 한 장의 종이에 엄마와 아들이 그림을 같이 그려나가며 서로의 마음을 알아보는 작업을 시작했다. 내가 해를, 아들이 구름을 그렸다. 그다음에 나는 큰 나무를, 아들은 언덕과 비를 그렸고, 나는 땅속의 지렁이를, 아들은 우산을 그렸다. 이어서 나는 새싹과 하얀 산토끼를, 그리고 아들은 우산 밑에 있는 작은 사람을 그렸다. 그런데 아들이 다음 그림을 그리는 것을 거부했다. 이유는 엄마가 새싹을 그렸다는 것에 대한 반발이었다. 비가 온다고 바로 싹이 날 수 없는 법인데, 자신은 지금 비를 맞고 있는데 엄마는 벌써 새싹을 그렸다는 것이었다. 한참을 아들과 이야기를 이어가시던 선생님은 결론적으로 엄마가 너무 앞서가고 너무 빨리 결과가 나타나기를 기다린다는, 즉 너무 조급해하고 있다는 말씀을 해주셨다. 그러다 보니 아들을 몰아세우게 되고 그것은 다시 아들의 무응답과 회피를 불러와 결국 소통이 안 되고 싸운다는 것이었다. 내가 너무 앞서간다는 말이 이해되었다. 내가 8살 어릴 때부터 일을 많이 해서 생긴 결과라는 생각도 들었다. 그런 나를 인정하고 천천히 아들의 영역을 인정해 주고 기다려 주는 엄마가 되어야겠다고 다짐했다.

그날 나에게 과제가 생겼다.

1) 실컷 놀게 해주라.

2) 기다려 주라.

3) 한 박자 늦추라.

최대헌 교수님의 심리극

아들의 마음을 들여다보는 시간이었다. 아들이 엄마를 어느 정도, 어떻게 생각하는지를 가름하기 위해 '사라진 엄마'에 대한 연극을 해 보았다. '내가 어느 날 갑자기 사라진다'라는 설정이었다. 그리고 심리극에서 보여준 아들의 심리는

1) 불안

2) 엄마가 어디 갔을까?

3) 아버지와 싸우진 않을까?

4) 언제 들어올까? 라는 반응을 보였다.

주로 일하느라 늦게 귀가했었고, 한번은 남편 버릇 고치느라 둘째 아들만 데리고 일부러 집을 나가 1주일 만에 귀가했던 생각이 났다. 당시 1주일 만에 집에 돌아왔을 때 아들이 혼자 잘 놀고 있는 모습에 안심했었는데 '그 짧은 기간에도 무척 불안했구나' 하는 생각에 무척 미안한 마음이 들었다.

가족들의 관계

의자 4개를 놓고 가족들과의 관계를 심리극으로 나를 들여다보게 하는 시간. 이 심리극은 남편과 아들을 내려놓지 못하는 나의 모습, 무거운 짐을 이끌고 가는 나의 모습을 보여주었다. 그리고 이제는 가족이 짐이 아니라 동반자로서 어떻게 어깨를 나란히 하고 살 것인지에 대해서도 보여주었다. 심리극이 끝난 후 선생님은 담당피디로부터 내가 독서를 좋아하고 글쓰기를 좋아한다는 정보를 들으시고 '독서 교실'에 참석해 볼 것을 권유해 주셨다. 그날 집으로 오는 길에 내가 거주하는 안산 지역에서 개최되고 있는 독서 모임을 검색해 보다가 안산의 대표 지역 서점인 대동서적에서 토요일 아침 7시부터 9시까지 독서 모임을 한다는 것을 알게 되었다. 그날 이후로 나는 독서 모임을 나가면서 더욱 새롭고 활기찬 인생을 걸어오고 있다.

힘들었던 만큼 쳐라!

선생님이 나에게 몽둥이를 하나 손에 쥐어 주셨다. 그러고는 내가 살아오면서 힘들었던 만큼 몽둥이로 마음껏 내리쳐보라며 몽둥이를 주셨다. 몽둥이를 잡은 손에 힘이 들어가면서 부들부들 떨리기 시작했다. 지난날 내 삶을 얽어매고 있던 고통을 소환하기 시작했다. 그리고 몽둥이를 들고 내리치기 시작했다. 그동안 남에게 말도 못 하고 속앓이하며 살아왔던 나만의 고통, 남들도 알고 나도 알고 있는 고통을 몽둥이와 눈물로 다 표현하였다. 울고 싶어도 울지 못하고 참고 삼켰던 수많은 눈물. 그날은 힘들었던 만큼 울면서 내리쳤다. 얼마나 울었는지 나는 모른다. 부끄러움도 없었다. 울 장소가 없어서 삼켰던 눈물, 아들이 무서워할까 봐 삼켰던 눈물, 그 옛날 장롱 속에 숨어서도 못다 울었던 눈물, 가정폭력과의 싸움에서 힘들었던 지난날의 분노와 아픔을 눈물로 쏟아낸 시간이었다. 그만큼 힘들었나 싶을 만큼 가슴속 깊이 삼켜온 눈물을 쏟아내며 몽둥이로 내리쳤다. 그때만큼 마음껏 운 적은 없었다. 얼마나 세게 내리쳤는지 4일을 어깨가 아팠다.

이호선 교수님의 심리상담

교수님은 상담을 시작하면서 상처와 힘든 기억의 동아줄을 끊는 시간이 되기를 바란다고 했다. 나의 소망은 아들 속에 어떤 아픔이 있는지, 그 어디서부터 뭔가 정지된 느낌의 원인을 찾는 것이었다. 이호선 교수님께서 이 상담 기간에 그 정지된 실마리를 풀어보는 시간이 되기를 바란다고 하였다.

아들은 자신의 불안한 감정도 감당하기 힘든데, 엄마는 자신에게 많은 걸 강요하고 간섭하고 있다고 말했다.

아들의 속마음

엄마가 있으면 불편하고,

엄마가 없으면 불안한 아들의 마음.

아주아주 어렸을 때부터 엄마가 없어지는 불안.

엄마가 아버지한테 맞으면 집 나갈까 봐 불안한 아들.

그래서 아버지가 단 한 번이라도 술 먹고 집에 오면 용서하지 않겠다는 아들.

집에 오면 땅에 파묻어 버리고 싶다는 아들.

어릴 때부터 얼마나 불안하고 힘들었으면 그럴까? 하는 생각이 들었다. 방송의 심리극을 통해 그렇게 아들의 마음을 읽게 되어 감사하였고, 아들의 그런 마음을 조금도 헤아리지 못하고 살아온 나 자신을 보며 많은 생각과 반성을 하였다.

방송을 통해 전문가들과 만날 수 있었고, 그분들과의 상담을 통해 문제를 파악할 수 있었으며, 어떻게 사는 것이 좋은지를 알

힘들었던 만큼 내리치고 오열했던 날

게 되었다. 미술치료 때의 내 모습을 상기하면서 아들을 기다려 주면서 매일매일 조급해지려는 나 자신과 싸웠다. 다 큰 아들이 집에서 게임만 하는 모습을 보면 아들에 대한 원망과 함께 내가 엄마 역할을 제대로 못 해서 이렇게 된 것이 아닌가 하는 죄책감이 밀려올 때도 있었다. 하지만 이제는 무엇보다 먼저는 내 인생에 충실하면서 아들이 스스로 일어날 때를 기다리며 살기로 결심, 또 결심하며 살아가고 있다.

천천히 조금,
자주 꾸준히,
그리고 다시.

치유를 가져다준 일기장의 기적

그렇게 살아가다 어느 날 뒤를 돌아보면 저 위의 계단에서 아래를 내려다보고 있지는 않을까?

아들이 실컷 놀고 툭툭 자리를 털며 일어나는 날을 기다리며 살아가기로 다짐하였다.

중학교만 졸업했어도

　집에서의 촬영이 모두 끝나고 한차례의 상담 치료만 남겨두고 있었다. 이후에는 연말을 맞아 열흘 정도의 긴 휴가가 주어진다. 회사 전체가 연말에는 긴 휴가가 주어지기 때문이었다. 마음이 아주 평온했다. 회사 일이나 방송 일이나 이제 모든 게 다 끝나서 딱히 내가 할 일이 없었다. 아무런 준비 없이 피디님의 안내를 받아 서울 가서 마지막 상담만 받으면 되는 일정이었다.

　밤늦게 집에서의 촬영을 끝낼 무렵 마음이 편안해지고 고요해진 틈 사이로 그동안 한껏 친해진 나는 피디님과 가벼운 이야기를 나누고 있었다. 그때 내 입에서 "내가 중학교만 졸업했어도~, 공부만 좀 더 했어도~ 지금의 남편을 안 만났을 것이고, 이렇게까지는 고생하고 있지는 않을 텐데~"라는 말이 불쑥 나왔다. 피디님은 무슨 뜻이냐고 되물었다. 나는 딱히 그런 생각을 해 본 적이 없었는데 왜 그 시간에 나도 모르게 그 말이 불~쑥 튀어나왔는지 깜짝 놀랐다. 더욱이 그때 내 눈에는 눈물이 맺혔다. 무언가 모를 그 무엇 때문에 목이 메었고 아득한 그리움 같은 게 지나가고 있었다. 그날 이후로 그 말은 나의 뇌리에 둥지를 치고 남아 있었다.

그로부터 일주일 후에 방송은 나갔고 공식적인 상담 치료도 다 끝났다. 하지만 방송은 방송일 뿐 진짜로 나의 생활에서 의미 있는 변화를 이루는 것이 내가 바라는 바였다. 방송팀은 우리를 성장 첫 계단 앞에까지 안내해 주었을 뿐이다. 그 계단을 한 계단 한 계단 올라가야 하는 숙제는 오롯이 우리 모자의 몫이었다. 주변 사람들은 나를 보면 아들이 일을 나가는지부터 물었다. 대답하기가 어려웠다. 말없이 웃음만 지을 뿐이었다. 오래 묵은 과제가 하루아침에 풀리기는 힘들 거라 여기고 나를 위로하며 지냈다.

방송 촬영하기 전과 현재의 심정에 변화가 있는지의 질문에 난 또다시 눈물을 흘렸다. 내가 아들의 마음을 몰라도 너무 모르고 살아왔다는 걸 이제야 조금 알게 되었기 때문이었다. 깜깜한 터널과 앞이 보이지 않는 안개 속에서 헤매고 있던 나에게 안

개가 걷히고 희망의 햇살이 비추어오고 있는 듯한 지금 심정이었다. 큰아들 연수가 저승과 이승을 갔다 왔다 할 때의 심정도 토해내었다. 아직 완성은 아니어도 원인을 하나하나 뽑아내고 아들의 있는 그대로를 찾아내는 제작팀이 너무나 감사하다고 표했다. 나에겐 한평생, 아들에겐 반평생, 이유를 알지 못해 방황하던 우리 모자에게 인생 터닝 포인터를 일깨워준 방송을 통해 우리 가정은 새로 태어나기를 기대했다.

또 다른 문제

방송을 보고 우리의 생활을 알게 된 주변 분들이 하나둘 조언을 해주셨다. 그러한 조언을 통해 내가 무엇을 놓치고 살아왔는지, 어떻게 사는 게 더 나은지 등을 알게 되었다. 그리고 나를 변화시키기 위해 더 열심히 책을 읽고 공부하기 시작했다. 그러나 세상이 내 맘대로 된다면 얼마나 좋을까? 방송이 나간 후 또 다른 일이 나를 기다리고 있었다.

아들은 자신의 이름이 가명이 아닌 실명으로 방송으로 나간 데다 얼굴마저도 모자이크 처리가 되지 않은 채 방송이 나갔기에 자신이 참여하고 있는 온라인 게임 안에서 피해를 보게 되었다며 나에게 피해보상을 요구하기 시작한 것이다. 방송을 본 게임 속의 사람들이 아들을 패륜아라고 놀리기 시작한 것이다. 나도 그런 부분까지는 생각을 못 해서 당황스러웠다. 이해하기 힘든 말과 행동으로 나를 몰아세웠다. 그러나 그동안의 상담 과정을 통해 나에게도 나름 버티는 힘이 생겼다. 아들에게 끌려가지 않고 내가 할 일에 집중하되, 대신 아무리 답답하더라도 아들의 생활에는 간섭하지 않기로 매일매일 나에게 다짐했다.

방송 후 잠시 연수와 떨어져 살아보기 위해 집을 나와 생활하고 있던 어느 날, 옥상으로 올라간 연수는 나의 성경책과 자신의 졸업 앨범을 찢고 불을 붙여서 태웠다. 그리고 문자로 '개독경 잘 탄다, 졸업 앨범 잘 탄다.'라는 문자를 보내왔다. 예전 같으면 바로 집으로 달려갔을 테지만 나는 집으로 가지 않고 내버려두었다. 상담을 통해 얻은 가르침은 그동안 연수를 향한 미안함과 죄책감 때문에 엄마가 보여준 간섭이 오히려 연수를 홀로 세우는 데 방해가 되고 있었다는 걸 알았기 때문이다. 모든 것은 연수의 손에 달려있었다. 연수 혼자 극복해야 할 일이었다. 그러기 위해서는 나부터 연수를 놔주어야만 했다. 그런데 연수가 다시 문자를 보내왔다. '먼저 갈게.'라는 짤막한 문자였다. 어디를 간다는 것이지? 순간 '혹시?'라는 생각에 벌컥 겁이 났다. 하지만 한편으로 '설마'라는 마음이 일어나며 두 마음이 갈등을 일으키기 시작했다. 하지만 나는 숨을 고르며 끝내 문자에 답을 하지 않고 연수에게 가지 않은 채 그 밤을 꼬박 새우고 말았다.

다음 날, 연수가 종이를 태웠던 불이 밤새 타고 있었다며 주인아줌마께서 내게 전화로 알려주었다. 그리고 아침에 보니 연수가 집을 나갔다가 다시 들어오는 것을 보았다고 했다. 그제야 불안했던 마음이 휴~하고 숨이 내려 쉬어졌다. 연수가 행여라도 죽었으면 어쩌지? 라는 불안한 마음을 애써 억누르고 있었는데 이렇게 집에 있다는 것이 확인되니 안도의 한숨이 절로 나온 것이다. 도대체 왜 이런 행동을 하는 것일까? 저 반항과 분노는 어디서부터 시작되었을까? 다시 방송 전에 나를 덮치고 있던 불안한 마음이 뭉게뭉게 일어나면서 암울해지기 시작했다.

왜 이다지도 어려울까?

그 옛날 아들이 초, 중, 고 다니며 어릴 때는 남편과 아들이 싸우면 말리다가 남편과 내가 싸웠고, 남편과 내가 싸우면 아들이 싸움을 말리다 아버지와 다투게 되는 생활을 오래 했었다. 그러다가 이래서는 안 된다고 생각하고 남편을 혼자 살게 내보냈었다. 그래서 한동안은 조용히 살았다. 하지만 아들이 게임에 미쳐 집안에만 처박혀 있게 되자 내가 속이 타서 아들을 밖으로 나가게 하려다 잦은 다툼이 일어나는 나날이었다.

나름 세상 살아오면서 남들과는 별 불편함 없이 살았고, 소통이 어렵거나 힘든 일도 없었다. 그런데, 왜? 아들과는 이렇게 소통이 어려운지 도대체 알 수가 없었다. 큰 것을 바란 것도 아

치유를 가져다준 일기장의 기적

니었다. 단지 남들처럼 퇴근하면 저녁상 앞에 두고 오순도순 하루를 어떻게 보냈는지 이야기하면서 살고 싶었을 뿐이다. 그런데 그 작은 소망 하나 맛보기가 왜 이다지도 어려운 것인지... 아들을 채근하면 할수록 서로의 가슴에 할퀴어 대는 상처는 나날이 깊어질 뿐이었다.

분가

방송이 나가고 나서 여러 가지 이유로 폭력을 동반한 아들의 분노는 더욱 그 세기를 더해갔다. 대화를 나누고 싶어도 굳게 닫힌 아들의 마음 문은 쉽게 열리지 않았다. 이제는 좀 달라질까? 기대를 안고 있었다. 많은 분 들이 나에게 남겨주신 조언을 가슴에 새기고 또 새기며 실천해 보고자 행동을 하고 있었다. 그러나 눌러 놓은 스프링처럼 내가 잘하려고 하면 할수록 아들의 반항이 심해졌다. 적어도 내 눈에는 그렇게 보였다. 조용히 집에서 밥 먹고 게임을 하며 놀기만이라도 하면 좋겠는데, 연수는 나를 보기만 하면 무언가를 수시로 요구하기 시작했다. 그러다 그 요구를 거절이라도 하면 곧바로 "엄마 머리는 돌머리야! 이야기할 가치가 없어!"라고 쏘아댔다. 나에게 던지는 말은 차마 지면에 옮길 수 없을 정도로 갈수록 심해졌고 그 하나하나의 말은 내 가슴을 후벼 파고 있었다.

도대체 저 분노는 어디서부터 시작된 것일까? 어떻게 다시 시작해야 하나? 내 딴에는 잘 살기 위해 노력한 것인데 아들은 그런 엄마를 이상하게 보고 있으면서 집에 앉아서 돈 달라거나 안 되면 나를 욕하고 때리려 했다. 그 분노를 감당하기 힘들었다. 자칫 연수를 살리려다 나 먼저 연수에게 맞아 죽든 아니면 화병으로 죽을 것만 같았다. 진짜 분가를 해야겠다는 생각이 들었다. 이제는 나이가 30을 바라보고 있으니 때도 되었다는 생각도 들었다.

그래서 분가를 위해 하나씩 준비해 나가기 시작했다. 그런데 나의 그런 분가 준비가 아들을 더욱 분노하도록 만들었다. 밥 먹다 말고 선풍기를 던져 박살을 내고, 책꽂이를 당겨 모든 책을 쏟아내고, 내가 만들거나 정리해 놓은 것들을 박살 내버렸다. 아들의 폭력 때문에 가슴을 진정시키느라 퇴근 후 병원에서 수액을 맞으며 안정을 취하기도 했는데 침상에 누워 있다 보면 내 신세가 너무나 서러워서 자연스레 눈물이 양 볼을 타고 흘러내렸다. 하지만 나는 분가에 대한 결심을 더욱더 굳혔다. 그래야 나도 살고 아들도 살아남을 수 있다고 판단했다. 이유를 막론하고 한 집에서 살지는 않겠다고 말도 하고 그렇게 행동을 해 나가기 시작했다.

연수가 폭력을 행사하는 와중에서도 나는 연수에게 "일자리를 찾아 성실히 일해서 엄마나 주변에 손 벌리지 않고 잘 사는 것이 보이면 그때 가서 다시 같이 살겠노라"라고 단호하게 말했다. 그리고 '지금처럼 엄마에게 손을 벌리거나 주먹을 쓰거나 살림을 부수면 엄마하고 절대로 같이 살 수가 없어. 어차피 인생은 각자니까 게임만 하던 일을 멈추고, 자진해서 독립하면 서로가 행복해질 거야. 내가 너를 너무 오래 붙잡고 있었어.'라고 생각하며 서로를 위해서 분가를 시키기로 굳게굳게 다짐했다.

> *   분노에 찬 아들의 표현을 그때는 읽지 못했다. 내게 치유가 일어난 후에 되돌아보니 그 분노는 들을만한 가치가 있는 행동이었다.

기초 생활보호 대상

그 와중에 아들이 공공 근로 신청을 했다. 공공 근로는 정부에서 생활이 어려운 사람의 독립을 위해 마련한 일자리 사업 중 하나이다. 아들은 하루 다섯 시간 일했다. 그렇게 주 5일 일하면 최소한의 생활비는 해결 가능했다. 하지만 공공 근로가 일년내내 있는 게 아니어서 안정된 일은 아니었다. 그래도 이렇게 하다 보면 다른 일도 할 수 있을 것이라는 기대감이 들었다. 그렇게 출근한 지 열흘째 되던 날, 혼자 스스로 병원을 다녀오겠다고도 말하고 다른 일자리의 면접도 보고 오겠다며 집을 나섰다. 내가 할 일이 없었다. 나에게도 이런 시절이 오는구나 싶었다. 아주 어릴 때 제외하고는 그때처럼 편하게 지낸 적이 많지 않았다. '오늘'이라는 현장에 내 인생의 실점을 행복으로 채우고 그 행복을 매일의 행복으로 이어주다 보면 행복이 나의 중심에 자리 잡을 것이라는 희망이 스며들었다.

치유를 가져다준 일기장의 기적

쪽방 고시원

드디어 연수와 일시적인 분가가 아닌 완전한 독립을 위한 과정에 돌입했다. 일시적인 분가마저도 결코 쉬운 일은 아니었지만 나는 단호하게 연수에게 통보했다. 처음에는 엄마에게마저 버림받는다는 느낌에서였는지 그렇게 난리를 치던 연수도 얼마간의 혼자만의 생활에 익숙해지면서 나름 혼자만의 생활이 주는 편안함을 찾았는지 생각했던 것보다는 저항 강도가 세지 않았다. 연수에게 고시원과 전 월세방 두 가지 중에 하나를 선택하게 했다. 월세방은 내가 보증금을 내어 주되 월세는 본인이 벌어서 내고 식사도 본인이 해결하는 조건이었고, 고시원은 비용은 월세와 같이 본인이 부담하되 밥은 공용으로 준비되어 있으니 반찬만 내가 해주는 조건이었다. 연수는 후자를 택했다. 수많은 고시원을 다녀보았다. 그때 처음으로 고시원이라는 곳을 보았다. 예전에는 그곳이 혼자만 몸을 누일 수 있는 침대 하나에 책상 하나 있는 좁은 방에서 수험생들이 조용히 공부하는 곳이라고 들어서 그렇게 알고 있었다. 그러나 고시원을 구하러 다니면서 그곳이 한마디로 쪽방과 다름없는 곳이며 대부분 돈 없고 어려운 사람들이 침대 하나 놓고 생활하는 곳임을 알게 되었다. 정말이지 사람이 살기에는 너무나 열악했다.

그렇게 아들의 고시원 생활, 아니 본격적인 독립이 시작되었다. 비록 반찬은 내가 조달하는 조건이었지만 그렇게 아들은 홀로서기를 위한 첫발을 내디딘 것이다. 물론 그 이후의 삶이 마냥 순탄했던 것만은 아니었다. 그 뒤로도 고시원에서 벽을 치며 난리를 쳐서 경찰이 오기도 했지만 나도 버티는 힘이 생겨서 뒤로 물러서지 않고 잘 버티며 순간순간의 고비를 극복해 나갔다. 그 힘은 아들을 자립시켜야 한다는 나의 간절한 꿈에서 비롯되었다. 아들과는 일정 거리를 두고 유지하면서 나는 나의 자리에서 내 삶을 살기 시작했다.

고시원 생활에 문제가 나타났다. 더위를 타는 체질인데 침대 하나 놓고 지내야 하는 환경에 문마저 열어놓고 살 수가 없는 상황인데다 옆방 사람의 코 고는 소리도 수면에 방해가 되었기 때문이었다. 그런 게 없어도 잠자는 데 어려움이 많은 체질이었다.

치유를 가져다준 일기장의 기적

주민센터에 가서 어려운 환경에 있는 사람에게 주어지는 주거제도가 있는지 갈 때마다 담당자에게 물어보았다. 없다고 했다. 그런데 나도 듣는 귀가 있었다. 주택 공사에서 어려운 사람에게 저리로 전세자금을 빌려주는 제도가 있다는 말을 듣고 있었기에 주민센터 갈 때마다 물었다. 2년째 정도 되었을 때 그때서야 담당자가 정보를 알려주었다.

2017년도 6월경 그때가 LH 지원을 받아 아들 전셋집이 결정되어 고시원에서 이사 나올 날짜가 정해져 있을 때였다. 그래서인지 주변 정리도 제법 잘되고 일도 다니고 있었다. 옷이며 손이며 얼굴에 기름때가 새까맣게 묻어 있는 채로 집에 오는 모습을 보면 일을 제대로 하는구나! 싶어서 마음이 여간 가벼운 게 아니었다. 그러더니 며칠 후에 엄마 생일날을 기억하고 챙겨 주기도 했다.

방송 직후

　방송이 나간 뒤 얼마 후 담당피디님이 찾아오셨다. 박미라 작가의 '치유하는 글쓰기'를 선물로 주셨다. 방송 후에 '달라졌어요' 게시판에 시청자들의 격려 글이 많이 올라와 있다고도 알려주셨다. 기존 방송의 경우 대개는 댓글이 그리 많지 않았는데, 우리 방송은 매우 많은 댓글이 달렸다고 하셨다. 그때는 그 말을 듣고도 담담했는데 지금은 격려의 글이 감사하게 느껴진다. 2014년도에 격려의 글을 올려주신 시청자님들 고맙습니다. 지금 우리는 그때보다 좋게 살고 있습니다.

　치유를 가져다준 일기장의 기적

일기와 읽기

치유하는 글쓰기를 읽으며

혹시 혼자 울어본 적이 있는가? 누구의 눈치도 볼 필요가 없는 혼자가 되었을 때, 감당하기 어려운 울음이 창자로부터 터져 나왔던 경험 말이다. 그 울음을 억제하지 않으면 울면서도 명료해지는 자신의 의식을 발견할 수 있다. 내 의식과 상관없이 몸의 울음, 아니 몸의 언어가 몸부림치면서 쏟아져 나오는 경험을 지켜본 적이 있는가? 만약 그런 경험을 가지고 산다면 당신은 행운아다. (p.29쪽)

글쓰기는 자신을 아주 솔직하게 만든다. 그림이나 사진, 동영상으로도 나를 기록할 수 있지만

글쓰기만큼 낱낱이 내면을 기록할 수 있는 매개는 존재하지 않는다. (p.55쪽)

수없이 나를 집중해서 나를 관찰하고, 나의 신체에서 일어나는 일을 낱낱이 기록한다면 그 순간 보는 행위가 일어난 것이다. (p.57쪽)

우리 안에는 내면 아이가 한 명만 살고 있는 것이 아니다. 고통이 있던 자리마다 딱 거기서 성장을 멈춘 아이들이 있다. 아버지가 구타하기 시작한 그 시간에 머물러 있는 아이, 어머니가 집을 나간 그 날에 머물러 있는 아이, 길에서 부모를 잃어버려 헤매던 그때 성장을 멈춘 아이, 어머니와 아버지가 죽을 듯이 싸우는 장면을 목격한 아이, 시부모 때문에 고통받던 어머니가 어느 날 부엌에 쪼그리고 앉아 하염없이 우는 모습을 보던 아이. 다양한 정신연령을 가진 크고 작은 아이들이 우리 내면에 존재한다. 그런 점에서 우리 내면은 어디로 가야 할지 방향을 잃어버린 아이들로 꽉 찬 고아원이다. 대부분 가족, 그중에서도 부모가 그 많은 고아를 만들어 주었으며, 가해자는 부모 속에 숨어 있던 아이들이다.
(p.142쪽)

치유를 가져다준 일기장의 기적

이제 남과 비교하기 위해 밖으로 향해 있던 시선을 거두고, 내면으로 돌아와 내 속에 웅숭거리고 있는 아이들을 하나씩 바라봐 주고 그들의 이야기를 들어주고 눈물을 닦아주는 일을 시작해야 한다. … 중략 … 나만이 나를 돌볼 수 있다. (p.145쪽)

폭력적인 아버지에게서 자신과 아이들을 보호하지 못했던 무능한 어머니에 대한 분노가 더 뿌리 깊은 곳에 자리하고 있을 수 있다. 자신을 성폭행한 가해자도 밉지만 그런 위기 상황을 알아차려 주지 못하거나 두려움 때문에 애써 외면한 부모의 무기력한 태도에 더 깊은 분노를 느끼는 식이다. (p.149쪽)

가족 문제 역시 이제 치명적인 약점이 될 수 없다. 그것은 나를 더 강한 존재로 만드는 연금술의 가마솥일 뿐이다. (p.151쪽)

가끔은 세상을 구언하는 자보다 자기 한 몸을 살아내는 생존자가 더 위대하게 느껴질 때가 있다. 특히 무력한 어린아이가 생명을 위협하는 온갖 어려움 속에서도 자신의 생명력을 온전히 지켜냈을 때 그렇다. 그럴 때는 자신에게 이렇

게 말해줘야 한다. " 아, 영광의 생존자, 너를 칭찬해 주고 싶다!". (p.178쪽)

윗글은 피디님이 나에게 주신 책에서 건져 올린 말들이다. 그 책은 내가 글쓰기를 통해 더욱 꾸준히 치유할 수 있도록 밑거름이 되어주었다.

《치유하는 글쓰기》박미라 글, 한겨레 출판.

안네의 일기

나는 초등학교 4학년 때부터 일기를 써왔다. 힘들 때나 머리가 복잡해서 어떻게 할 수 없을 때는 공책 위에 마음 가는 대로 적어가다 보면 차츰 정리되면서 치유가 되는 듯했다. 그리고 그렇게 공책에 쏟아놓은 고민도 시간이 흘러 돌아보면 어느 날 해결이 되어 있는 경험을 하며 살아왔다. 따라서 일기는 내 삶에서 결코 떼어낼 수 없는 마치 내 수족과 같은 것이었다. 이처럼 일기에 애정이 있다 보니 여러 책을 읽어가는 중에 종종 등장하던 '안네의 일기'가 눈에 들어왔다. 궁금했다. 책의 내용은 대충 알고는 있었지만 직접 읽어보고 싶었다. 어느 날 도서관에 책을 반납하러 간 김에 그 책을 빌려 왔다.

첫 번째 내 눈에 들어온 건 책 표지에 실린 흑백 사진의 안네

치유를 가져다준 일기장의 기적

의 밝은 표정이었다. 그리고 당시 일기를 쓰던 안네의 나이가 14세와 15세였다는 점이었다. 그 어린 소녀가 유대인으로서 나치의 마수를 피해 2년 이상 (761일) 은신처에 숨어 살면서 쓴 일기라는 점이 당시 나의 생활과 오버랩 되면서 내 마음에 깊숙이 스며들어왔다. 이 책을 읽을 당시(56세) 나는 중학교 검정고시를 치르기 위해 공부하면서 14세 시절의 시간을 보내고 있었다.

하루 종일 일하고 돌아와 책을 펼쳐 들고 있다 보면 나도 모르게 졸기도 했는데, 그런 나를 보며 아들은 핀잔하기도 하지만, 그 말이 싫지는 않았다.

옛날에는 아들이 "엄마가 무식해서 사람들에게 엄마가 당하고 산다."라고 이야기했었다.

그렇게 무식해서 엄마가 당한다던 아들의 말이 고마워서라도 이렇게 공부하고 있다는 걸 보여주고 있었다. 중학교 검정고시 공부를 시작하고 이어 고등검정고시에 합격하고 방송대 공부하는 모습을 본 뒤로는 그 말을 듣지 않았다.

나는 14살 무렵 초등학교 졸업 이후 이어지지 못한 학업 때문이었는지 책에 대한 목마름이 있었지만, 책을 살 돈도 없었고 일을 하느라 책을 읽을 시간도 없었다. 그때는 불을 때서 밥을 지었는데 내가 책을 읽을 유일한 시간은 밥을 지으려고 불을 때는 잠시의 시간뿐이었다. 아마도 그랬던 내 모습이 숨어서 일기를 쓰던 안네의 모습에 투영되었던 것 같다.

안네의 읽기를 읽으면서 약 150년 전 일인데도 문화생활을 한 것을 보며 과연 선진국답다고 느껴지고 또한 부유한 집안이라 다르구나! 하고 느껴지기도 했다. 최고급 교육 환경 속에서 자란 아이답다는 생각도 들었다. 내가 조용하고 내성적으로 자라면서도 인내심이 강하고 과감하게 처리해 내는 성격으로 변한 거라면, 안네는 선천적으로 밝고 쾌활한 성격으로 태어났다. 그래서 오히려 자제하려고 고민하고 반성하는 갈등을 겪는 것을 보았다. 그 점에서는 나와 대조적이라는 생각을 해 보았다.

안네의 일기 내용

"나를 좀 아는 사람이라면 내 성격에는 누구든지 곧 집어낼 수 있는 특징이 하나 있어. 그것은 자신에 대해 잘 알고 있다는 점이야. 그래! 나는 마치 다른 사람이 나를 보듯 자신과 나의 행동을 바라볼 수 있어. 나는 그날그날의 나를 나 아닌 다른 사람의 입장에 서서 어디가 좋고 어디가 나쁜가를 검토할 수 있어. 이 자의식은 끊임없이 나를 따라다니며, 뭔가를 이야기하고 나면 곧 그렇게 말하는 것이 아니었어!. 또는 그것이 옳았을까? 하고 돌이켜 보게 하기에 스스로 행동에 대해 잘 알 수 있는 거

야. 나는 자신에 대해 비난할 점이 너무 많아서 일일이 다 말할
수가 없어.

아빠는 요즘 아이들은 자기 스스로 자신을 교육해야 한다고
하셨는데 그 말씀이 옳다는 걸 차츰 알게 되었어. 부모는 단지
아이들 충고를 하며 올바른 길로 가도록 인도해 줄 뿐, 인간의
성격을 만드는 것은 결국 자기 자신이야."

1944년 8월 9일로 안네의 일기는 중단되었다. 누군가가 신고
해서 나치스 당원에게 끌려갔다. 이 글을 읽다 보니 영화 '줄무
늬 파자마를 입은 소년'의 마지막에 나오는 독일 장교 아들과 유
대인 소년, 그리고 굴뚝에서 나오는 검은 연기 장면이 동시에 내
머리를 스쳐 갔다.

* 안네의 생각이 지금의 나와 비슷한 점이 많아서 기록해
보았다.

나의 10대 일기장

책을 덮으면서 내가 14살 전후에 쓴 일기가 생각이 났다. 아
마도 초등학교 4학년 때 담임 선생님께서 일기를 쓰라고 가르
쳐 주신 듯하다. 그때부터 일기를 쓰기 시작했고, 6학년 때는 그

렇게 만들어진 반 전체 친구들의 일기장을 한 권의 철로 묶어서 벽에 진열했던 기억이 남아 있다.

그 후 친구들은 중학교에 들어갔고 나는 친척 집에 가서 가사 일을 돕다가 직장을 다녔다. 그때의 갈등을 일기에 썼는데 대부분은 기억에 없지만, 그중 아직도 또렷이 남아 있는 것은 중학교 교복을 입고 지나가는 친구들을 보며 부러워하는 마음을 시로 적어놓은 기억이다. 시의 내용은 지금 기억나지 않는다. 일기는 20세 초반까지 이어졌다. 하지만 서울로 직장을 얻어 객지 생활하는 동안 우리 집을 수리하는 과정에서 모두 없어지고 말았다. 지나간 일이지만 그 어떤 물건보다 소중했던 10대 때의 일기장 가방이 없어진 것이 아쉽다. 그 속에 담겨있는 내 지난날의 흔적들이 그립다.

어쩌면 평생에 내 마음 저 깊은 구석에 꽁꽁 눌러 놓고 살아왔던, 막연하나마 시인이, 작가가 되고 싶다는 마음은 14살 아이가 일기를 써나가며 심어놓은 소원이 아니었을까 싶다. 지금 나에게 남아 있는 어릴 때의 기록은 6학년 가정 통신문과 졸업 앨범뿐이다.

그 이후 결혼과 출산 및 양육으로 이어진 고단한 삶에서 일기는 사치였다가 50이 지나면서 다시 쓰기 시작한 일기장이 이제 상자 하나를 가득 채우고 있다.

조금씩 강해지고

병은 자랑하라고 했다. 결코 자랑할 만한, 아니 누구도 알 수 없게 꼭꼭 숨기고 싶은 가정사였지만 나는 방송을 통해 내 모든 가정사를 공개했다. 그만큼 살고 싶었기 때문이다. 상담을 받으면서 나는 아들의 분노와 소통이 안 되는 원인이 주로 나에게 있다는 걸 알았다. 방송 이후 아들의 반항 크기는 방송 전에 비교해 그 강도와 비교할 수 없었다. 울기만 하면 누군가 나타나 도와주던 콩쥐처럼 떼쓰면 대부분의 요구 조건을 들어주던 엄마가 달라졌기 때문이었다. 다른 면에서는 아들의 싸울 대상이, 자신의 화풀이 대상이 눈앞에서 사라져 버린 것이다.

방송 이후 나는 아들의 삶에 간섭하지 않으려고 애썼다. 서로가 존재의 필요성을 느낄 시간이 필요했다. 상담 때 이호선 교수님께서는 상담자는 품어만 주는 게 아니고, 때로는 밀어내기도 해야 한다고 하셨다. 방송 이후 많은 분께서 책을 보내오기도 하셨고 추천해 주기도 하셨는데 그중에서 아들러의 심리학을 다룬 '미움받을 용기'라는 책을 읽으면서도 많은 도움을 받았고 확고한 마음을 가질 수 있었다. 행복하기로 마음먹고 미움받을 용기도 얻었다.

이제 그 아픈 시간이 지나가고 뜨겁게 흘렸던 눈물은 약이
되었다. 나날이 치유의 시간이었고 매일 매 순간이 행복의 시간
으로 이어지고 있다. 나는 평생을 약한 모성애 때문에 고생해
왔고, 그것을 극복하기 위해 많은 시간을 상담과 신앙으로 이겨
내면서 버티어 왔다. 아들을 독립시키고 나면 나 같은 가시밭길
을 걸으며 아파하는 사람에게 상담자가 되어주고 싶은 마음이
일었다.

치유를 가져다준 일기장의 기적

내면 여행

　몇 년 전 읽었던 책 겉 페이지에 《아이를 잘 키우는 내면여행》이라는 다른 책이 추천되어 있었다. 내 눈에 확 들어왔다. 소제목만 보아도 가슴이 두근거렸다. 아이들을 제대로 올바르게 양육하지 못한 결과가 어떠한지

　뼈저리게

　뼈저리게

　참회하고 있던 시기였기 때문이었다.

　이 책의 저자는 자연 속에서 자신의 두 아들을 지성과 감성이 조화를 이루도록 키워낸 사람이었다. 저자는 자신의 경험을 바탕으로 부모들의 상처가 치유되기를 바라는 마음으로 글을 썼

다. 저자는 육아를 처음 경험하는 부모들과 어릴 때의 상처로 인생이 힘든 사람들에게 조금이라도 도움이 되기를 바라는 마음으로 썼다고 했다.

이 책은 나와 우리 가족에게 정말로 많은 도움이 되었다. '자신의 감정을 억압하고 살아온 것은 아닌지 돌아보세요'라는 글귀가 나에게 하는 말같이 들렸다. 내 감정을 돌아본 기억이 없기 때문이었다. '내가 진정 무엇을 원하는지, 나는 어떤 사람인지'를 알게 도와주었다. 지은이는 퇴근 후 집에 돌아와서 식사할 때 식탁이 소홀하면 자신도 모르게 분노가 치밀었다고 한다. 어느 날 스스로 본인 자신의 내면을 탐색하다 보니 어릴 때 밥을 먹기 힘들 정도로 가난했기 때문이었다는 걸 알고 나서는 자유로워졌다는 내용을 보고 나도 조용히 내면을 들여다보기 시작했다. 여러 날이 걸렸다. 내면 여행을 떠나기 전에는 내가 진정 무엇을 원하며 살았는지 생각해 보지 못했고 알지 못했다.

나의 내면 아이

태어나서 처음으로 나 자신을 위한 시간을 가졌다. 시간이 되는 대로 나 자신의 내면 소리에 귀를 기울이고 진정으로 내가 원하는 게 무엇인지 골몰히 생각하고 있었다.

치유를 가져다준 일기장의 기적

그런데

그런데

정말로 예상치 못한 일이 생겼다. 어느 날 아침에 일어나니 깊은 나의 내면에서 14살의 내가 나타난 것이었다. 가만히 들여다보니 초등학교 갓 졸업한 14살 나의 모습이었다. 다른 친구들은 교복 입고 중학교 가는데, 나는 가고 싶다고 말하고 싶어도 한마디 말도 못 하고, 울고 싶은 마음은 있으나 마음껏 울지 못하고 있는 모습이 보이는 것이었다. '아~! 내가 원하는 건 중학교 공부도 하고, 싫으면 싫다는 말도 하고, 하고 싶은 게 있으면 하고 싶다는 표현도 하는 것이구나!'라는 걸 알게 되었다.

평소에 내 나이 60세가 되면 아들을 독립시키고 검정고시 치르는 꿈을 늘 가슴에 안고 살아왔다. 그렇지만 이토록 학교 못 간 것에 대해 아쉬워하고 있는 줄은 꿈에도 모르고 살아왔다. 여러 날의 내면 여행을 통해서 진정한 나의 내면 아이를 만날 수가 있었다.

진정 내가 원하는 게 무엇인지 알게 된 그때부터 나는 다시 조금씩 더 담대해지기 시작했고, 나 자신을 사랑하며 스스로 자존감 수치가 올라가는 느낌을 감지하였다. 그리고 '오지랖 넓은 내'가 아니라 '이기주의자 내'가 되어 보고자 노력을 했다.

친정아버지

남들에게는 호인이지만 우리 가족들에게는 경제력이 없었던 아버지! 아버지께서는 그 당시로는 공부를 많이 하셔서 학식이 많아 동네 어려운 행정 업무를 다 해결해 주셨다. 대부분 무보수로 말이다. 아버지 나이 한창일 때 새마을 사업이 시작되었고 아버지께서는 새마을 지도자가 되셔서 동네일을 하시느라 낮에 집에 계신 모습은 보지 못했다. 동네 이장도 오래 하셨다.

동네 사람들은 어려운 일이 생기면 아버지를 찾으셨다.

남들이 말하기를 "법이 없어도 살아갈 사람"이라고 했다. 그런데도 우리 집은 돈이 없어 늘 가난했다. 아버지의 그런 모든 동네일이 엄마에게나 우리에게 경제적인 도움은 못 되었지만, 우리 4남매는 1년에 한 번 다 같이 모이면 훌륭했던 아버지와 엄마로 추억하고 산다.

아버지께서는 큰딸 공부를 못 시켜서 늘 미안한 마음을 가지고 계셨는데, 내가 운전 면허증을 취득했을 때 우리 집안에서 큰딸이 운전 면허증을 땄다며 크게 기뻐하셨던 기억이 남아 있다.

아버지께서 모든 돈 관리를 하고 계셨기에 나는 월급을 받으면 봉투 그대로 아버지께 드렸다.

초등학교 졸업하고 15살 전후인 내가 한 달 일한 월급을 아

버지께 드리면 그 돈으로 신혼인 큰오빠네로 쌀과 연탄을 몇 년
간 사다 주시던 아버지셨다. 큰오빠께서 교통사고로 다리를 다쳐
서 몇 년간 고생하는 모습을 보고 그랬던 것 같았다.

그때는 참으로 서운했는데 그 마음이 자식에게로 향한 것이
었음을 지금은 안다.

열심히 일한 나는 그 돈을 쓰지 않았다. 왜 그때 묵묵히만
있었는지! 쓰고 싶은 것도 쓰고 적금도 넣고 했더라면 상처도 지
금보다는 훨씬 적고, 지금보다는 조금 더 풍요로운 생활을 하고
살지는 않을까? 아쉬워해 보기도 한다.

일 년에 한 번 우리 친정 4남매가 모이면 아버지와 엄마에 대
한 추억을 떠올리며 많은 점수를 매기고 산다.

친정엄마

나는 고생하시는 엄마를 생각하면서 일을 했다. 어떻게든 엄
마를 돕고 싶었다.

어릴 때부터 일하러 나가신 엄마를 돕기 위해 열심히 집안일
을 했고, 초등학교 졸업 후에는 돈벌이 일을 했었다. 내가 8살
정도 되었을 때 엄마가 너무 고생하고 사는 게 눈에 보였기 때문
에 철이 들면서부터 나를 위한 삶보다는 엄마 고생을 들어주는
쪽으로 살아온 날들이 많았던 기억이 난다. 엄마를 위한 일이라
면 어떤 일이라도 다 했다. 엄마는 우리 3남 2녀를 낳아 기르시

면서 정말 고생을 많이 하셨다. 엄마가 어릴 때 양 부모를 잃고 외삼촌과 함께 남매가 큰집에서 같이 자랐다고 들었다.

　내가 어릴 적 만해도 동네에는 버스를 대여해서 놀러 가는 문화가 있었다. 1년 동안 동네 어른들이 계를 들어 돈을 모아 관광버스로 1박 2일 또는 2박 3일 일정으로 설악산 등으로 가서서 신나게 구경하고 마을로 돌아오는 날이면 버스가 오는 시간에 맞추어 동네 아이들과 함께 마을 어귀로 마중 나갔다. 엄마들께서 놀러 가신지 하루 이틀밖에 지나지 않아 그사이 엄마 얼굴을 못 보았는데도 어린 우리는 엄마 얼굴이 보고 싶었던가 보다. 그때 가서 보면 아직도 흥이 덜 풀린 어른들께서는 도착한 버스 안에서도 노래와 춤이 그칠 줄 몰랐다. 지금도 차에서 노시던 엄마들의 모습이 눈에 그려진다. 아마 일 년 동안 쌓인 스트레스를 마저 풀고 계셨던 듯하였다. 얼마나 신나게 놀았는지 어른들 모두 목이 쉬어도 유일하게 우리 엄마 목소리는 그대로였다. 신기할 정도였다.

　엄마 나이 50세 정도 되셨을 때쯤이다. 엄마도 조금 살만해지시면서 조그만 자전거를 사서 타고 5일 장이나 신작로에 가셔서 우리 자식들이 왔다고 맛있는 회와 반찬을 자전거 앞에 싣고 오셨는데 그 표정이 참 행복해 보였던 일을 잊을 수 없다. 지금으로 치면 소형 승용차를 타고 시장을 다녀오는 것과 같은 마음이었을 것이다.

우리가 어렸을 때만 해도 부잣집에서는 재래결혼식을 하거나 집에서 장례를 치르는 일이 가끔 있어서 대사를 치르는 과정을 구경할 수가 있었다. 동네에 큰 잔치가 있으면 엄마는 언제나 주방에서 음식을 만들어 양을 조절해서 담아내는 일을 담당하시는 모습을 보고 자랐다. 특히 잔치 잡채를 참 맛있게 만드셨던 기억이 있다. 쫀득하면서도 부드럽고 탱탱한 식감과 맛을 잊을 수가 없다.

내가 조금 더 자라 청년이 되어 객지로 나와서 지내다가 가끔 집에 가면 목재소에서 나무를 사 와서 불을 지펴 밥 짓던 시절을 점점 벗어나, 석유난로와 가스로 발전하면서 엄마의 고생이 조금씩 줄어들고 있는 모습을 볼 수 있어서 마음이 편했다.

엄마가 젊었을 때는 가난해서 먹을 게 없어 물로 배를 채우며 살았다고 들었고, 끼니때가 되면 남부끄러워서 빈 솥에 물을 부어 밥 짓는 흉내를 내느라 불을 지펴 굴뚝에 연기를 내었다고 하셨다. 그래서인지 늘 위장병을 앓으셨고 소화제인 활명수를 달고 사셨다. 그런 엄마의 모습을 보고 자랐다. 14살 무렵부터 직장 생활하면서 월급날이 되면 홍시나 속이 편한 녹두를 사 와서 죽을 끓여 드렸었다. 결국 엄마는 위암과 담도암 판정을 받고 치료하며 사시다가 수술이 잘 못 되어 밥을 제대로 드시지 못하면서 2년 정도 투병하며 사시다 돌아가셨다.

장례식에서 우리 엄마가 참 훌륭하셨다는 걸 알았다. 병원에서 장례식을 마친 후, 동네 어른들께서는 엄마가 사셨던 동네를 한 바퀴 돌고 가야만 한다고 했다. 그래서 운구차를 타고 우리가 살던 동네로 들어서는데 속으로 깜짝 놀랐다. 동네 사람들이 모두 다 나오셔서 우리 엄마의 죽음을 슬퍼하며 애도하는 모습을 보았기 때문이었다. 엄마께서 인심을 잃지 않고 잘 살아오셨다는 걸 보았고 나도 우리 엄마처럼만 살았으면 좋겠다고 생각을 했다.

* 내가 본 엄마는 어릴 때 양부모를 잃고 그 고생의 생활 속에서도 그늘이 없이 밝게 사시던 모습을 지금도 그리워하며 존경한다.

자랄 때 놀던 추억

내가 자란 곳은 현재 주소로 부산시 강서구 대저2동 김해 공항 근처로서 주변으로 낙동강 하류의 줄기가 흘러가는 곳이었다. 50여 년 전으로 기억을 되돌려 본다. 수도가 없어서 많은 빨

치유를 가져다준 일기장의 기적

래는 그 강에 가서 방망이와 손으로 해 와야 했다. 그 건너 수문 근처에서는 재첩도 잡을 수 있을 만큼 물이 맑았더랬다. 지금은 오염이 되어 강에 가서도 먹거리를 구해오기가 힘들어진 상태이다.

아주 아주 먼 옛날에는 내가 밟던 이 땅이 바다였단다. 바다가 흐르며 모래가 쌓여 삼각주로 육지가 생긴 땅이다. 그래서 오일장을 어른들은 '섬 장'이라고 불렀다. '대저 짭짤이 토마토'가 유명한 것도 땅 깊숙이에서 나오는 짭짤한 바닷물을 먹고 자라기에 달고도 짭짤해서 유명해진 것이란다. 당리에서 신작로가 있는 학교에 가는 길에는 논과 논 사이에 좁은 농수로를 끼고 길이 나 있었다. 논에는 벼 대신 부가가치가 높은 연근을 심어놓아서 연밭이 많았다.

우리 집 뒤에도 제법 넓고 깊은 연못이 있었다. 그곳에서 여름에는 방망이를 두들겨 빨래도 하고 겨울에는 썰매도 타고 놀았다. 연도 같이 자라나서 봄부터 겨울까지 참 많은 추억거리와 먹을거리를 안겨주었다. 파릇파릇 새싹이 돋아날 때쯤인 봄이 되면 고요했던 수면 아래에서 연잎이 물을 뚫고 쑤~욱 고개를 들면서 돌돌 말린 연잎을 수면 위로 띄운다. 마치 오징어를 삶으면 돌돌 말리는 모습과 흡사해서 그 어린 연잎으로 오징어 반찬

놀이를 많이 하고 놀았다. 잎이 하루하루 자라면서 그 말렸던 잎이 펼쳐지면서 어느 날 활짝 핀 꽃 잎처럼, 어느 날 활짝 펴진 연잎이 수면 위에 떠 있다. 그 뒤로 우후죽순처럼 연잎이 연이어 나오고 연대가 자라면서 연대에 힘이 생겨서 수면에 붙어 있던 그 연잎을 공중으로 들어 올리기 시작한다.

연잎이 홀로 연대의 힘으로 우뚝 서서 바람에 나부끼기 시작하면 처음에는 한두 장이던 연잎이 수풀처럼 무성해지면서 어느새 다시 연꽃 봉오리가 여기저기 생기면서 바람에 나부끼기 시작한다. 하늘을 바라보는 잎은 진초록이고 그 잎 아래 연잎은 약간 흰 바탕을 띄고 있어서 두 가지 색상이 바람에 같이 뒤집히고 뒤섞이면서 연꽃 봉오리까지 춤을 추며 합세를 할 때면 너무나 아름다운 이색적인 연의 춤 물결을 볼 수가 있었다. 그 모습도 장관이었다.

연꽃의 봉오리가 살짝 피려고 할 때쯤에야 비로소 그 연꽃의 색깔을 알 수가 있었다.

그 너머 높은 하늘에 구름이 배경이 되어주면 한 폭의 그림을 연상하며 그릴 수가 있다. 그러다가 시간이 지나면 연꽃 봉오리가 터지기 시작한다. 그때서야 연분홍 연꽃인지, 진분홍 연꽃인지, 새하얀 연꽃인지를 알 수가 있었다. 너무 활짝 핀 연꽃보

치유를 가져다준 일기장의 기적

다는 연꽃이 막 피려고 할 때가 가장 선명하고 아름답게 보인다. 활짝 핀 연꽃이 한창일 때는 저 연꽃에서 심청이가 나올 것 같을 때도 있었다.

그러다 보면 어느새 가을이 지나고 있다. 그때쯤이면 연꽃이 진 자리에 연밥이 영글어 우뚝 서 있다. 그리고 잎은 시들기 시작한다. 겨울이 다가오면 우리는 연밥을 꺾어 간식으로 먹었다. 맛이 알밤과 비슷했다. 덜 영글었을 때는 입으로 까서 생으로 먹을 수가 있었다. 추워지는 겨울쯤 되면 단단한 연장으로 깨야만 먹을 수가 있었다. 그때쯤 되면 마른 밤같이 딱딱하며 달고 맛있었다. 그것은 매우 귀하고 영양 높은 간식이었다. 그렇게 잎이 마르고 겨울이 되면 논 속에 숨어 있던 연근은 삽으로 일일이 캐내어 지상 위로 올라와 수출되거나 도시로 비싸게 팔려나갔다. 연근을 캐낸 뒷자리에서 연근 이삭을 주워 삶아 먹으면 그것도 귀한 간식이 되었다.

그리고 겨울이 되면 빙판 위로 나와 있는 마른 연대를 꺾으러 다녔다. 그 연대는 불쏘시개로 아주 좋았기 때문이었다. 나는 그 연대를 욕심껏 모으느라 추운 줄 모르고 꺾으러 다녔는데 그것이 발에 동상을 입혔다. 손 등도 다 텄었다. 수도가 없으니 물을 마음대로 쓸 수가 없었고 돈이 없으니 장갑이나 양말도 변변

찼던 시절의 아픈 이야기다. 그래서 동상 치료를 하느라 침 맞으며 피 빼러 많이 다녔던 기억이 있다. 침 맞을 때마다 아픔을 참느라 애쓰던 마음이 지금도 남아 있는 듯하다.

8살의 나와 56세 나와의 인터뷰

(어른) 나: "아~ 너 힘들었겠구나! 이제 8살인데 학교 끝나고 오면 네가 할 일이 많아서 놀 수 있는 시간도 적구나."

(아이) 나: " 네! 힘들다고는 생각지 않아요. 옆집 친구인 숙이는 언니들이 있어서 마음껏 노는데 우리 집은 오빠들이라 내가 물을 길어야 하고, 엄마 일 끝나고 오시기 전에 밥도 해 놓아야 해요."

(어른) 나: "그래 넌 착하구나! 일도 잘하네!"

(아이) 나: "그냥 저 할 일이라고 생각해요. 근데 저녁때는 친구들이랑 끝까지 놀고 싶어요."

13살 나와 56세 나와의 인터뷰

(어른) 나: "너는 커서 뭐가 되고 싶어?"

(아이) 나: "현모양처인 신사임당이나 간호사 나이팅게일 같은 사람이요."

(어른) 나: "공부하면 무슨 과목이 재미있니?"

(아이) 나: "국어, 수학, 도덕이요. 음악과 미술이 제일 어려워

치유를 가져다준 일기장의 기적

요."

(어른) 나: "너, 중학교 못 가는 거 아니?"

(아이) 나: "잘은 모르지만 그럴 것 같아요. 그런데요, 엄마 아
버지도 계시고 제가 말 잘 듣고 공부도 잘하니 고
모 집에서 일하시던 웅이 오빠가 당연히 진학할 거
라고 중학교 가방을 선물로 사 줬어요. 그 오빠도
어쩌면 집안이 어려워 중학교 못 간 아픔이 있어서
나에게 선물해 주었을 수 있었겠다는 생각을 나중
에 해봤어요."

(어른) 나: "그 가방 어떻게 했는지 엄마한테 물어보았니?"

(아이) 나: "못 물어본 것 같아요. 왜 말도 못 하고 묵묵히 있
었을까요? 왜 일만 하고 살아 왔을까요?. 그래서 지
금은 착하다는 말이 싫고 천사라는 말이 정말 싫어
요. 나를 바보 같다고 비꼬는 것 같아요."

(어른) 나: "지금 부모님이 살아계시고 네가 어린 시절로 간다
면 어떻게 하고 싶니?"

(아이) 나: "당당하게 나의 감정과 의견을 말하고, 내가 하고
싶은 공부를 해서 집안을 일으키고 고모 집 시집살
이에서 엄마를 벗어나게 하고 우리도 벗어나고 싶어
요. 봐요! 우리 친정 식구들 학력순으로 잘들 살고
있잖아요. 나만 바보같이 살고 있어요. 그렇다고 부

모를 원망해 본 적 없어요. 내가 살아온 삶이니까요. 모두 열심히 살아 왔어요. 다만 억울하다면 고생한 만큼 잘 살지 못하고 있다는 생각이 있어요."

(어른) 나: "그럼 무슨 보상을 받으면 억울함이 덜 하겠니?"

(아이) 나: "정말 수고했다고! 네가 고생한 덕에 동생 공부시키고 아버지 엄마도 힘이 되었노라고. 그리고 어린 너를 너무 고생시켜서 미안하다고. 그래서 네가 기를 못 펴고 사는 것 같아서 마음이 아팠노라고. 이제는 너를 위해 사는 인생이 되길 진심으로 바란다는 격려의 말을 듣고 싶어요."

(어른) 나: "그래 혜선이가 그동안 고생이 많았구나!. 토닥토닥! 이제 너의 손잡고 공부하러 갈거야. 내가 이제는 먹고살 수 있을 만큼 나아졌으니 내가 너를 돌봐 줄게. 너와 행복하게 살 거야! 엄마 아버지도 천국에서 좋아하실 거야!"

(아이) 나: "네~ 진짜 진짜 너무 좋아요!. 고맙습니다."

검정고시 등록

내면 여행을 통해 진정한 나 자신을 만난 뒤, 나는 내면의 아이와 함께 그 아이가 원하는 것을 실행하기 위해 떠났다. 이제는 힘이 생긴 현실의 나와 아직도 아파하는 내면의 내가 함께 손잡고 치유의 길을 떠난 것이다. 먼저 검정고시 학원을 찾아 접수하고 이후 인터넷 강의를 들었다. 공부하기 위해 책을 펴고 인터넷 사이트에 접속하는 순간 분명히 알 수가 있었다. 내면의 아이가 얼마나 좋아하는지를. 그리고 더불어 현실의 나도 차오르는 자부심과 솟아오르는 열정, 그리고 안정감 속에서 즐거워하고 있다는 것을.

걱정 또 걱정

그렇다고 내 현실이 갑자기 변하여 꽃길을 걷는 것은 아니었다. 현실은 변한 것 하나도 없이 그대로였다. 생계를 꾸려나가기 위해 직장을 다녀야 했고 돌아봐야 할 가족들이 있었다. 비록 과거 어느 때보다 경제적으로는 다소 여유가 있었다. 하지만 아들 연수만 생각하면 가슴 아래 무겁게 눌러오는 중압감은 여전했다.

상담 선생님들을 통해 배운 것처럼 적당한 거리를 유지하며 가능한 한 간섭하지 않고 내 할 일에 집중하고자 했지만 그게 마음처럼 쉽지는 않았다. 무엇보다 부모로서 자식을 방치나 방임하는 것은 아닌가? 마음이 들어서 순간순간 내가 제대로 하고 있는지에 대한 의구심이 솟구쳐 올라왔다. 집에서 빈둥거리며 게임만 붙잡고 있는 아들만 보면 '일자리 구해 봤어?' '일자리 알아보자!' '네 용돈 네가 해결해!'라는 말이 터져 나왔다. 나만 보면 허구한 날 돈을 달라고 하니 자연스레 그 말이 터져 나오는 것이었다. 내가 어떻게 해야 할지 머리로는 정리가 되어 있었지만 연수와 부딪히면 머릿속의 그 지식과 이론은 어디론가 사라지고 연수의 앞날에 대한 끓어오르는 걱정에 종종 길을 잃기 일쑤였다.

나의 성장

어느 날 갑자기 '당뇨병도 부모에게서 받은 상처로 인해 앓을 수 있다'라는~, 언젠가 책에서 읽었던 구절이 생각났다. 그동안 아들의 무기력한 모습과 당뇨의 원인이 어디에서 연유했는지를 여러 번 생각해 보았으나 알 수가 없었다. 어느 때는 배가 불러서 저런다고도 생각을 했다. 그런데! 그런데! 어쩌면 부모로부터 받은 상처가 영향을 미쳐 아들이 정신적이나 육체적인 병을 앓을 수가 있다는 생각이 뇌리를 스쳐 지나갔다. 왜 지금까지 그런 생각을 하지 못했었지? 지금껏 나는 아들이 나와 다른 존재라고 생각해 본 적이 없었다.

나는 내 경험을 통해 아들도 나같이 살아갈 수 있는데 그러지 않고 있다면서 비난하고 답답해하며 살아왔던 것을 알게 되었다. 나 같으면 돈 없다고 엄마 안 볶고 육신 멀쩡하니 밖에 나가서 일해 번 돈으로 본인 필요한 물건들 사면서 당당하고 재미있게 살아갈 수 있을 것 같았다. 나는 아들보다 훨씬 어려운 환경 속에서 그렇게 살아왔다고 생각할 때가 있었다.

그런데 행여 내가 알지 못하는 나! 아들도 알지 못하는 그 무엇! 어쩌면 지금껏 살아오면서, 특히 큰딸로서의 숨겨진 아픔과 상처 같은 것이 있지 않을까? 그런 것들이 아들과 나를 가로막고 있는 게 아닐까? 라는 생각이 불현듯이 일기 시작했다.

초 1 때부터 여동생과 놀면서 집안 살림하고, 4, 5학년 때 어머니가 남동생을 낳은 날부터 엄마를 대신하여 빨래하러 강에 가던 일이 떠올랐다. 막내가 누워 있고 기어 다닐 때 엄마 모내기 일 가면 학교 빠지고 따라가서 논둑에 앉아서 아기 동생을 돌보던 때도 생각났다. 아마 물가라 혼자 두면 위험해서 돌봐 주며 동생 젖 먹이려고 따라다닌 것 같다.

6학년 겨울 방학 때부터 고모네 임신한 새 언니 도와주러 간 일도 잊을 수는 없다.

이어서 외숙모께서 아들 다섯 낳은 뒤 여섯째인 막내를 낳고 산후조리 하실 때도 내가 가서 도와드리는 역할을 했다.

그렇게 살다 보니 나에게는 사춘기라는 시절이 없었다. 사춘기가 무엇인지도 모르고 살았다. 일이 끝나면 간간이 친구들과 놀기는 했어도 주변에서도 사춘기를 겪는 모습을 보지 못했다. 방송대 청소년 교육학과를 배우면서 사람은 사춘기를 겪고 살아

시흥시 관곡지에서 자랄 때의 추억을 회상하며, 2018년

가게 되어 있다는 걸 알았다. 내가 사춘기 시절이 없다 보니 두 아들이 사춘기를 겪을 때의 힘든 마음을 모르고 지나쳤다는 사실을 알면서 얼마나 가슴을 쳤는지 모른다. 아버지 때문에도 힘든데 사춘기 때의 반항심과 여러 가지 신체 변화를 겪으며 부모의 관심이 필요했을 텐데 아무런 도움을 받지 못하고 그 시절을 보냈을 두 아들에게 미안했다. 뒤늦게나마 배운 것이 얼마나 감사했는지 모른다.

그동안은 어릴 때의 추억에 대해 아무렇지도 않았고 담담하게 살아왔다. 이 글을 쓰면서 어릴 때의 생각이 정리되고 있었다. 어릴 때의 일들이 상처로 내면 깊숙이 숨어 있었다는 것이 인식되고 있었다. 그렇게 억압된 나의 과거 아픔에 아들도 억압

치유를 가져다준 일기장의 기적

되고 감정을 표현하지 못하는 엄마의 마음을 본능적으로 읽고 영향을 받은 건 아닐까? 하는 생각도 들고 있었다.

그런 나를 나는 꼭꼭 감춘 채 내가 그렇게 살았으니 남들처럼 마음이 밝을 수가 없었던 것이리라. 그래서 어쩌면 아들을 그렇게 몰아세웠던 것은 아니었을까? 연수는 혹시 억압되고 감정을 표현하지 못하는 엄마의 마음을 본능적으로 읽고 그것으로부터 영향을 받은 건 아닐까? 라는 생각이 들고 있었다.

그날부터 나 자신에게 의문을 던지고 있었다.

함께 떠난 힐링캠프

다시 아들의 반항이 심해지면서 엄마에게 폭력으로 대들기 시작해서 일시적으로 찜질방에서 생활하였다. 그 소식을 들은 지인께서 가정폭력 피해자가 쉴 수 있는 '여성 쉼터'가 있다며 소개해 주었다. 그래서 찾아가 상담한 후에 아주 단기간 그곳에서 편안하고 안전하게 생활한 때가 있었다. 고등검정고시 공부와 일을 병행할 때여서 낮 동안에는 일하고 퇴근 후에는 쉼터 숙소에서 쉬면서 공부하였다. 쉼터에 오신 분들은 모두가 가정폭력을 피해서 잠시라도 숨을 돌리고자 하는 분들이었다. 그중 형편이 좀 더 어려운 사람은 장기간 기거하면서 기술을 배우며 독립 준비를 하는 사람도 있었다. 모든 일은 사생활 보장을 위해 비밀이라 사연은 알 수 없었지만 한 가지 같은 것은 가정폭력을 피해서

치유를 가져다준 일기장의 기적

안전하게 보호받기 위해 그곳에 왔다는 사실이었다. 나는 짧은 기간 그곳에서 먹고 자며 소장님의 따뜻한 배려로 안전하게 쉼을 얻은 다음, 그 고마움을 뒤로 하고 퇴소할 수 있었다.

퇴소한 후에도 쉼터에서는 종종 연극이나 뮤지컬 티켓 등이 후원으로 들어오면, 시간 내서 보러오라고 연락을 주셨다. 그때마다 웬만하면 공연장에 가서 관람했다. 영화도 많이 못 본 나인데 뮤지컬 공연장에서 배우들의 표정을 보며 목소리를 직접 들으니 가슴에 전해지는 감동은 너무나 컸고 그 먹먹한 느낌은 오래도록 내 마음에 남아 있곤 했다. 뮤지컬을 보면서 박수도 많이 보냈고 같이 많이 웃었고, 함성도 많이 보내었다. 그러면서도 줄거리는 빨리 이해가 안 될 때가 있었다. 영화나 뮤지컬 모두 잘 이해는 가지 않았지만 그래도 보고 즐긴다는 자체만으로도 많은 위로와 감동을 얻었다. 누군가의 후원으로 내가 누릴 수 있다는 게 참 고마웠다.

2015년 10월 말경, 여성 쉼터에서 여러 명의 입소자와 퇴소자가 모여 충남 태안으로 힐링캠프를 1박 2일로 떠나는데 같이 가자고 연락이 와서 흔쾌히 응낙하고 같이 떠났다. 아는 얼굴도 있고 내가 퇴소한 뒤로 새로 입소한 여성분들도 계셨다. 함께 떠난 여성들 모두 가정 폭력이라는 아픔을 가지고 오신 분들이라

공감대가 있기는 하였지만 여간 말조심이 되는 게 아니었으나 그
럼에도 여행은 즐거웠다.

힐링 캠프장의 프로그램 중 하나로 '나의 인생 그래프'를 그
리는 시간을 가졌다. 행복했던 나이, 힘들었던 나이, 추억이 있
었던 나이 등을 그렸던 것 같다. 자세한 건 기억 저 너머로 사라
졌지만 내가 살아온 인생을 한번 돌아보는 계기가 되었던 것은
기억이 난다.

해질 저녁 무렵 우리는 바닷가로 가서 바다 위에 만들어진
구름다리에서 사진을 찍으며 노을을 즐겼다. 10월 말이라 저녁
바람이 차가웠지만 상쾌했다. 바깥바람은 언제나 좋은 법이다.
지는 해를 바라보며 그 황홀함에 빠지기도 하고 어둠이 깃드는
바다를 보며 낭만을 느끼기도 하였다. 그날 구름 속에서 태양
빛이 새어 나오는 광경이 너무나 아름다워서 내 손으로 그 광경
을 포착하여 핸드폰으로 찍었다. 지금도 가끔 그 사진을 꺼내 보
며 당시의 행복했던 즐거움을 회상하곤 한다.

저녁 식사로는 소장님께서 예약해 놓은 바닷가 횟집에 가서
푸짐하게 회와 맛난 음식을 먹을 수가 있었다. 모두가 즐거워하
며 이런 시간을 제공해주신 소장님 부부에게 깊이 감사를 드렸

치유를 가져다준 일기장의 기적

다. 모든 일정이 그야말로 힐링 그 자체였다.

다음날은 아침 일찍 태안 안면도 자연휴양림으로 향했다. 지금은 나무 이름도 다 잊었지만, 측백나무 같은 초록 초록한 색깔의 푸르른 나무와 각종 꽃이 너무나 이쁘고 아름다웠다. 여러 해가 지났는데도 그때의 함께했던 분들과 힐링 되었던 많은 추억은 내 가슴에 따뜻하게 남아 있다.

혼자서는 힘들지만 많은 사람의 후원과 소장님 부부의 인도로 우리는 일시적으로나마, 즐거운 아픔을 모두 잊고 1박 2일의 힐링 시간을 가질 수 있었다. 모두가 함께했기에 좋았던 시간이었다.

퇴소 후, 나도 쉼터의 후원자가 되어 적은 금액이나마 매달 후원금을 보내다가 손녀들의 육아 문제로 직장을 정리하면서 후원을 중단하였다.

단란하고 소소한 시간

남편 집에서의 복날

2019년 8월 삼복더위가 계속되던 무더운 여름날, 혼자 사는 남편이 복날이라고 닭 한 마리와 낙지 사다 놓았다며 같이 해 먹자고 전화가 왔다. 그전에도 술이 들어가면 외롭다고 가끔 전화가 왔었다. 나는 눈코 뜰 새 없이 바쁘게 살고 있는데 그 말을 들으면 배부른 소리 한다며 은근히 짜증이 났었다. 그런데 그때는 나도 방송대 시험이 끝나고 딱히 할 일이 없었던 터라 한번 가 보려고 마음먹었다. 동생이 보내온 젓갈 종류와 반찬 몇 가지를 챙겨놓았다. 그리고 가기 전에 상태가 어떤지 보려고 전화하니 벌써 술이 들어가 있었다. 안 먹었다고 하나 귀신은 속여도 나는 못 속인다며 다시 물으니 웃으며 "아침에 한 병 먹었다."란

치유를 가져다준 일기장의 기적

다. 그러면서 아들도 데리고 오라고 했다. 나는 아들에게 전화해서 직접 부르라고 했다.

그랬더니 "엄마랑 같이 오라고 했더니 알았다고 했다."라며 답장 전화가 바로 왔다. 이제는 옛날처럼 원수같이 싸우지는 않으니 '같이 가도 되겠다'라고 판단하고 남편 집으로 향했다.

예전에는 술을 먹으면 오기가 들어 있고 화가 들어 있었다. 그랬는데, 그때는 술을 먹어도 순한 양이 되어 객기를 덜 부리는 모습을 볼 수가 있었다. 나이가 들고 늙어가면서 철이 들어서인지, 내 마음이 가벼워져서인지 우연인지 알 수는 없었다. 아들도 많이 달라져서 엄마나 아버지 앞에서 예전같이 화를 잘 내지 않고 있었다. 그러다 보니 나도 잔소리가 줄었다. 그때부터는 남편 말에 조금은 공감이 되고 있었다. 남편이 준비한 복날 음식을 아들과 같이 먹으니 그날 그 시간이 참 좋았다.

아들이 한창 자랄 때의 불편하고 불안했던 옛날 일이 주마등처럼 스쳐 갔다. 모처럼 편안하고 행복한 시간을 보낸 날도 있었다.

* 너무나 가족을 힘들게 해서 길거리에서 쓰러져도 쳐다보지 않겠다고 결심했던 때도 있었는데 세월이 흐르면서 상황이 조금씩이나마 바뀌었다.

아들과의 대화

2020년 어느 날, 아들과 아버지를 두고 이런저런 이야기를 나누면서 아버지에 대한 아들의 속마음을 듣게 되었다. 평상시의 관계를 통해 짐작은 하고 있었지만, 아버지에 대한 아들의 증오심이 이 정도까지 일 줄은 몰랐었다.

이야기는 토, 일요일에 연이어 이어진 친척 결혼식 참석 문제를 놓고 시작되었다. 친정 조카 결혼식이라 아버지와 아들 둘 다 참여하기를 원했는데, 문제는 아버지와 아들의 사이가 워낙 좋지 않아서 한 결혼식에 같이 가는 것은 생각할 수가 없었기 때문이다. 분명 가는 순간부터 다투기 시작하여 식장에서도 그 다툼이 계속될 것은 불 보듯 뻔한 것이었고, 자칫하면 남의 잔치마

저 망칠 수가 있었기 때문이다. 그래서 나는 이종사촌 결혼식에는 아들과 같이 가고, 외사촌 누나 결혼식에는 아버지와 가야겠다고 생각했다. 그런데 아들은 식탐도 있고 또 결혼식이나 되어야 바람이라도 쐴 수 있다고 여기고 둘 다 갈 생각이었던 것 같았다. 그런데 아버지 때문에 한 군데는 못 간다고 이야기하자 본인의 행동은 생각하지 않고 모든 분노가 아버지에게로 향했고 아들은 차마 옮기지 못할 온갖 욕설과 저주의 말을 뱉어내었다.

그 분노는 어릴 때부터 하나하나 누적되어 온 것이었다. 그 무렵 아들은 수없이 많은 기억 들 속에서 아버지와 아버지 친구인 동네 김 씨 아저씨가 장난삼아 자신을 거꾸로 매달아 놓고는 둘이서 좋아하며 웃었던 사건을 끄집어내었다. 그때 아들은 피가 머리에 거꾸로 쏠려 죽을 뻔했단다. 처음 듣는 이야기였다. 나는 정말 무서웠겠다며 왜 그때 엄마에게 그 이야기를 하지 않았는지?, 그때 말했으면 엄마가 가만히 안 있었을 거라고 아들의 감정에 공감해 주며 달래 주었다. 아들은 김 씨 아저씨가 그래서 벌을 받아 중풍에 걸린 것이라고 말했다.

나는 이제 그 일은 돌이킬 수 없는 과거가 되었으니 아버지를 용서하고 너의 삶을 살아야 네 인생이 밝게 발전할 수 있다고 말해주었다. 그런데 그 말을 들은 아들이 "나도 알아. 내가 치유되어야 산다는 걸~~."이라고 말을 했다. 그 대답을 들을 때 내가 얼마나 속으로 놀라고 또 반가웠는지……. 시커먼 암흑 속에 헤매던 중 저 멀리 희미한 불빛을 발견한 듯 기뻤다.

희망의 불빛과 함께 떠오른 생각 하나

그래, 메일을 이용하자! 가끔 아들과 대화하다 보면 무슨 말을 하려다가 금방 까먹기도 하고 감정이 앞서서 대화가 연결이 안 될 때가 있는데, 메일을 쓰게 되면 차분히 생각을 곱씹을 수가 있을 것이다. 우선 '용서'라는 제목으로 그동안 내가 살아오면서 누군가를 용서하였는데 그로 인해 나에게 되돌아온 이익을 써서 보내자. 그다음 연수의 대답을 기다려 보는 거야. 답장이 없어도 상관없다. 읽기만 해도 괜찮다. 그리고 나아가 기회가 된다면 내가 읽었던 '치유'에 관련된 책을 읽어보라고 하던지 내가 직접 읽어 줄 수 있다면 성공일 수 있겠다.

제3부

행복을
찾아

가족 나들이

　2015년 2월. 설날 연휴를 이용해서 아들과 둘이서 여행을 떠났다. 지난 연말부터 여행에 관하여 이야기를 나누어 오다가 아들의 여행 허락을 얻어서 마음먹고 떠난 것이다. 아들과 바람도 쐬며 속마음 이야기를 하고 싶어서였다. 그때는 아들의 마음이 더욱 닫혀 있어서 다소 조심은 되었지만, 그래도 아들과 소통할 수 있는 실마리를 찾는 기회가 되기를 바라는 마음도 있었다. 구정 당일 새벽에 집에서 출발했다. 시댁을 목적지로 정했으나 딱히 방문할 친척이 있는 것은 아니었다. 단지 아들에게 나름의 추억이 깃들어 있는 시골이라 아들도 편하게 둘러볼 수 있을 것 같았다. 가다가 경치 좋은 곳이 나오면 잠시 쉬어가기도 했다.

옛날에 시어머니가 살아계실 때는 12시간씩 걸리면서도 찾아가던 길이었다. 시어머니께서 살아계시는 동안은 명절 때마다 두 아들을 데리고 밀리는 고속도로에서 시간을 보내면서도 시어머님 얼굴을 빠뜨리지 않고 찾아뵈었다. 명절이 되었는데 집에 있으면 외롭고 쓸쓸해서라도 여행 삼아 떠났기도 했다. 돌아올 때는 할머니께서 모아둔 쌈짓돈이 아이들에게 용돈으로 손에 쥐어 주셔서 받는 재미가 있었다. 그리고 무엇보다 시댁 주변에 목장이 있어서 도시에 살던 아이들에게는 며칠 심심하지 않게 잘 즐길 수 있는 곳이기도 했었다.

비록 할머니는 계시지 않았지만, 아들은 거기서 놀던 추억을 기억하고 있었다.

여러 종류의 가축이 있어서 구경할 수가 있었고, 젖소에서 금방 짠 우유를 먹을 수 있는 곳,

할머니 집에서는 먹지 못하는 귀한 음식도 먹을 수 있는 곳으로 기억하고 있었다.

이제는 옛날처럼 그리 길이 많이 밀리는 일은 없다. 우회도로가 많이 생겼기 때문이다. 가면서 많은 말은 하지 않았지만 그래도 기분 좋게 아들과 둘이서 오붓한 여행을 할 수 있음에 감사했다. 목적지에 도착해서 동네를 둘러보다 아직도 정정하니 지내고 계시는 친하게 지냈던 분을 만났다. 그분께서 맛있는 점

심을 사 주셔서 맛있게 먹었다.

옛날에 그곳 시골에서 오래 살지는 않았어도 서로 친하게 지낸 것만으로 친절을 베풀어 주셔서 감사했다. 아들에게 용돈도 주셨다. 아무런 이해관계가 없는데도 불구하고 넉넉하게 품어주시고 반겨주시는 어르신께 너무도 감사했다. 부디 이런 어르신의 마음이 아들에게도 스며들었으면 좋겠다는 생각이 들었다.

집으로 돌아오는 길에는 아들이 잡곡밥을 좋아했기에 미리 주문해 두었던 서리태콩 한 말을 차에 실은 후 고속도로를 타기도 하고 국도를 타기도 하면서 여유로운 여행을 하였다. 이른 아침 출발해서인지 해가 지니 졸려서 한적한 곳에서 한숨 자고 다시 출발하기도 했다. 기대했던 것보다 모자간에 쌓인 벽을 허물 수 있는 많은 이야기를 나눈 것은 아니었어도 서서히 아들과의 간격을 좁힐 수 있는 계기가 되는 하루였다.

두 아들과 외식

2015년 꽃피는 5월 어느 날, 둘째 아들이 "맛있는 대게가 싸다는데 먹으러 가자."라고 했다. 전에도 여러 번 가자고 얘기해 왔던 터였다. 형도 같이 가자고 해서 두 아들을 태우고 소래포구 근처 식당으로 향했다. 옛날에 회사 다닐 때와 영업할 당시 회식 때 실컷 먹은 이후로 그날 실컷 먹었다. 차 안에서와 식당에서 둘째가 형에게 무슨 말을 하다가 말을 삼켰다. 그러는 동안 첫째도 동생의 말에 대답했다가 또 집어삼키기를 반복했다. 그렇지만 예전처럼 티격태격하는 일은 없어졌다. 엄마인 나도 말을 줄이며 변해가고 있었고 아들 둘도 분위기가 부드러워지고 있었다.

모두가 더는 먹을 수 없을 때까지 배부르게 대게를 먹었고 두 아들은 소주와 맥주를 취향껏 조절해서 먹으며 사이좋은 분위기 속에서 이야기를 나누었다. 모처럼 온 가족이 한가하고 즐겁게 단란하니 즐긴 날이었다. 나는 아들들의 대화에 끼어들지 않으려 노력했다. 다소 아쉬웠던 점은 당시의 행복한 시간을 사진으로 찍으려 했으나 큰아들이 원치 않아서 다음으로 미루었던 점이다. 다음에 또 기회를 만들자며 즐거운 마음으로 집으로 돌아왔다.

함께 바람 쐬기

2019년 1월경 아들과 나, 방송대 학우 두 분과 함께 제천으로 여행계획이 있었다. 떠나기 전날 밤사이에 눈이 많이 내렸다. 제법 먼 150km 거리에 3시간이나 걸리는 초행길이라 운전자인 나로서는 조금 걱정에 약간 긴장되었다.

거슬러 올라가 2017년 8월 말경의 일이다.

방송대 과제를 위해 무언가를 검색하던 나는 문득 수원 가정폭력 상담소에서 처음 상담했던 선생님이 생각났다.

16년 전쯤에 상담이 종료되었고 그 뒤로 소식이 끊긴 상태였다. 그런데 워낙 열정적이고 성실해 보여서 그 당시 내가 바라본 그대로 살았다면 지금쯤 유명해졌을 수도 있겠다는 생각이 들

치유를 가져다준 일기장의 기적

었다. 그래서 아는 거라고는 이름 석 자뿐이어서 유튜브에 이름 세 글자로 검색해 보았다. 인터뷰 장면이 나오고 사무실 전화번호도 나왔다. 세월이 흘러 가물거리긴 해도 상담받던 그때의 그 목소리였다. 나의 예감이 맞아서 만세를 불렀다. 그렇게 십 오육 년 만에 연결이 되어서 여행을 가게 된 계기가 되었다.

우리가 떠나기로 한 목적은 두 가지였다.

첫 번째는 우리가 방송대 청소년 교육학과를 공부했으니 사회복지사 자격증을 취득하기 위해 진행하고 있었는데, 취득 후에는 개인에 따라 청소년 상담사 자격증도 취득하게 될 거였다. 그 배운 것을 어디서 어떻게 활용할지 의논하다가 옛날에 내가 심리 상담하러 다녔던 선생님이 계시는데, 그 뒤로 열심히 공부하셔서 박사님이 되셔서 제천에서 활동도 많이 하고 계신다고 얘기를 하였다. 그러자 다 같이 한번 가 보자고 동의해서 여행계획을 세운 거였다.

두 번째는 아들과 여행하고 싶어서였다. 아들과 여행을 계획하던 차여서, 14살 때 엄마하고 수원으로 상담받으러 다닐 때의 선생님을 뵈러 가는데 같이 가겠는지 물었을 때 흔쾌히 가겠다고 해서 참으로 반갑고 고마웠다. 그렇게 해서 엄마 친구들의 어려운 자리에 함께 가게 되었던 거였다. 그 당시만 해도 아들의 마음은 우울증과 함께 아버지는 물론이고 엄마도 못 믿고 방송국도 못 믿고 그 누구도 믿을 수 없어서 마음이 철장같이 굳게 닫혀 있던 상태였다. 세상과 거의 담을 쌓고 집안에서 자신만의 세계인 게임에 시간을 내주던 아들이 엄마를 따라 바깥으로 나서려면 큰 용기가 필요했을 것이기에 더욱 고마웠다.

다음 날 우리가 가는 시간에는 다행히 날씨는 맑았고 따라서 눈도 녹아서 별 지장 없이 목적지에 도착할 수가 있었다. 내비게이션을 따라 우리가 도착한 곳은 제천 민화 마을 안이었다. 반갑게 맞이해 주시는 박사님은 여전히 온화하셨다. 차를 마시며 우리가 공부한 이야기와 이 공부를 어떤 방향으로 활용할 수 있는지를 이야기 나누었다. 그때 아들은 옆에서 조용히 들으며 가끔 던지는 박사님의 질문에 답을 하고 있었다.

멀리서 왔다고 제천 명소를 구경시켜 주시겠다며 '제천 한반도 지형'을 보러 가자고 하셨다. 산에 올라가서 내려다보니 큰 계곡 속에 작은 산이 하나 있었다. 산에서 보니 한반도 지형과 닮아 보였다. 그래서 '한반도 지형'이라 불린다고 설명해 주셨다. 산언덕에서 '한반도 지형 아기 무궁화나무'의 이야기도 듣고 볼 수가 있었다. 주차장에서는 아들과 같이 군밤도 사서 먹었다.

박사님의 설명을 들으며 구경을 한 뒤 우리 일행은 다시 민

치유를 가져다준 일기장의 기적

화 마을로 들어섰다. 거리에 있는 벽에는 다양한 그림이 그려져 있었다. 그 벽보에서 우리는 여러 장의 사진을 찍었다. 공예방에 가서 구경하며 물건도 샀다. 출세를 도와준다는 출세용 빵도 먹었다. 아들이 사진은 거부해서 기념사진은 없으나 엄마 친구들과 어색하고 어려운 자리를 함께하며 즐거운 시간을 함께 지낸 하루였다. 말은 별로 않고 처음부터 끝까지 같이 먹고, 같이 바깥바람을 쐬며 하루를 즐겁게 보낸 날이었다. 큰 용기가 필요했을 아들의 마음에 참으로 감사했다.

제천 여행 가서 바라본 한반도 지형 산, 2019년 1월

남편의 베풂

2019년도쯤인가? 남편은 집 근처에 있는 제법 넓은 빈 땅에 옛날 화전민처럼 빈터에서 돌을 골라내어 밭을 만들기 시작했다. 그러더니 배추를 심어 키워서 김장하라고 제법 많이 주었다. 한해 먹을 김장양이 되고도 넉넉해서 김장하고 남은 배추를 지인들과 나누어 먹기도 했다. 이듬해에는 고추를 심어 제법 많은 양의 고추를 땄다. 매운 고추와 안 매운 고추를 심었는데 잘 열려서 마른 고추가 제법 되었다. 그걸 팔아주면 임플란트를 심고 싶다고 했다. 같이 일하시는 실장님께 말했더니 사겠다고 해서 방앗간에 가서 고추를 빻아 돈을 만들어주었다.

2021년도 겨울. 남편이 이제는 조금 정신을 차리고 개조된

치유를 가져다준 일기장의 기적

경운기를 사서 공장에서 나오는 폐지를 모아서 적지만 돈을 만지며 살고 있다며 자랑하고 있었다. 가끔 손녀와 나를 불러서 적은 액수지만 용돈도 주었다. 살다 보니 이런 날도 있구나! 싶은 마음도 들었다. 어느 날은 냉동창고에서 엄청난 양의 자른 동태와 자른 아귀, 동태알 등을 상자째로 가져와서 가져가라고 했다. 겨울이라 바깥에 두면 얼어서 다행인 계절이긴 했다. 내가 아무 때고 갈 수가 없기 때문이었다. 손녀 둘을 집에 두고 갈 상황을 만든 다음 가 보니 정말로 제법 많은 양의 냉동수산물이 있었다. 집에 가져와서 나 먹을 양만 남기고 부산이며 전라도며 어디에 살고 있던 이걸 주어도 받아줄 만한 지인들을 떠올리며 전화로 일일이 물었다. 다들 좋다고 했다. 아이스박스를 챙겨 포장해서 택배로 보내는 것이 나에겐 일이기는 했다. 그렇지만 그동안 신세 진 지인들에게 보답하는 즐거운 마음으로 보냈다. 지인분들께서 택배를 받아보시고는 "살다 보니 누구네 아빠 덕도 본다."라면서 좋아하셨던 때가 있었다.

다음 해에는 옷 공장에서 불량이 났거나 재고 등을 처리해서 나가는 제품을 챙겨와서 가져가라고 했다.

별로 반갑지는 않았지만 일단 내 눈으로 보고 결정하겠다고 답했다. 시간 내서 가 보니 다양한 옷들이 보였다. 입을 만한 옷들이었다. 옷은 무거워서 고물상에 팔면 돈이 된다. 그런데도 새

옷이라 팔지 않고 나에게 가져가라고 주었다. 애들 홈드레스, 어른 홈드레스, 누구나 입을 수 있는 겨울 바지 등등이 있었다. 차에 싣고 와서 교회 식구들과 지인들에게 나눠주고 먼 곳은 택배로 보냈다. 동생은 활동이 많아 제일 많이 보냈다. 동생도 다시 나눔 한다고 했기 때문이었다. 그 바지는 그 당시 인터넷에서 판매되고 있다고 했다. 따뜻하면서도 부드럽고 가벼워서 누구나 좋아하는 옷이란다. 이번에도 모두가 "살다 보니 누구네 아빠 덕도 본다."라며 좋아했던 한 시절이 있었다.

길거리에서 폐지 줍는 게 아니고 공장에서 나오는 폐지를 치워주는 일이다 보니 대량으로 얻어지는 게 많았던 시기가 잠깐 있었다.

2022년 가을에는 공장에서 나온 폐지를 주워 팔아서 "한 푼 두 푼 안 쓰고 모았다"라며 그동안 모은 금일봉을 나에게 주었다. 이유는 '손녀 키우느라 돈도 못 벌고 애쓴다'라는 것이었다.

죽으려고 그러나? 싶은 마음이 들기도 했다. 옛말에 죽을 때가 되면 철이 들고 안 하던 말과 행동한다고 들었기 때문이었다. 많다면 많고 적다면 적은 액수지만 처음으로 받아보는 무보수의 돈이었다. 고맙다고, 애썼다고 말해주었다. 그해 두 아들에게도 얼마의 돈을 준 걸로 알고 있다. 돈만 있으면 남에게 인심 쓰고 술값으로 날려 버렸는데 그때에는 온 가족에게 조금씩 인심을 썼다. 마음이 참 좋았었다.

멀쩡할 때는 언변이 좋은 사람이다.

공장에 뭐라고 했는지는 몰라도 "가족들 주라"고 했다며 좋은 물건도 많아 가져왔었다. 평생을 나 고생시킨 사람이지만 남에게는 좋게 마누라 자랑을 하는 듯했다. 옛날에는 나를 보면 어릴 때 자신을 버리고 떠난 엄마라는 빈자리 기억이 떠오르는 듯 울화가 치미는 듯해 보일 때도 있었다. 그래서 자기보다 힘이 약한 가족에게 폭력을 했을까? 싶다. 무의식의 행동 같기도 했다. 이제는 조금 달라졌다.

그토록 어릴 때의 엄마 부재는 그 사람의 평생을 따라다니며 감정을 좌우하고 있는 듯했다.

죽을까 봐?

2015년 11월, 네 번째 건강 지원센터 상담이 예약되어 있었다. 방송 이후여서 상담 선생님께 방송 이야기를 하니 그 영상을 한번 보고 싶다고 해서 미리 건네주었었다. 혹시라도 아들이 상담 가겠다고 하면 영상 보는 걸 싫어할 수도 있기 때문이었다. 그날은 선생님께서 기다렸다가 나를 맞이해 주셨다. 그동안 그렇게 기다려 주는 날은 없었다.

선생님께서는 상담을 시작하면서 "왜? 연수가 굶어 죽을까 봐 걱정되시나요?"라고 물으셨다. 영상을 보며 상담자로서 느낀 게 있으신 것 같았다. 그 '죽을까 봐'라는 말을 듣는 순간 30여 년 전에 떠난 세 살짜리 딸아이의 죽음이 떠올랐다.

치유를 가져다준 일기장의 기적

그러면서 눈물이 왈칵 쏟아지며 울음이 터져 나왔다. 1년 동안 어린 아기를 안고 울었다는 내 말에 상담 선생님은 그때 왜 그랬는지 생각해 보라고 두 번을 설명하고 물어왔다. 그리고 아들을 어떻게 키웠는지도 물었다. 나는 아기가 죽을까 봐 땅에도 놓지 못하고 키웠다고 말하였고 그렇게 키운 이유를 물었을 때 다시 한번 무의식중에 눈물이 왈칵 쏟아졌고 그럴 수밖에 없었던 이유가 생각나기 시작했다.

30년이 지나도록 그때의 일을 내 입으로는 밖으로 꺼내 본 적이 없었다. 좋은 일도 아니고, 또 누가 물어본 적도 없었고, 내가 아무에게나 내 아픔을 주절주절 이야기하는 성격도 아니었기 때문이었다.

계보를 그리는 동안 아들이 태어난 시기 등을 물었고, 나는 과거 이야기를 하기 시작했다. 그렇게 거슬러 올라가다 보니 5개월 된 아기를 안고 1년 동안 눈물 젖을 먹이던 나의 아픈 과거 이야기와 죽은 딸아이의 이야기가 나오기 시작했다.

그 당시에 시골에 살면서 구정을 앞두고 식구들이 목욕하려고 목욕물을 데우고 있었는데, 세 살짜리 딸이 그 물에 빠져서 화상을 입었다. 대학병원에 입원해서 한 달 정도 화상치료를 하고 있었다. 입원하여 치료하는 동안 딸아이는 칭얼거리지도 않앉고 아프다고 울지도 않았다. 아기 연수는 등에 업고 병원 치료에 온 힘을 쏟고 있었다. 의사로부터 그 어떤 경고의 말도 없었고, 죽을 수도 있다는 한마디 언급도 없었다. 그런데, 어느 날 아침에 밥 잘 먹고 침대 위에서 놀고 있던 아이가 갑자기 내 눈앞에서 움직이지 않았다. 이른 오전 시간에 내가 보는 앞에서 갑자기 숨이 멎었다. 내 심장이 멎을 것만 같았다. 그 모습은 지금도 눈에 선하고 그 덜컹했던 가슴은 지금도 느껴진다.

그 뒤로 내가 어떻게 했는지, 의사와 어떻게 진행했는지는 아무런 기억이 나지 않는다.

구급차 타고 인공호흡을 하며 전주에서 지사면 집까지 한 시간 정도 걸리는 차 안에서 느낀 기억만 남아 있다. 지금도 생생한 것은 딸아이의 새파란 입술이다. 숨진 아이를 무릎에 안고 젖먹이 연수는 등에 업은 채로 구급차에 탔다. 그때까지 체온이 따뜻했고, 그래서 죽었다는 걸 실감하기가 어려웠다. 터널을 지날 때 어둠이 차 안에 머무는 짧은 시간에 그 입술 색이 더 파래지는 걸 보면서야 진짜 죽었구나! 느낄 수 있었다.

집에 도착해서 어떻게 해야 할지 모르고 울기만 하며 숨진 아이를 안고 마루 끝에 앉아있었다. 그때 낯선 동네 어른 한 분이 오셔서 울며 아이를 안고 있는 나의 품에서 "죽은 아이를 안고 있으면 안 된다"라고 하시며 아이를 빼앗다시피 데려갔다. 어린아이가 죽으면 산에 묻는다는 이야기는 들어보았다. 나에게 그런 일이 일어날 줄은 꿈에도 몰랐다. 새댁인 내가 혹시 나중에 무슨 짓을 할까 봐 묻는 곳을 모르게 하려고 그러는 것 같았다. 야산에 묻기 위해서 데려간 것이다. 그 당시 나는 시댁인 그 동네로 이사 온 지 오래되지 않았던 시기라서 동네 사람들 얼굴을 잘 몰랐다. 나는 따라갈 엄두도 내지 못하였고 데려가지 말라고 말리지도 못했고 붙잡지도 못했고 울기만 했다. 묻는 장소를 알면 내가 파헤칠까 봐 못 따라오게 해서 집에 있을 수밖에 없었다.

시골에서는 아이라는 이유로 아무런 절차 없이 묻는다는 걸 나중에서야 알았다.

내 딸아이는 그렇게 어느 날 사고를 당해 입원했고 병원에서 치료하는 동안 큰 어려움 없이 치료를 잘 받고 있다가 천국으로 먼저 떠났다. 태어나서 30개월을 이 세상에서 살다가 새싹도 피워보지 못하고 이 세상을 먼저 떠나갔다. 죽었다는 걸 의식할 사이도 없이 나와 연수만 남고 딸아이가 떠나갔으니 얼마나 황당하고 허망했었는지 모른다. 그 이후 금방이라도 평소의 모습으로 집으로 들어올 거 같아 기다리는 마음으로 많이 울었다. 그때 내 옆에는 남편이 보이지 않았다. 애도할 시간도 가지지 못했고 미안하단 말 한번 못하고 잘 가라는 말도 한마디 못 하고 아무런 의식이나 절차도 없이, 죽었다는 인식을 할 겨를도 없이 몇 시간 사이에 영원히 내 곁을 떠난 것이었다.

그 긴 삼십여 년의 세월 동안 딸을 가슴에 묻지도 못하고 그 존재감이 나의 기억 저 너머 허공에 남아 있었다는 것을 그날 상담 시간에야 알 수 있었다.

연수를 키울 때 방바닥이나 땅에 놓으면 '죽을까 봐' 잠 잘 자는 아이의 코에 손을 대면서 죽었나 살았나 확인한 적이 많았다. 방바닥에 눕혀 놓으면 자다가 죽을까 봐 1년 동안 거의 업고 키웠다. 그 생각의 절반은 무의식중에 있었다.

그날 상담을 통해 30여 년 전 그때를 기억해 내고 내 입을 열어 말을 하면서 오열하기 시작했다. 목에서는 피가 섞인 가래도 나왔다. 죽은 딸아이에 대한 죄책감과 아들 연수에게 대한 죄책감이 나를 억누르고 있었다.

그러는 사이 상담 시간이 다 되었고, 다음에 상담 한번 더하기로 했다. 그때 상담 선생님께서 "30년 된 유리 조각을 찾아 꺼냈다"라고 표현하셨다.

아이를 마음에서 떠나보내지 못한 채, 6개월 된 연수를 품에 안고 눈물 젖을 먹이면서 정리되지 않은 세월을 살아온 사실을 직면한 날이었다.

딸아이를 잃은 충격이 무의식 바닥에 가라앉아 아들이 죽을까 봐 집착하는 형태로 나타나고 있었다는 것을 그날에야 알았다.

가슴에 남아 있는 것은 아침 잘 먹고 놀던 아이가 불과 몇 시간 만에 내 앞에서 영원히 사라졌다는 거였다. 아직 죽었다는 실감도 느끼지 못했는데, 아무런 인사도 없이 아무런 절차도 없이 어른들이 딸을 안고 어디론가 가버렸고 다시는 볼 수 없었던 내 마음.

딸을 두 번 잃은 것 같은 엄마의 마음이 이렇게 오래도록 내 가슴에 남아 아쉬워하며 아파하고 있었다.

나의 무의식 빙산 밑바닥에 가라앉아 있던 이 사실을 마지막 상담 때 틀어 놓을 수 있었다. 한참을 울었고 그때서야 딸에 대한 미안한 내 마음을 정리할 수가 있었다.

상실의 경험에서 받은 상처를 그때서야 자각하면서 진심으로 애도하며 죽은 딸을 떠나보내었다. 나와 연수를 힘들게 했던 첫 딸아이의 죽음에 대한 아픈 기억은 그렇게 가슴 밑바닥에 있었다.

살아있는 연수에게 젖을 먹이려면 엄마가 밥을 먹어야 한다던 동네 할머니의 말씀만 기억에 남아 있었다. 슬픔 속에서도 아이에게 젖 먹이는 힘으로 버티었다. 1년이 지나자 슬픔이 조금 희미해지며 눈물이 마르기 시작했다. 그래서 1주년이라는 말이 있구나! 싶었다. 세월이 지나면서 둘째 아들이 태어났고 두 아들을 키우느라 바쁘게 살면서 희미해져 가기 시작했다.

* 무엇보다 아이가 천국에 먼저 가 있어서 나중에 다시 만날 수 있다는 믿음이 나의 위로가 되었다. 어릴 때 죄를 알지 못하고 죽은 아이는 하나님께서 천국에 데려가시는 것을 믿었다. 나는 20대 초반에 직장 언니의 전도로 하나님과 예수님을 영접했으며, 독생자 예수님의 보혈로 죄에서 구원받아서 영원한 천국에 가는 소망을 갖고 살고 있었다.

치유를 가져다준 일기장의 기적

내가 원하는 건 공부

　방송촬영이 끝나던 날 중학교만 졸업했어도~~라는 말을 내뱉은 이후 어느 날, 책을 보다가 지금까지 한 번도 생각해 보지 않았던 생각이 문득 머리를 스쳐 지나갔다. 나 자신을 찾아 돌아보고 싶다는 ~~.

　그때가 2015년 4월 정도였다. 그래서 내가 진정으로 원하게 무엇인지를 알기 위해 내면 여행을 떠났다. 지금까지의 삶이 철저하게 엄마와 가족을 위해 살아온 삶이었다면 지금부터는 내 삶을 살고 싶어졌기 때문이었다. 그것은 내가 좋아하는 일이 무엇인지 내 감정을 살펴볼 여유도 없이, 진짜 내가 원하는 게 무엇인지 생각할 여유도 없이 현실을 살아오기에 급급했던 나를 인정하는 것으로부터 시작되었다.

그 무렵 읽고 있던 책 속에서 '아이를 잘 키우려면 먼저 상처 받은 나의 내면 아이를 자각하고 대면하여, 치유하고 성장해나 가야 한다.'라는 구절을 접하게 되었다. 그 구절을 읽는 순간 어떤 날카로운 송곳 같은 것이 가슴에 콕 찍는 듯 해왔다. 그동안 나는 아이를 잘못 키웠다고 자책하고 있었다. 비록 늦었더라도 아이를 잘 키우는 방법을 알고 싶었다. 그래서 지금이라도 원인을 알고 수정할 수만 있다면 수정하고 싶었다. 그것을 위한 첫 번째 과정이 먼저 나의 내면 아이의 참모습을 찾아서 상처받은 내면 아이를 자각하고 대면하여 치유하는 것이라고 책은 이야기하고 있었다. 성장해서 다시 새로운 마음으로 아들을 대하고 싶은 마음이 간절했다. 그래서 내가 진짜 원하는 나를 찾기 위해 책을 펼친 채 읽으며 몇 날 며칠을 생각하며 나의 내면세계를 깊이 탐색하기 시작했다.

그렇게 여러 날 과거의 내 가슴을 떠올리며 내면 여행을 계속하던 어느 날 아침, 초등학교를 졸업한 나는 중학교에 가고 싶었다. 그렇지만 가고 싶다는 말은 차마 못 하고 서 있는 14살 내면의 나를 만났다. 실제로 그 당시 중학교에 너무도 가고 싶었지만 한 마디도 입 밖으로 꺼내지 않았다. 아니 꺼낼 수가 없었다. 교복을 입고 학교 다니는 친구들이 너무나 부러웠으나 부모님께 차마 그 말을 하지 못했다. 그랬다. 나는 학교 가고 싶다는 말도 하고 울고 싶으면 울기도 하는 그런 내가 되고 싶었던 거였다. 나는 말을 못 하는 대신 나의 일기장에 그 부러운 속내를 토해놓고 있었다. 그런 내 어릴 적 모습을 바라보면서 중학교에 진학하지 못한 것이 나에게 큰 상처였다는 것을 알았다. 졸업 후 세월이 흘러가면서 중학교에 가고 싶었던 그 꿈을 가슴속에 묻어 둔 채 잊어버리고 살아온 것이다. 그러나 나의 무의식 밑바닥에는 내 나이 60이 되면 검정고시 공부해서 중학교 졸업증명서를 갖는 꿈을 간직하고 있었다. 그런데 막연하게나마 생각하고 있던 그 꿈이 생생하게 되살아나기 시작했다. 가슴이 뛰기 시작했고 몸에서는 전율이 일기 시작했다.

그날 아침 나는 감격의 눈물을 흘렸다. '아! 내가 원하는 게 공부였구나! 그래! 무의식 속의 너와 현실의 내가 손잡고 가자! 현실의 내가 무의식의 너를 돌보아 줄게.' 그렇게 나는 공부에 대한 소망의 싹을 틔우기 시작했다. 내가 원하는 건 부자도 아니고 예쁜 몸매도 아니고 부귀영화도 아니었다. 그것은 오로지 공부였음을 그날 아침에 알 수가 있었다. 그리고 그 공부를 어떻게 할 것인지를 생각하기 시작했다.

검정고시

내 나이 60이 되면 그때는 살만할 터이니 그때 중학 검정고시를 공부해서 공부의 한을 풀겠다던 꿈이 내면의 여행을 통해 앞당겨 싹이 트고 있었다. 그때가 2015년 5월 중순이었다. 검정고시를 준비하려고 결심은 했는데 어디서부터 어떻게 시작해야 하는지 알 수가 없었고 막막했다. 그때만 해도 지금처럼 스마트폰이 있지도 않았고 검색을 할 곳도, 검색할 줄도 몰랐다. 머리에만 있었다.

그때는 나의 경제 사정이 무척 어려웠다. 기름값을 아끼기 위해 승용차를 세워 두고 버스를 타고 어디를 가고 있는데 버스 의자에 '검정고시 학원'이라는 광고 문구가 보였다. 순간 내 눈동자가 커졌다. 수첩을 꺼내 번호를 적어 와서 바로 전화하고 찾아갔다. 학원 강의는 직접 학원을 찾아가서 수업을 듣는 것이 아닌 인터넷으로 영상강의를 듣는 것이었다. 학원비 역시 어림짐작하며 걱정하던 것에 비해 저렴했다. 당시 나는 데스크 컴퓨터나 노트북도 없어서 핸드폰 하나로 틈틈이 시간 날 때마다 시간과 장소를 가리지 않고 혼자 강의를 들었다. 강의 듣는 일이 정말 재미있었다. 그 맛을 무엇으로 표현할 수 있으려나. 음식 맛으로 표현한다면 새콤하다고 할까? 아니면 달콤하다고 할까? 국어 예상 문제집에는 여러 소설의 짤막한 글들이 실려있었다. 비록 발췌 글이긴 하지만 대표 문단이 올라와 그것을 읽고 문제를 풀 수 있도록 보여주고 있었다. 그 글들이 재미있었다. 그 글들을 되풀이해서 읽으며 내가 10대에 이런 소설을 읽었더라면 나의 감수성이 지금처럼 낮지는 않았을 거란 아쉬운 생각이 들기도 하였다.

7월이 되자 학원 원장님께서 8월 초에 검정고시 시험이 있으니 어떻게 하는지 시험 삼아 한번 응해보라고 권유해 주셨다. 그것도 좋을 것 같아 그러기로 했다. 그래도 시험은 시험이니 그날부터 좀 더 열심히 강의를 듣고 예상 문제집을 풀었다. 공부하는 맛이 있었다. 친하게 지내는 희야 언니에게 검정고시 시험 치러 갈 거라고 말했더니 점심 사 먹으라면서 돈을 주셨다. 너무나 고마웠다. 그리고 힘이 되었다. 그 따뜻한 마음을 오래도록 기억할 것이다. 시험 당일 학원서 제공해 준 버스를 타고 수원 어느 중학교에 시험을 치러 갔다. 가서는 너무나 깜짝 놀랐다. 첫째는 너무나 다양한 나이의 많은 사람이 중학교 시험을 치러 온 모습에 놀랐고, 둘째는 현재 학교에 다녀야 할 중 고등학생들이 있음에 놀랐으며, 셋째 장애를 입은 나이 든 사람과, 잘 생기고 돈 있어 보이는 어른들도 많음에 놀랐다. 어떤 여성분은 일하느라 공부할 시간이 없어서 문제집만 풀고 시험 치러 왔다고 했다. 나보다 더 바쁘고 더 공부를 갈망하는구나 싶었다.

그 들 모두 나름의 사연이 있을 것이고, 개중에는 나처럼 어릴 때 가난해서 배우지 못한 한을 이제 살기가 나아지면서 한을 풀려고 온 사람도 있을 것이리라!. 더불어 요즘은 학교적응 문제로 학교를 포기하고 국가시험인 검정고시를 통해 학력을 취득하고 일찍부터 사회로 진출하는 사람이 많다는 말이 이해가 가고 실감이 났다.

시험 결과는 오후에 바로 나왔다. 그런데 놀랍게도 합격이었다. 겨우 두 달 반 공부하고 연습 삼아 치른 시험인데 합격하였다. 검정고시 시험은 해마다 4월과 8월에 있다고 했다. 믿기지 않을 정도로 너무나 기뻤다. 가슴속에 심어 두었던 검정고시의 꿈이 이렇게 현실이 되다니~~. 학원 원장님도 축하한다며 무척 기뻐해 주셨다.

자신이 붙은 나는 연이어 노후 대책으로 요양보호사 자격증도 학원 다니며 취득했다. 요양보호사는 검정고시와는 달리 독학으로는 취득을 할 수가 없는 제도였기 때문이었다. 그리고 내친김에 고등 검정고시를 치르라는 주변의 권유에 이끌려 한껏 자신감이 붙은 나는 바로 도전했다. 그때는 남편이나 아들이 모두 독립해서 살아가고 있었기에 공부를 방해하는 일이 별로 없어서 오롯이 공부와 일에만 집중할 수 있었다.

8월에 합격하고 이어서 바로 고등 검정고시 공부를 시작했다. 중학 공부는 초등학교 졸업 후 나름 조금씩 보고 듣는 세월을 살아서인지 쉬웠었다. 그런데 고등 공부는 만만치가 않았다. 무엇보다 수학과 영어가 벅찼다. 그야말로 들어보지 못한 내용과 문제가 많았다. 그래도 강사의 설명을 귀담아듣고 예상 문제집을 가만히 들여다보며 되풀이해서 문제지를 풀다 보니 정답을 맞힐 수 있는 문제가 하나둘 늘어나기 시작했다. 그렇게 하나씩 알아 나가는 기쁨이 너무 컸고 어려운 게 많을수록 도전 의식이 생겨났다. 공부가 이렇게 재미있는 것이었구나.

어느덧 2016년 4월이 되었다.

기대하고 고대하고 기다리던 고등학교 검정고시 시험일이 되었다.

작년 8월 중학 검정고시 합격한 뒤 7개월 동안 지인들도 거의 안 만나고 전화도 하지 않으면서 회사일 외에 모든 시간을 오로지 인터넷 강의를 듣고 읽고 문제 푸는 것에 몰두했다. 모의시험을 쳐서 점수가 넘어서면 안심되면서 힘이 솟았고, 점수가 나오지 않으면 낙담이 되면서

걱정에 휩싸였다. 그러면서 '이렇게 힘드니 어떻게든 한 번에 합격해야지!'하는 생각에 한 번이라도 강의를 더 들어두면 도움이 될 것 같아 밥도 편하게 여유롭게 먹은 적이 없었다. 때로는 일하느라 피곤해서인지 강의 시작 후 내내 졸다가 강의가 끝나고 나면 눈을 뜰 때도 있었다. 그래도 주말에는 종일 밥 한 끼

만 먹고 졸리면 그대로 잤다가 눈 뜨면 바로 시험지 푸는 식으로 복습한 뒤 시험 치러 갔다. 이번에도 평소 나를 잘 챙겨 주는 순 언니에게 고등학교 검정고시 치러 간다라고 했더니 위로와 격려를 건네주시며 점심 사 먹으라고 봉투를 건네주셨다. 너무나 고마웠다. 힘이 났다. 평소의 고마움과 그날의 고마움을 기억할 것이다. 이번에도 복습한 것이 효과가 있어서인지 시험지를 받아 들었을 때 그리 난감하지는 않았다.

그날은 시험관 감독이 초보였던 것 같다. 시험 시작할 때도 뭔가 불안하더니 시험시간이 끝나가는 것 같은데 "시험 종료 10분 남았어요! 5분 남았어요!"라는, 끝나가는 시간을 수험생에게 알려주지 않았다. 일반적으로 시작과 마감 시간을 미리 알려주는데 그날은 예고 없이 마감 벨이 울린 것이다. 여기저기서 답을 못 쓴 사람들이 난리가 났다. 나는 시험을 치러본 경험이 있어서 모르는 것은 미루고 아는 답부터 써 놓은 뒤, 시간 되는대로 답을 썼기에 큰 문제는 없었다. 그날도 결과는 바로 올라왔다. 조금 걱정했는데 겨우 평균 점수로 합격이었다.

시간도 부족하고 기초도 부족해서 수학은 문제 자체가 이해되지 않았다. 결과는 내 생애 어떤 시험에서도 받아 본 적이 없는 40점! 다행히 영어가 생각보다 점수가 많이 나와서 수학을 커

버해 주어서 한 번에 합격이 되었다. 영어는 내가 14살 때부터 수시로 영어단어를 외우며 익혀온 결실이라고 볼 수가 있었다. 공짜는 없는 법이야~~. 너무나 감사한 일이었다. 야호!

고등 검정고시는 중학교 때 여섯 과목보다 한 과목 더 많은 7과목 시험에 전체 420점만 되면 평균 60점이 되어 합격이 되기에 가능했다.

지금도 그날 수험생 중 생각나는 한 사람이 있다. 그분은 67세이신데, 중학을 졸업하고 사업을 해서 성공한 분이셨다. 친구들은 대학 동기들과 술도 먹고 어울리며 재미나게 사는데 본인은 고등학교 졸업이 안 되어 대학을 못 가 그런 친구가 없어서 외롭다고 하셨다. 고등 검정고시를 쳐서 대학 공부도 하고 같이 졸업한 동문 친구들과 어울리기 위해 공부를 시작하셨단다. 공부할 때 부인은 시간 아껴 공부해서 합격하라고 과일까지 입에 넣어주며 3년간 후원을 해주었다며, 답을 다 쓰지 못해 시험에 떨어져 무척 아쉬워하셨던 모습이다. 이번에는 꼭 합격하리라 믿고 돼지까지 잡으려고 준비해 놓았다며 서운해하셨다.

비록 그 뒤로 그분이 어떻게 되셨는지는 알 수 없지만 분명 재도전하셔서 원하는 삶을 살고 계실 것이라 믿어본다.

방송대

물 들어온 김에 배 저으라는 격인지 고등 검정고시에 합격하니 내친김에 대학도 가라고 주변에서 권했다. 나는 못 할 것 없다며 이번에도 지인들의 권유를 받아들였다. 그때가 2016년 4월이었다. 그런데 다음 해 3월에 입학하면 새로운 학우들과 같이 출발하면서 교우 관계를 쉽게 형성할 수 있는 반면에 그해 9월에 입학하면 3월에 입학한 학우들과 어울리기도 어렵고 또 학업을 따라가기도 어려울 수 있다고 들었다. 사람들과 어울리는 일은 나에게 문제가 되지 않았다. 그 상태에서 8개월 이상을 기다리는 동안 내 마음이 흔들려 대학 입학을 하지 않고 포기할 가능성이 더 컸다. 그래서 우리나라 정식 대학이기도 하고, 입학은 쉬워도 공부가 어려워 졸업이 어렵다는 한국방송통신대학을 선

　　　　　　　　치유를 가져다준 일기장의 기적

택하고 등록했다. 이왕이면 제대로 배우고 싶었기 때문이었다.

2016년 9월에 방송대 1학년 공부를 시작했다. 이번에는 노트북을 구했다. 컴퓨터가 없이는 대학 공부는 할 수가 없었기 때문이었다. 나이도 나이지만 중, 고등 공부를 학교 다니면서 한게 아니고 독학으로 혼자 공부한 상태에서, 대학 공부를 2학기부터 시작하려니 감을 잡고 따라가는데 애로사항이 많았다. 무엇보다 70년대 초등학교 졸업이 전부였던 내가 컴퓨터 시대의 대학 공부를 따라가려니 많이 부족하고 어려웠다. 가장 어려운 점은 컴퓨터 사용법이었다. 모든 것이 컴퓨터로 이루어지고 있었는데, 나는 40대 때 주민센터에서 컴퓨터 활용법을 배운 기초 지식이 전부였기 때문이었다. 더욱이 나는 일명 '독수리 타법' 수행자였다. 이는 마치 초등학생 한글 쓰기와 다름없었다. 하루하루가 고비였고 도전이었다.

그래도 내가 이겨낼 수 있었던 힘은 곁에서 함께 해준 학우들 덕분이었다. 특히나 시험공부 할 때 학우들과 함께했기에 가능했다. 유정이는 나의 컴퓨터 선생님 역할을 충분히 다해 주었다. 내가 열 번을 물어도 싫어하는 내색 없이 다 가르쳐주었다. 경림이는 우수 학생으로 공부하는 방법을 공유해 주어서 함께 배워가는 길에 큰 도움을 주었다. 각자의 능력으로 함께 어우러져 공부하고 시험도 치며 앞으로 나아갔다. 다른 언니 학우님은 따뜻한 말과 배려로 우리를 감싸주는 매력이 있었다. 각자의 능력이 우리를 팀으로 묶어 함께 이끌어 주었다.

기말시험

어느새 2학년이 되었고 2017년 6월에 두 번째 기말고사를 치렀다. 첫 번째는 정말이지 아무것도 몰라서 힘들었다. 과제를 어떤 방식으로 작성해야 하는지, 작성한 과제물을 어디로 제출해야 하는지도 방법을 몰랐다. 독수리 타법으로 한 글자 한 글자 한글씩 늘려가며, 염치불구 하고 주변 사람들이 귀찮아질 정도로 거듭해서 물어가며 배워 나갔다. 그렇게 하나하나 시키는 대로 따라 하다 보니 시간이 지나면서 조금씩 아는 것이 늘어갔다. 그렇게 두 번째 맞이한 기말고사에서는 그동안의 축적된 경험을 바탕으로 미리미리 과제물을 작성해서 제출했더니 만점 30점을 받았다. 그렇게 1차 논술 과제를 제출하고, 출석 대체 시험을 치르고 마지막 지필 기말시험을 치렀다. 다행히 옮긴 직장에는 자유시간이 많아서 마음껏 책을 읽을 수 있었고, 문제도 넉넉하게 풀어볼 수가 있었다. 물론 시험 결과도 중요하지만 나는 그 과정에서 너무나 많은 것을 배워 나갈 수 있었고 무엇보다 공부하는 즐거움을 온몸으로 느끼며 누릴 수 있었다. 그에 따라 일상생활에도 많은 변화가 생기기 시작했다.

지금, 여기, 현재, 에 집중한다. Here and Now.

중등 과정에서 고등 검정고시를 거쳐 방송대에서 공부하기까지 모든 기간에 걸쳐 내가 배운 가장 귀한 것은 아직 오지 않은 미래를 앞당겨 걱정하는 것이 아니라, 현재에 집중하고 만족하는 습관을 기른 것이다. 어려서 아버지와 엄마께서 늘 앞날에 대한 걱정하시는 것을 보고 자라온 탓에, 어느 순간 나에게도 그런 습관이 자연스레 자리 잡고 있었다. 그런데 이제 '오늘'에 집중하며 그 날일은 그날에 끝마치고 더불어 거기에 매이지 않는 힘을 기르게 되었다.

출석 수업

2018년 5월. 3학년 출석 수업이 중반에 들어섰다. 일을 끝내고 학교 출석한다는 게 쉽지는 않다. 오후 6시 이전에는 출발해야 7시 수업에 참여할 수가 있기에 서두르는 것부터 시작해서 딱딱하고 차가운 의자에 3시간 앉아 강의 듣다가 회사 기숙사 들어가서 샤워 후 채 마르지 않은 머리카락을 베고 잠이 들었기 때문인지 1년여 만에 감기가 찾아오기도 했다. 방석을 챙긴다면서 늘 잊어버린 탓에 엉덩이가 베여서 앉아있는 것 자체도 너무 힘들었다.

이처럼 매일 출석한다는 게 쉽지 않고 집중해서 듣는 게 힘들긴 해도 공부한다는 게 너무 재미있었다. 꿈에서도 생각 못 했던 대학을 다니고 있다는 게 말 그대로 꿈을 꾸는 것만 같았다.

감정에 대한 출석 수업

수원 경기지역대에서 저녁 7시부터 3시간 동안 감정에 대한 출석 수업이 있었다. 나는 프린트 물이 없는 관계로 남들보다 정보가 항상 늦었다. 남들은 어디서 듣고 어디서 구했는지 프린트 물을 가지고 와서 수업을 듣고 있는데 나는 아무런 정보가 없어서 불편했다.

졸업 후에 전문대학에서 더 공부하여 청소년 상담을 하기 위해서는 내담자의 기분을 잘 알고 있어야만 한다. 그러려면 현재 나의 기분이 어떠한지, 나의 감정 날씨가 어떠한지를 먼저 파악하고 알고 있어야 한다는 것을 배우는 시간이었다. 그 설명을 들으니 전구가 꺼졌다 켜졌다 하며 나의 뇌 상태에 뭔가가 감지되고 있는 게 있었다.

나의 기억과 일기장 기록에는 행동이나 생각에 관한 내용은 있어도 나의 감정에 대해서는 의식도 별로 없고, 기록도 많지 않음이 생각나기 시작했다. 언제나 나의 감정이나 기분은 빠져 있었다. 나의 감정을 읽지 못하는데 어찌 앞사람이나 옆 사람의 감정을 읽을 수가 있을까? 수업 내용은 감정 용어를 생각나는 대

치유를 가져다준 일기장의 기적

로 쓰는 것과 나의 일생 중에서 자긍심을 느꼈던 사건을 그래프로 그리는 것이 시험이었다. 내 자긍심은 높아서 칸이 모자라서 다 못 썼는가 하면 감정 용어는 아무리 생각해도 잘 떠 오르지 않아 결국 칸을 다 채우지 못하고 제출을 해야 했다.

그렇게 서운한 마음을 가지고 돌아오다가 차 안에서 갑자기 전구가 환하게 켜졌다. 아! 밴드에서 감정 용어를 복사해서 정리해 놓은 한 표가 생각났다. 내 감정을 살펴보기 위해 그 표가 필요하다 싶어 누군가가 올려놓은 정리표를 보관하고 있었던 그 표였다. 시간 나면 정리해야지~! 해 놓고 자꾸 잊어버리거나 미루다가 어느 순간 또 잊어버리고 있었던 그 표다. 집에 와서 보니 내 손에 답이 있었는데도 까맣게 잊어버린 채 살고 있었다.

머리 한 곳에 그 표가 미해결 과제로 남아 있었기에 나의 칠판에서 1년 가까이 지우지 못하고 남아 있었다는 걸 알게 되었다. 그날 그 시간에 제대로 정리되어서 칠판에서 지울 수 있었다. (그 글 내용이 한 줄이었는데 기억이 나지 않는다. 메모가 남아 있지 않아 아쉽다.)

내 감정을 자세히 들여다보고 내 감정을 읽어내는 연습을 하면 주변 사람들의 감정도 읽을 수 있을 것이다. 그러다 보면 내 담자나 내 주변에 있는 사람의 감정도 읽고 함께 공감할 수 있을 것이라 기대해 보았다.

솔직한 내 감정 들여다보기

방송대 공부하면서도 가족 상담은 계속하고 있었다. 회사에서 점심 식사 후의 설거지를 끝내고 다시 저녁 준비하는 시간까지 공백이 있어서 회사에서 상담센터까지 왕복 60분에 상담 50분 해서 도 합 두 시간 소요되는 빡빡한 일정으로 1주일에 한 번씩 6회를 예약하고 다니고 있었다.

2017년 10월 말경, 그날도 가족 상담 지원센터 5회째 상담을 받기 위해 회사 점심 설거지를 부지런히 끝내놓고, 1시 20분에 주방을 빠져나와서 상담센터를 향해 달렸다.

상담센터에 들어서니 주차공간이 보이지 않았다. 마음이 매우 조급해졌다. 두 시가 다 되어가고 있었기 때문이다. 주차장을 한 바퀴 둘러보아도 자리가 없어서 잠시 생각하는 사이 뒤쪽에서 차 한 대가 빠져나가는 게 보였다. 내 차를 역주행해서 그 자리에 주차하고 있는데 핸드폰 진동 소리가 들렸다. 그날 오전 내 남편이 나에게 전화를 걸어와서 약간 짜증이 나 있는 상태였다. 벨 소리를 듣고 시계를 보았다. 정각 두시다. 혹시 지원센터 전화인가? 하는 생각이 들었다. 주차하고 힐끗 확인해보니 지원센터 번호 같았다. 전화를 걸어서 지금 들어가고 있다고 말할까? 하다가 전화 누르고 통화하는 것보다 걸어가는 게 더 빠를 것 같아 급하게 걸어 들어갔다. 센터 들어가니 안내 선생님께서 바로 들어가도 된다며 들어가라는 신호를 보내 주셨다.

빠른 걸음으로 상담실에 들어서니 선생님께서 상담석이 아닌 사무용 의자에 앉아계셨다. 상담실에 들어가면서 "선생님께서 전화하셨어요?" 하고 물었다.

그러자 선생님께서 상담석으로 옮겨 앉으시면서 대뜸 "나 지금 기분이 무척 나빠요. 5회 상담 중 4번이나 기분 나빴어요. 그래서 이게 뭐지? 하고 생각하고 있어요. 아마도 선생님이 매번 늦으시니 그것이 저와의 상담을 별로 중요하게 생각하지 않게 여기는 것 같다는 생각이 들었나 봐요." 그러시면서 내게 어떤 일이 있었는지 물어왔다. 방금 자신이 한 말에 대해 어떤 느낌과 생각이 들었는지 이야기해 달라고 하셨다.

그러면서 "지금 여기의 감정 상태를 솔직하게 점검해 보자"라고 말씀하셨다. 그때 순간 생각했다. 만약에 내가 선생님의 위치에서 아까 내가 한 인사의 말을 들었다면 어떤 기분이 들었을까? 기분이 썩 좋지는 않았을 것이다. 선생님께서는 자신이 던진 말을 들었을 때의 감정을 자꾸 물으셨다. 가만히 생각하니 '미안함'이 조금 있었다. 하지만 그리 많지는 않았다. 왜냐하면 많이 늦은 것도 아니고 고작 1~2분 늦었다고 많이 미안해할 것까지 없다고 생각했기 때문이었다.

"일을 서둘러 끝내고 상담실을 향해 24km를 달려왔다. 정각 두 시에 주차 중이었는데 전화가 와서 살짝 짜증이 났다. 무엇보다 남편이 걸어온 전화인 줄 알았기 때문이다. 일하다 보면 전화 받기가 여의치가 않아서 전화 받을 시간도 없는데 오전 내 내 전화를 해 왔다. 특별한 일도 아닌데 조금 잘 받아주면 그렇게 전화를 하기 시작한다. 막상 받으면 그냥 해 봤다며 끊었다. 그런 상태여서 속에 짜증이 있었다."라며 설명을 하니 그때서야 "아~ 그래서 그런 기분이 들었군요."라며 상담을 이어 나가셨다.

그날 선생님과의 중요한 화재 한 가지는 내가 일과 사람 중에 어느 쪽을 더 중요시하는 것인가? 라는 거였다. 나는 단번에 일 중심이라고 대답했다. 선생님께서도 그런 것 같다고 하셨다. 첫 날 상담할 때부터 그런 내 모습을 파악할 수 있었다고 하셨다.

그러시면서 이제는 사람 중심으로 바뀔 나이가 되었다고 하셨다. 누구나 내 나이 정도가 되면 살아온 방식의 반대로 살 수가 있으며, 그렇게 살아가는 것이 좋다고 하셨다.

그러면서 상담 선생님의 스승님 중에 감성적으로 사시는 훌륭한 분을 예로 이야기해 주셨다. 아주 나이가 많으신데도 젊은 이들과 같이 잘 어울린다는 거였다. 나도 그렇게 살고 싶다고 말했다. 그러면서도 가장 어려운 부분이라고 털어놓았다. 실제로 내가 가장 어울리기가 어려운 사람은 고등학생과 20대, 30대 젊은이들이었다. 왜 그런가 보면 사춘기인 중학 시절부터 고등학교 사춘기 시절이 내게는 건너뛰어, 그런 시절이나 추억은 없이 어른들이 하는 생각을 더 많이 하고 살았기 때문이라고 말씀을 드렸다. 사람 중심으로 전환하기 위해서는 일부러 시간을 내어서라도 지인들과 영화나 연극을 자주 보러 가라고 권해주셨다. 그날 돌아오면서 사람 중심적인 생활을 하도록 노력해야겠다고 기억창고에 저장했다.

3번째 기말고사

2017년 12월이 되었다. 방송대 입학한 때가 엊그제 같은데 벌써 3학기가 흘렀고 그 세 번째 학기의 마지막 시험을 치르게 되었다. 가만히 되돌아보니 첫 번째는 뭐가 뭔지 어떻게 해야 하는지 순서도 모르고 방법도 몰라 당황하고 헤매었다. 일반적으로는 중 고등학교 6년 동안 수많은 시험을 치른 후에 대학에 입학하게 된다. 그런데 나는 그런 과정을 생략한 채 말로만 듣던 중, 고등학교 시험을 통과한 후 대학에 입학해서 기말고사를 3번째 치렀으니 지나고 보면 한편으로 나 자신이 참 대견하다. 이번에는 그래도 두 번의 경험이 있어서인지 순서를 대충 알아서 남들 따라 시험을 잘 치렀다.

3번째인 이번에는 공부할 여유시간도 많아 강의나 교재도 되풀이해서 읽기도 했고, 특히 워크북으로 최종 정리를 하면서 나름으로 시험 보는 요령을 터득하기도 했다.

애썼다! 끝까지 힘내자. 아자 아자 파이팅!

2018년 8월 마지막 날

저녁부터 온몸이 아프기 시작한다. 몸살인 듯했다. 대추 몇 개 있는 것 넣어 육모 초와 같이 진하게 끓여 두 잔을 뜨겁게 마시고 나니 몸이 한결 가벼워졌다. 그래도 밤새 잘 자두어야 내일 일을 할 수 있을 거라 판단하여 전기장판 온도를 올렸다. 뜨겁게 온몸을 지지는데도 뼛속 곳곳이 아파 몸부림을 치며 긴 밤을 보냈다. 물을 많이 먹어서인지 소변보려고 세 번이나 일어났다. 밤이 참 길게 느껴졌다.

그래도 새벽녘에는 몸이 많이 좋아져서 기분 좋게 일어날 수 있었다. 한고비 넘긴 듯했다.

어른 말씀에 한세대를 넘어가는 9살 수가 힘들다더니 그래서인가? 59세를 60에 들어서려니 수업료를 내라고 하는지도 모르겠다는 생각이 들며 설핏 웃음이 나왔다. 하하 잘 모르겠다. 아무튼 요즘 내 건강에 적신호가 켜진 것 같았다.

몸이 내게 이렇게 말하는 듯하다.

"주인님! 이 몸이 좀 쉬고 가게 해주세요.

힘이 들어서 고장 날 것 같아요.

몸도 마음도 조금 쉬었다 다시 뛰어요."라고 말이다.

몸과 마음 정리해서 3학년 2학기를 본격적으로 맞이해 보려
한다.

심리학에 묻다 출석 수업

2018년 9월, 인천 지역대에서 '심리학에 묻다'라는 과목의 출
석 수업에 참여하였다가 강의 내용 때문에 충격을 받았다. '사람
의 뇌에는 스트레스를 해소하는 회로가 있다. 그 회로 속에는
큰 도로가 있고 주변에 작은 도로가 얽혀 있어서 우리는 살다가
스트레스를 받아도 해소할 수 있는 능력이 생겨서 살아갈 수가
있다. 그런데 뇌가 성장하는 어린 나이에 오랫동안 폭언이나 폭
력에 시달리면서 불안에 떨며 자란 아이는 스트레스를 조절하고
해소할 수 있는 회로인 대 도로가 회복할 수 없도록 완전히 망가
져서 회복이 잘 안 된다.'라는 내용이었다.

그 말을 듣는 순간 아들이 살아온 세월이 떠오르며 스트레
스를 받으면 분노 조절이 안 되는 이유가 여기에 있었구나! 하는
생각이 들었다. 아주 어릴 때부터 폭력과 폭언에 시달려 오면서
불안에 떨며 자란 아들의 삶이 떠올랐기 때문이었다.

아! 그렇게 큰 도로가 망가지는 바람에 스트레스로 인해 분

노 조절이 어려워 나에게 덤비며 화를 내었구나! 아들이 이해가
가는 순간이었다.

내가 이 수업을 배우지 않았다면 아들의 분노하던 원인이 수
수께끼로 남을 뻔했겠구나! 라는 생각이 들었다. 한창 자라는 성
장기 때의 아들을 보호해 주지 못하고 공감도 해주지 못한 엄마
의 잘못에 대한 죄책감도 가슴에 밀려왔다.

안산시 희망 마라톤 대회

2018년 9월 중순, 안산시 희망 마라톤 대회에 방송대 소속
으로 신청을 했다. 이른 아침부터 서둘러 마라톤에 참석하기 위
해 시간에 맞추어 와 스타디움 운동장으로 달렸다. 어찌나 사람
이 많은지 그 넓은 와 스타디움에 빈자리를 찾아볼 수가 없을 정
도로 꽉 찼다. 그래서 방송대 부스를 찾느라 애먹었다. 그런데 아
는 얼굴이 별로 없어 다소 멋쩍고 심심했다. 마라톤 참가자 신청
을 누구와 의논해서 한 것이 아니어서 어느 과에서 몇 명이 참여
하는지도 모른 채 참석했기 때문이다. 스터디 학우들이 나이가
있어서인지 운동회나 몸으로 하는 행사에는 참석률이 저조한 듯
했다. 그런 면에서 본다면 그때의 내 마음은 아직 소녀였다. 아직
은 모든 게 재미있고, 신나고, 기다려지며 피가 끓었으니 말이다.
방송대 로고 유니폼을 찾아서 옷을 갈아입은 후 번호표를 달고,
아이가 엄마 기다리듯 우리 청소년 교육과 아는 얼굴이 오기만

을 기다렸다. 그 학우님은 "내가 혼자 참가 신청을 했다"라고 하자 같이 뛰어주겠다고 참가 신청을 해주었다. 외롭지 않게 한 명이라도 동무가 되어 같이 뛰게 되니 절로 용기가 솟구쳤다.

시간이 되어 출발선에 서서 다시 한번 몸을 풀었다. 그리고 학우님에게 물었다.

"끝까지 같이 뛸까? 복잡하고 서로 부딪히니 중간에 각자 헤어질까?"

"언니! 같이 뛰어요. 뛰다 보면 공간이 생겨요."

"그래. 알았어!"

컨디션은 좋았다. 마라톤 신청해 놓은 뒤로, 시간 날 때마다 팔탄면 가재리 넓은 들판에서 천천히 달리기를 연습한 덕분이었다. 비록 일하다가 삐끗한 허리가 다소 결리긴 했지만, 몸은 가볍고 전체적인 컨디션은 좋았다. 화장하지 않은 것도 상당히 도움이 되었다. 뛰다 보면 화장품이 땀과 섞여 입으로 들어가게 되고 그러다 보면 그것에 신경 쓰여 호흡이나 속도 조절에 신경을 쓰지 못하게 되기 때문이었다.

드디어 총소리와 함께 출발

수많은 사람이 한꺼번에 달려 나가기 시작했다. 그런데 나보

방송대 부스 앞에서

다 나이가 어린 학우님이 힘든지 얼마 뛰다가 멈추더니 걷기 시
작했다. 곁에서 격려하며 같이 보폭을 맞추어 걷다 뛰다 하기를
반복했다. 완주시간이 다소 늦어지는 것이 아쉬웠지만, 나를 위
해 학우님이 뛰어주고 있으니 나도 그 학우님을 위해 함께 뛰는
게 도리에 맞는 일이라고 생각했다. 끝내 5km 달리기 완주, 40
분 22초 걸렸다.

가족, 친지, 및 지인 등 직접 달리는 선수들 못지않게 응원을
나온 많은 사람의 함성이 여기저기서 울렸다. 방송대 응원팀은

치유를 가져다준 일기장의 기적

우리에게 떡과 음료수를 챙겨 주었다. 옛날에 지인 몇 명 만이 10km 춘천 마라톤 대회에 참가했을 때의 일이 생각났다. 그때 비하면 이날은 학우님과 또 같은 안산 시민과 함께 뛰어서 마음도 편안했고 재미가 있었다. 완주 후 기념패를 찾아 받은 뒤, 학우님과 함께 비빔밥에 막걸리도 한잔 걸쳤다. 세상이 나를 향해 우음을 날리고 있는 듯한 행복한 하루였다.

과제물 마감일

2018년 10월, 온라인 과제물 마감하느라 무척 힘들었다. 지역사회 복지론과 사회조사방법론이다. 두 과목은 교과서는 물론이고 참고할만한 아무런 인쇄물이 없다. 모든 것을 스스로 찾고 무언가를 검색해서 해 보라는 뜻이다. 내가 가장 익숙하지 않은 것 중 하나가 스스로 무엇인가를 찾고 정리하는 것이다. 그런 연습을 해 본 적이 없기 때문이다. 그래도 과제물은 제출해야 점수를 받을 수 있기에 바로 노트북에 머리를 박고는 과제물을 작성하기 시작했는데 진도가 나가지 않았다. 마감일이 다가오다 보니 조급해지기 시작했고 무작정 도서관으로 향했다. 역시 나는 디지털보다는 아날로그가 편하다. 도서관에서 해당 분야의 책을 빌려와서 읽다 보니 그제야 실마리가 잡히기 시작했다. 거의 새벽 세 시를 코앞에 두고 엉성하나마 과제를 마칠 수가 있었다.

그야말로 주경야독이었다.

과제물 마감날은 학교 홈페이지도 과부하가 걸렸다. 그래서 인터넷 과제물 창이 아예 열리지 않았다. 비상 탈출구를 찾아야만 했다. 방송대 대표전화는 아예 연결이 안 되어서 잠시 생각해보다 청소년 교육과 사무실로 전화를 했다. 그런데 전화를 받으신 선생님께서는 무조건 기다리는 방법밖에 없다고 하셨다. 시계를 보니 이제 저녁 식사 준비를 위해 주방으로 근무 나갈 시간이었다. 근무가 끝날 즈음이면 과제 제출 마감 시간이다. 다시 다른 방법을 물으니 번호 하나를 알려 주셨다. 전화하니 나와 같은 문의가 많아 해결책을 게시판에 자세히 올려놓았으니 참고하라고 한다. 과제물을 검토하고 올려야 하지만 일단 제출하는 것만을 목적으로 하고 보냈다. 오후 6시가 되면 과제물 창이 닫히는데 이제 5분 정도밖에 시간이 없다. 제대로 제출되었는지를 확인해보고 싶었지만, 확인 사이트는 아예 창이 열리지 않으니 어쩔 도리 없이 포기하고 근무에 들어갔다.

정말로 어렵게 제출까지는 했는데 제대로 제출되었는지를 확인하지 않은 게 자꾸 마음에 걸렸다. 일이 끝나고 단톡에 보니 과부하 관계로 마감이 두 시간 연장이 되었다고 했다. 반가운 마음에 다시 한번 확인하려고 해 보았지만 역시나 창이 열리지 않아 포기하고 말았다. 그때 한 학우가 과제를 못 해 애쓰고 있다며 도움을 요청하는 메시지가 단톡에 올라왔다. 잘하지는 못

치유를 가져다준 일기장의 기적

했어도 내가 작성한 과제를 참조하라며 보내 주었다. 잠시 후 그 학우가 내 과제물에 인적 사항을 적지 않았다며, 그러면 영점 처리가 나오니 보완해서 다시 제출하라고 알려주었다. 도와주려다 내가 더 큰 도움을 받았다. 역시 주는 자가 복된 법이구나!. 이렇게 서로 도우니, 어려운 온라인 과제물도 해낼 수가 있었다. 이렇게 한발 한발 앞으로 걸으며 나아가고 있었다.

빨리 가려면 혼자 가고, 멀리 가려면 함께 가라는 말이 가슴에 남았다.

집중력

2019년 12월, 스스로 놀랬던 나의 집중력! 기말시험을 앞두

공부하다 졸릴 때와 출출할 때 도움을 준 말랑카우

고 있는데도 시간이 부족해 제대로 시험공부를 하지 못해 애태우던 나는 주말에 집 밖에 한 번 나가지 않고, 입고 있던 잠옷 그대로 책상에 앉아 문제지를 풀었다. 그야말로 밥 한술 먹고 화장실 가는 시간 외에 종일 문제지를 풀었다. 당시에는 몰랐는데 시험 끝나고 돌이켜보니 엄청난 집중력이었다. 형설지공에 비교할 바는 아니겠지만 그렇게 나는 최선을 다했고, 결국 어렵다고 소문난 방송대 과정을 영광스럽게 마칠 수 있었다.

내 삶에서 비록 내세울 건 없어도 6년 동안 집중하여 공부해서 중, 고, 대학을 졸업한 것을 보고 주변에서 '인간승리'라며 던지는 칭찬에, 나도 '예! 그렇습니다!'라고 하며 자랑스럽게 고개를 끄덕여 본다.

인터넷 생활 출석 수업

2019년 3월 '인터넷 생활 윤리'라는 과목을 출석하여 수강하게 되었다.

학기 초 교과목 신청할 때 인터넷을 잘하지 못하는 나 자신을 알기에 선택을 망설이던 과목이었다. 하지만 내가 비록 실기는 어렵고 더디게 적응도 더딘 편이지만, 적어도 이론은 배울 수 있다며 애써 나 자신을 긍정하면서 마음에 선택한 과목이었다. 수업을 들으면서 처음 들어보는 용어나 사이트를 찾으며 배워나갔다. 한가지씩 새로운 내용이 튀어나올 때마다 오늘도 한 가지 새로운 것을 배우는구나! 하며 긍정적으로 생각하며 수강하였다. 그동안 아들이 컴퓨터 게임에만 몰두하여서 무던히 속을 끓이며 컴퓨터에 대한 막연한 적개심이 있었는데, 방송대에서 공부하는 동안 인터넷에 대해, 청소년 심리에 대해 알아가는 만큼 이해의 폭이 차츰 넓어지게 되었다.

불과 몇 년 전만 해도 인터넷이나 유튜브는 그저 요즘 배운 사람들이나 젊은이들이 하는 편리한 문화라고 치부하고 있었다. 그랬던 내가 학업에 도전하게 되면서 유튜브와 인터넷에 대해 배우게 되면서 흐뭇하고 행복하게 현대인으로 변하고 있다. 그리고 차츰 아들에 대해서도 이해의 폭이 넓어져 가는 것을 느끼게 되었다.

워크북 정리

기말시험을 위해 "가족 상담 및 치료" 과목의 워크북을 정리했다.

가족 문제 유형별 상담 지침에 '알코올 중독자에게 자신으로 인해 가족이 고통을 받고 있다는 것을 깨닫게 해야 한다'라는 내용이 있었다. 나도 남편에게 당신으로 인해 아이들이 얼마나 큰 고통을 받았는지를 꼭 전해 주어야겠다는 마음을 먹게 되었다.

대체 시험

2019년 11월, 시민 교육론은 1학년 2학기 때 수강해서 시험
을 쳤는데, 2점이 모자라 과락되어서 다시 대체 시험을 치렀다.
4학년부터는 과락이 없어야 하는데~~라는 걱정이 일어났다. 그
런데 시민 교육론이 교과목에 다시 올라왔다. 그래서 선택했고
수강 기간 내내 과제물 대신 대체 시험으로 이어져서 시험을 쳤
다. 다행히 결과는 합격이었다.

마지막 수강

토요일에 회사가 쉬는 날에는 거의 종일 집에서 강의를 들었
던 날이 있었다. 이른 아침부터 방송대 강의 영상을 틀어 놓고
집중해서 듣고 또 메모했다. 낮에 잠시 나가 잉크를 충전하고 다
이소에 들러 몇 가지 문구를 사고 와서는 온종일 책상에 붙어
침침한 눈으로 노트북을 바라보았다. 마지막이라는 생각 때문인
지 힘든 줄을 몰랐다. 아니 다시 돌아오지 않을 시간이라는 생
각이 들어서인지 아쉽기도 했다. 그렇게 초겨울 해가 기울어 가
면서 더불어 내 대학 생활도 끝이 나고 있었다.

한 계단 한 계단

지난주는 졸업논문 10장 작성 마무리했고, 이번 주는 '음악의 이해와 감상' 2장 작성 마무리해서 제출했다. 2학기 초에 나는 학업의 반을 포기할 생각이었다. 도저히 내 실력으로는 학업과 직장 일과 사회복지사 실습을 처리해 낼 자신이 없었다. 그런데도 하늘이 도와서 실습시간이 여유가 생겨서 그 시간 안에 학습을 다 해낼 수가 있었다.

사회복지사 자격증 취득하는 방법도 처음엔 잘 모르겠고 내가 다 하려니 감당하기가 어려웠다. 그렇지만 교수님 말씀대로 학교와 실습에 비싼 실습비와 시간을 바쳤기에 많이 도와주셔서 잘 버티고 실습과 학업을 병행하며 해낼 수 있었다. 앞으로 남은 일은 사회복지사 실습 하루와 서류 마감하는 일과 출석 수업 두 번이 남았다.

그래도 차근히 차근히 한 계단씩 잘 올라가고 있었다.

졸업논문

기말고사와 더불어 졸업논문을 작성해야 하는데 도대체 어디서 어떻게 시작해야 하는지 난감했다. 우선 도서관에 가서 졸업논문에 관한 책을 빌려왔다. 다른 학우들은 지난 학기에 이미 제출한 후 졸업 날짜만 기다리고 있어서 새삼 물어보기도 창피하고 어려웠다. 내가 한 학기 늦게 입학했기 때문에 나만 외톨이가 된 셈이다. 각오하고 입학했던 터라 홀로 감당할 몫이었다.

며칠 밤낮을 노트북을 붙잡고 씨름하며 독수리 타법으로 한 글자 한 글자 눌러가며 A4 용지에 10장 정도의 짤막한 원고를 작성했다. 졸업논문 마무리를 할 때는 나에게 인생 최고의 행복 치수였다. 세상 부러운 게 없을 만큼 사는 재미가 있었다.

주제도, 내용도 비록 성글었지만 내 능력 안에서 최선을 다했다고 자위하면서 제출 엔트 키를 눌렀다. 며칠간 마음을 졸이며 조마조마하며 지내는데 2019년 12월 말, 학교로부터 전화가 왔다. 합격처리가 되었단다. 너무나 고마웠다. 또 하나의 큰 고비를 넘었다는 안도감에 두 주먹이 불끈 쥐어지며 절로 만세 소리가 터져 나왔다.

야호! 한가지 과제 또 끝냈다. 올해 숙제 중 하나가 또 완성되었다. 2019년 12월 말, 나에게 인생 최고의 날이었다. 세상 부러운 게 없을 만큼 사는 재미가 있었다. 이날은 회사 일이 하나도 힘들지 않았던 기억이 난다.

시험을 다 끝내고

2019년 12월, 시험을 끝내고 나니 그때서야 나무에서 떨어진 향기 나는 모과가 눈에 들어왔다. 떨어진 모과가 눈에 들어

오는 걸 느끼며 이제 살았다는 안도의 한숨이 나왔다. 잘 익은 노란 모과를 주워서 모과 청을 만들었다. 일하면서 목마를 때 마실 모과차가 될 것이다. 홀가분하게 만나볼 지인들의 이름을 적어 보았다. 오랫동안 만나지 못한 그 이름을 들여다보고, 차례대로 반가운 얼굴들을 만날 생각을 하면 괜히 가슴이 부풀어 올랐다. 나 자신이 자랑스러웠고 지인들로부터의 축하와 응원의 말을 상상하는 것만으로도 기분이 좋아졌다.

집중력

스스로 놀랐던 나의 집중력! 마지막 기말시험을 앞두고 있는데도 시간이 부족해 제대로 시험공부를 하지 못해 애태우던 나는 주말에 집 밖에 한 번 나가지 않고, 입고 있던 잠옷 그대로 책상에 앉아 문제지를 풀었다. 그야말로 밥 한술 먹고 화장실 가는 시간 외에 종일 문제지를 풀었다. 당시에는 몰랐는데 시험 끝나고 돌이켜보니 엄청난 집중력이었다. 형설지공에 비교할 바는 아니겠지만 그렇게 나는 최선을 다했고, 결국 어렵다고 소문난 방송대 과정을 영광스럽게 마칠 수 있었다.

내 삶에서 비록 내세울 건 없어도 6년 동안 집중하여 공부해서 중, 고, 대학을 졸업한 것을 보고 주변에서 '인간승리'라며 던지는 칭찬에, 나도 '예! 그렇습니다!'라고 하며 자랑스럽게 깨를 끄덕여 본다.

마지막 한 과목

2020년 6월, 방송대에 입학한 지 드디어 4년 차 마지막 기말고사. 공부할 시간은 없고 정말 막막했었는데 한 과목, 한 과목 워크북으로 정리하고 기출 문제로 확인하다 보니 저 멀리 결승점이 보인다는 자신감이 생겼다. 직접 현장에 나가서 현장감을 익혀야 하는 사회복지사 실습도 여러 사람의 배려 덕분에 무사히 마칠 수가 있었다. 살얼음판 위를 걷듯 마음 졸이며 조심조심 걸었는데 드디어 마른 땅을 밟는 기분이었다.

그런데 헉, 맙소사. 이제 졸업식만 치르면 끝이라고 생각했던 내게 이런 날벼락 같은 일이~. 기말고사와 더불어 지난 계절 학기 때 응시하지 않았던 과목 하나를 치르려고 했는데 당시에 내가 계절 수업료를 입금하지 않아 시험에 응시할 수가 없다고 한다. 책 한 권 값을 보낸 것을 계절 수업료 보낸 것으로 착각한 것이다. 꿈에도 생각 못 한 일이 생긴 것이다. 방법이 없었다. 결국 한 과목 때문에 졸업을 한 학기 미루어지게 되었다. 인생이 이런 것인가 보다. 나름 조심하면서 또 최선을 다한다고 했는데 어처구니없는 실수 하나로 틀어지는 것. 그것이 인생이겠지. 그래, 인생은 그래서 재미있는 거야.

이제 모든 과목이 합격처리가 되고 계절 학기 때 놓친 한 과목만 남았다. 이 한 과목의 점수가 모자라 비록 졸업은 한 학기 연기되었지만 이미 벌어진 일을 긍정적으로 받아들이고 최대한 성실하게 수업에 임하기로 마음먹었다. 그래서 무슨 과목을 선택할까 하다가 손녀들 생각이 났다. 졸업하면 다시 손녀를 둘 키워야 하는 일이 기다리고 있었다. 아들 키우던 시대는 이미 옛날이 되어버렸다. 어떻게 아이들을 키웠는지도 기억이 나지 않았다.

이제 새롭게 유아교육에 임해야 하는 시점을 눈앞에 두고 있어서 '유아 과학 교육'을 선택했다. 결국 이 과목에서 배운 내용은 나중에 손녀들을 양육하면서 놀아 줄 때 도움을 받았다.

온라인 졸업식

2021년 2월, 코로나 시기라 졸업식을 저녁에 유 튜브 방송으로 지켜보아야만 했다. 공부하는 내내 학사모를 쓰고 꽃다발을 품에 안은 채 가족과 지인들에게 둘러싸여 축하받는 모습을 수없이 상상했던 나인지라 이런 졸업식이 너무 아쉽고 속상하기만 했다.

교회 지역 카톡 방에 이 소식을 올렸다. 내가 방송대 공부하고 있다는 것을 알고 계셨기에 교회에서 지역 식구를 만나면 졸업은 했는지를 물어오는 분들이 많아서 카톡 방에 소식을 올린 것이다. 많은 분께서 진심 어린 축하 메시지를 보내 주셨다. 독서 모임에도 올릴까 말까 고민하다가 밤늦게 밴드에 올렸다. 여기는 정말 공부를 많이 하신 분들이 계셔서 나같이 늦은 나이에 방송대를 졸업하는 일에 별 관심을 보이지 않을 것 같았다. 한마디로 자격지심 같았다. 그런데 정말 많은 선생님께서 본인의 일처럼 기뻐해 주시고 또 축하해 주셨다. 생각해보니 이분들은 공부가 힘들다는 걸 알기에 나의 여정을 진심으로 공감하고 축하해 주실 수가 있었을 것 같았다. 졸업식 전후로 몇 주간은 정말 내 인생 최고의 순간이 아니었나 싶다.

유튜브로 졸업식을 시청하는 와중에 2014년부터 오늘까지 내 삶에 일어난 수많은 다이나믹한 변화의 순간들이 주마등처럼 스쳐 지나갔다. 단지 중학교 졸업장만이라도 갖는 게 소원이었던 나에게 이 짧은 세월에 대학 졸업장까지 손에 쥘 줄은 정말 꿈에도 생각지 못한 일이었다.

그 많은 변화 속에서 길을 잃지 않은 채 잘 견디어 내었다. 앞으로도 나를 더욱 사랑하며 힘차게 살아가리라.

졸업여행

한 학기 늦은 2학기에 입학한 나는 학우들의 도움으로, 어려움을 무릅쓰고 뒤에서 따라가며 시험을 준비하였다. 중고등 수업을 정상적으로 학교 출석하며 듣고 배운 게 아니라서 대학교 공부 내용을 이해하기에는 벅찰 때도 많았다. 그렇지만 살아오는 동안 보고 들은 것과 경험이 있어서 이해되는 부분이 많아 도움이 되기도 했다. 자율 수업인 우리들의 스터디 시간에 곁눈질도 하고 직접 컨닝도 하면서 같이 배움의 길을 걸을 수 있었다. 그렇게 걷다 보니 어느새 졸업이라는 말이 나오고 졸업여행을 가자는 의견이 나오기 시작했다.

졸업을 앞두고 졸업여행에 관한 이야기가 차츰 논의되기 시작했다.

처음에는 명색이 졸업여행이니만큼 최소한 2박 3일 정도로 다녀오자는 것이 대다수의 의견이었다. 그래서 그 일정에 맞는 장소도 알아보고 있었다. 하지만 공부하는 학우들 대부분이 직장에 매인 사람들이라 막상 삼일이라는 시간을 낼 수 있는 사람이 적었다. 무엇보다 가능한 많은 사람이 다 함께 참여해야 하는 것이었기에 결국 금요일과 토요일 1박 2일의 여정으로 가까운 선재도에 다녀오는 방향으로 의견을 모았다. 그나마 다른 학우들은 첫날 낮에 목적지에 도착했는데 나는 금요일 근무 후 저녁에 합류하기로 했다. 우리는 모두 과거에 집이 가난해서 배우지 못한 한을 풀고 있는 사람들이었다. 신입생 시절에는 일하며 공부한다는 일이 너무도 힘에 겨워 졸업여행을 떠나는 선배들을 바라보며 우리는 언제쯤이나 수업이 끝나고 졸업여행을 갈 수나 있을지 장담할 수가 없었다. 그래서 졸업여행은 먼 훗날의 꿈 얘기로 치부하며 생각지도 못하고 있었는데 이렇게 우리도 졸업여행을 떠나게 되었다.

금요일 저녁에 설레는 마음으로 선재도의 어느 펜션에 도착하니 한 옥타브 높은 소리로 반가이 맞아주는 학우들의 웃음소리와 함께 맛있는 음식들이 한가득 펜션 주방에 차려져 있었다.

나는 직장에서 시간 날 때마다 직접 나무에 올라가 따서 담

치유를 가져다준 일기장의 기적

은 오디술을 준비해 갔다. 그것은 술이라기보다 진한 오디 액에 가까웠다. 의외로 오디술이 삼겹살과 궁합이 잘 맞아서 준비해 간 맥주는 거의 먹지 않았다. 우리에게는 단 하룻밤의 시간이 너무나 아까워서 늦게까지 이야기꽃을 피우며 놀았고, 숯불이 약해질 무렵에는 고구마를 넣어서 말랑말랑하게 구워 먹기도 했다. 그렇게 우리는 추억을 두레박질하며 긴긴밤을 보내다 새벽 무렵에야 잠자리에 들었다.

다음 날 아침 몇 시간 자지 않았는데 불구하고 7시가 되니 저절로 눈이 떠졌다. 그런데 어떤 부지런한 학우가 벌써 아침 준비를 다 해 놓고 기다리고 있었다. 메뉴는 닭죽이었다. 각종 약재료를 넣고 얼마나 끓였는지 맛있는 육수 냄새가 구수하게 코끝을 자극하고 침을 흘리게 하고 있었다. 우선 그 육수 국물을 한 사발 마셔 보았다. 속이 뻥 뚫리는 느낌이 들었다. 부지런한 학우는 다시 방으로 들어가 다른 학우들을 깨우고 있었다. 어쩔 수 없이 일어나는 다른 학우의 모습을 보고 우리 둘은 다시 주방으로 가서 다른 재료들을 큰 냄비에 넣고 불을 켜 놓고는 다시 방으로 들어갔다. 이제 다른 학우들이 씻고 화장을 할 동안 잠시 공백 시간이 생겼다.

나는 이런 시간이 올 것에 대비해서 챙겨 간 색연필과 그림

일기장을 들고 마루에 상을 펴고 앉았다. 시간 날 때 그리려고 찍어둔 카페 사진과 컵을 일기장에 스케치하기 시작했다.

그때 아침을 준비하던 학우가 내게로 오더니 한참 동안 내 그림을 주시하기 시작했다. 그러더니 자신이 색을 입혀도 되겠냐고 물었다. 그래서 나는 엉겁결에 그러라고 했더니 바로 색연필을 들더니 어설프게 스케치한 나의 그림에 색을 덧입히기 시작한다. 그런데 어! 어! 그림이 살아나고 있었다. 학우의 손놀림은 막힘이 없었다. 다양한 색상으로 원판 사진에 있는 점 하나까지도 세심하게 그려 넣으면서 내 그림 일기장에는 전혀 다른 느낌의 그림이 완성되어가고 있었다. 부지런한 그 학우의 섬세함과 소질에 나는 정말 놀랐다. 삶의 현장에서 보고 느낀 귀한 아침 시간이었다.

아침을 든든하게 먹은 뒤 우리는 바다로 나갔다. 피부에 닿는 바람이 살을 베이듯 날카롭고 차갑게 느껴진다. 그래도 최근 들어 가장 따뜻한 날씨다. 너무나 상쾌한 느낌. 볼을 스쳐 가는 이 차가운 느낌이 나는 정말 좋았다. 썰물로 물이 빠져나가서 길이 드러나 있는 모랫길을 따라 걸으며 학우들의 한껏 웃는 모습을 사진에 담아보기도 했다. 한참을 걷다 보니 목이 추워서 주머니에 예비로 넣어둔 얇은 스카프를 목에 둘렀다.

모랫길을 지나서 목섬에 들어가니 커다란 바위가 산을 이루고 있고, 물이 들어온 자국과 물이 나간 자국이 모래 위에 선명히 띠로 그어 놓은 듯이 남아 있었다. 그곳에서 독사진도 찍고 단체 사진도 찍기 시작했다. 다들 신이 나서 즐거운 비명이 터져 나왔다. 바닷가 작은 바위에서 사진을 찍는데 누군가가 나에게 말을 던졌다. "언니! 아까 스카프 목에 두를 때 엄청 멋있더라!" "그래? 그럼 다시 재연해 보지 뭐"라며 스카프를 돌렸다, 접었다 하면서 즉선 패션쇼를 재현해 보았다. 학우가 찍어 준 사진을 살펴보니 스카프 색상과 함께 나의 표정과 푸른 바다 배경이 참 잘 어울려 보였다. 그렇게 시간 가는 줄 모르고 놀던 사이 저 멀리서 물이 밀려 들어오는 것을 볼 수가 있었다. 갑자기 물이 차면 섬에 갇힌다는 생각이 들어서 우리 일행 모두는 서둘러 모랫길을 걸어서 바다를 빠져나왔다.

이른 점심을 먹고 시간이 여유가 있어 우리는 대부도에 있는 '유리 섬' 구경을 갔다. 유리를 만드는 과정에 직접 참여도 해 보고 유리로 만든 조각물 구경도 한 후 낙조를 구경하기 위해 우리는 낙조로 유명한 구봉도에 들렀다. 시간을 잘 맞추었기에 우리는 유명한 구봉도 조형물에 기대어 바다를 붉게 물들이며 바다 저 속으로 넘어가는 낙조를 감상할 수 있었다.

너무나 멋이 있었다. 아니! 장엄하다고 해야 할까? 낙조를 배

경으로 찍은 사진은 길이길이 추억으로 남을 것이다. 그렇게 1박
2일을 알차게 보낸 학우들과의 졸업여행은 나에게 있어서는 둘
도 없는 귀한 시간으로 남아 있다.

초등학교 시절, 친구들은 모두 수학여행을 떠난 빈 교실에
수학여행을 가지 못한 나와 두서넛의 친구들이 남아 어정쩡하게
놀고 있었던 기억이 났다. 게다가 나는 중학교도 다니지 않았기
에 학창 시절이라고 말할 수 있는 추억이 거의 없다. 세상 살아
오는 동안 옆에서 학창 시절 운운하는 대화가 나오면 나는 아무
할 말이 없어서 빈 가슴에 어둠이 스멀스멀 밀려들곤 했다. 그러

치유를 가져다준 일기장의 기적

나 이제는 이야깃거리가 있다. 졸업 후, 여러 해가 흘렀어도 같이 공부했던 언니 동생들은 지금도 시간을 내어 만나서 밥도 먹고 차도 마시고 지낸다. 그때 배운 많은 강의 내용과 교과서 내용은 앞으로 살아가는 동안 지혜가 되어주고, 힘도 되어줄 것이다. 무엇보다 대학생으로 공부했던 4년 시간 동안 내가 참여했던 각종 모임과 행사를 통해 어릴 때와 청년의 때에 마음껏 놀지 못한 아픔과 상처도 많이 치유되었다.

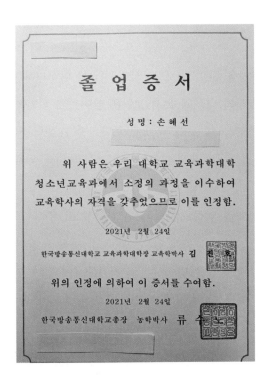

독서포럼과 글 밴드

    방송촬영을 종료하고 모든 상담 치료를 마무리하던 날, 상담 선생님으로부터 나에게 독서 모임을 알아보고 나가서 "남의 말을 듣는 훈련을 해 보라"는 과제가 남겨졌다. 그날 집으로 오면서 114에 전화해서 독서 모임을 알아보고는 바로 등록 신청서를 제출했다.

    토요일 아침 일곱 시, 남들은 주말이라고 곤히 잠들어 있는 그 시간에 안산시 사동에 있는 대동서적 사동 본점 3층에는 책과 함께 주말 아침을 맞이하는 부지런한 사람들이 모이고 있었다. 모임 방식은 그 주에 해당 도서를 맡은 회원이 책에 대한 30여 분 정도의 발제를 진행하고 이어서 조별로 나누어서 1시간 30여 분 정도 토론에 들어간다고 했다. 토론은 정해진 책을 읽

치유를 가져다준 일기장의 기적

고 와서 각자 느낀 소감을 자유롭게 표현하는 방식이었다.

발제자의 강의는 책을 깊이 읽지 못한 내가 책을 이해할 수 있도록 많은 도움이 많이 되었다. 그리고 토론 시간에 나는 속으로 놀랄 때가 많았다. 그것은 짧은 시간에 자신이 하고자 하는 생각을 간결하면서도 논리적으로 말하는 선생님들 때문이었다. 한 권의 책인데 토론자가 열 명이면 열 권의 책을 읽는 것 같은 생각이 들었다. 바라보는 시각이 각각 다르기 때문이었다. 내 생각과 너의 생각이 다르다는 걸 인정하며 배우고 알아가는 시간이었다. 표현의 자유라는 말이 그대로 느껴지는 곳이었다. 진행을 맡은 선생님을 따라 각자 느낀 점을 말하고, 때로는 주제와 관련된 본인의 삶을 이야기 하기도 하였다.

간혹 주제와는 관련 없는 이야기를 하시는 분도 있었지만 아무도 그 말을 탓하지 않고 진지하게 공감하며 들어주는 모습이 감동과 놀라움으로 다가왔다. 한주 한주 시간을 통과하면서 내 생각의 폭은 차츰 넓어져 갔고 세상과 책을 바라보는 시선의 깊이도 점차 깊어져 갔다.

무 토론의 과정을 거치며 내가 배운 최고의 덕목은 남의 말을 끝까지 집중해서 들어주는 경청의 자세였다. 보통 8~9명이 토론하니 7~8명의 말을 들어주어야 내 생각을 말할 수가 있었다. '아~ 이래서 독서 모임에 가서 듣는 연습을 해 보라고 했구나!' 하는 생각이 들었다.

내가 아들에게 잔소리하는 것 못지않게 아들 역시 엄마에게 뭔가 할 말이 있을 터인데 나는 그 말을 알아듣지 못하고 살아왔다. 오직 나의 고통스러운 자아에 매몰되어 모든 것이 가려져 듣지 못하고 있었다는 걸 세월이 많이 흐른 후에 알게 되었다.

이처럼 건전한 분위기와 건강한 사람들과 함께하는 시간은 내가 성장하는데 발전에 많은 도움이 되었다. 봄, 가을 소풍이나 문학관 견학, 그 외 행사가 있으면 최대한 참석하려고 노력했다. 공주 북 캠프에 가서 뛰어놀기도 하고, 인근 밤밭에 가서 직접 밤을 따고 가시를 벗겨가며 알밤을 까는 것도 잊을 수 없는 추억이 되었다. 문학관 견학이나 야외나들이는 초등학교 때도 수학여행조차 제대로 못 가 아쉬워했던 나에게 치유의 시간이 되었다는 걸 오랜 시간이 흐른 뒤에 알 수 있었다. 방송대에 입학한 후 공부하고 시험 치느라 잠시 독서 모임에 참석을 못 한 시기도 있었지만, 그 끈을 놓지 않으려고 애썼다.

문학관 견학과 봄가을 소풍

2015년 4월 독서포럼 봄 소풍날이었다.

아들과 나와의 갈등을 찍은 방송이 나간 지 몇 달 되지 않았을 때였다. 아들 얼굴 자막이 처리가 안 된 상태로 방송이 나가서 그 일로 여러 가지 어려움과 갈등을 겪고 있었다. 소풍 날짜가 정해진 후 갈등 속에서도 조금씩 변화해 가는 시기였다. 아들에게 소풍같이 갈 수 있겠는지 물어보았다. 처음에는 도리도리였다. 시간이 남았으니 생각해 보고 결정하자며 여운을 남겨 두었었다. 며칠 후에 다시 물으니 고개를 끄덕였다. 반갑고 고마웠다.

나이로만 본다면 청년이 지나고 있지만 어릴 때부터 엄마 아버지로부터 받은 상처와 불안으로부터 생긴 분노와 아픔이 여전히 남아 있는 상태였다. 아들이 세상 사람들 속으로 가서 지내는 모습을 볼 수 있는 기회이기에 같이 가려는 엄마의 마음이었다. 그래서 아들 마음 문을 열기 위해서는 지금이라도 엄마의 애정과 관심이 필요하다고 생각하고 있던 시기였다.

아침 일찍 서둘러 체육관 주차장으로 갔다. 여러 선생님께서 반겨주셨다. 그중에 아들이 얼굴을 알고 있는 선생님이 계셨다. 선생님께서는 아들 이름을 부르시며 반갑게 우리를 맞아주셨다. 나는 그 따뜻한 고마움을 마음에 담아 두었다.

목적지는 춘천 김유정 문학관으로 기억된다. 문학관 구경 후 아들과 같이 걸으며 막 피기 시작하는 노란 산수유꽃도 구경하

였다. 일행이 많아서 춘천 닭갈비를 4인 1조로 하여 맛있게 구워 먹었다. 닭갈비를 먹고 나와서 아들과 같이 풍선 껌 불기를 했다. 그때 해 맑게 웃던 모자의 얼굴이 카메라에 찍혀서 사진으로 남았다. 그 사진을 볼 때마다 참 기분이 좋다.

그래서 봄, 가을로 떠나는 독포의 소풍에 웬만하면 참석하려고 애를 썼다. 그리고 아들에게 그날 일을 나가지 않으면 같이 가자고 제안했을 때 가겠다고 하면 그렇게 같이 떠나서 바깥세상을 구경하며 힐링의 시간이 되어주었다.

치유를 가져다준 일기장의 기적

2016년경에도 봄이지만 바람이 불고 추웠던 독포 소풍날, 옷깃을 여미고 아들과 같이 봄 소풍을 따라 떠났다. 독서포럼 선생님들과 춘천에서 바이크 레일을 탔다. 발로 열심히 밟아야 앞차를 따라갈 수가 있고 뒤차와 부딪히지 않고 앞으로 나아갈 수가 있었다. 바람이 불어 춥기도 해서 어깨를 웅크렸다 폈다가를 하면서 아들과 나란히 앉아서 네 명의 한 팀이 호흡을 맞추어 바이크 레일을 타고 열심히 페달을 같이 밟던 아름다운 추억이 있다. 혼자서는 힘든 소풍 일정이지만 함께했기에 단체 속에서의 하루 생활은 큰 활력소가 되어주었다.

어느 토요일 아침

독서포럼에서 토론 주제가 '내게 오늘 하루의 삶만 남았다면?'이었다.

1. 후회할 일은?
자녀들에게 듬뿍 안아주지 못하고 앞만 보고 살아온 일이다.

2. 자랑할 일은?
천 개의 벽돌을 쌓다가 백 개의 벽돌을 잘 못 쌓았지만 그래도 구백 개는 충실하게 최선을 다해 쌓았다. 나 자신의 삶을 돌아보면 부족투성이다. 그래도 잘해 왔다고, 잘 살아왔다고 나름 자부할만한 일도 있다. 그동안 세상 살아오면서 헛되이 시간을 보내지 않았고, 오로지 가족을 위해 최선을 다했다. 그러다가 지치면 하나님을 붙잡고 기도하며 울었고, 비록 무식하고 하루하루 벌어서 먹고 살아가는 삶이었지만 애써 책을 손에서 놓지 않고 그 안에서 답을 찾아 헤매기도 하였다. 남들이 보기에는 바보 같고, 어리석고, 못나게 보였을지라도 나는 나에게 밀려온 인생의 파도를 회피하지 않고 당당하게 맞으며 그 안에서 실수를 통해서든 성공의 경험을 통해서든 무엇이든 배워가고자 하였다. 때때로 책을 읽고 토론의 장에 나서서는 하고 싶은 말을 제대로 논리적으로 풀어내지도 못해서, 막힘없이 자신의 논리를 풀어나가는 선생님들을 보며 내 부족함을 뼈저리게 느끼기도 하였다. 그래도 굴하지 않고 꿋꿋하게 부딪혀 나가는 나 자신이 대견하기도 하였다. 그러한 만남 속에서 그들의 삶과 글을 보며 "아하! 사람 사는 게 그렇구나! 이 사람은 이렇게 삶을 승화시켰구나!" 하며 감탄하고 위로받으며 힘든 마음을 지탱하는 자양으로 가져오는 노력을 쉬지 않고 해 오고 있다.

글쓰기 기초

2020년 초, 코로나가 와서 한참 동안 대면 모임이 중단되었다. 가끔 오프라인으로 비대면 모임을 하긴 했지만 사람 냄새나는 모임에 대한 갈증으로 모두가 답답해하던 시기였다. 그 무렵 안산 독서포럼 내에서 글쓰기 동아리인 '별별 글 다방'이 오픈되었다. 글쓰기 지도는 포럼회원이자 시인이신 마 혜경 선생님께서 줌을 통해 글을 쓰는 기초부터 알려주기 시작했다. 그 당시 나는 직장을 정리한 후, 손녀 육아 초기였다. 손녀를 돌보며 틈틈이 비대면 강의에 참석해서 한 가지라도 배우려고 귀를 기울였다. 손녀 둘은 줌 화면에 자신의 얼굴이 보이자 할머니 무릎에 앉아 같이 들으려고 했다. 비록 손녀들의 방해로 여러 가지 힘들었지만 줌을 통해서라도 그렇게 시작한 글쓰기 모임은 조금씩 나의 글쓰기 기초에 도움을 주었다. 기초 글쓰기 이론 수업이 끝나고 나서는 실제로 글을 써서 밴드에 올리라는 숙제가 주어졌다. 그렇게 밴드에 올리기 시작한 다른 선생님들의 글은 내가 보기에는 모두가 전문 작가들의 글처럼 보였다. 한편으론 기가 죽은 채로, 한편으론 부러운 마음으로 다른 선생님들의 글을 자세히 들여다보기 시작했다. 그렇게 하다 보니 우선으로 일상을 자세히 관찰하는 것이 선행되어야 한다는 것. 그리고 글감은 무언가 대단한 것이 아니라 일상에서 길어 올린 것들 속에서 찾는 것이라는 것을 알 수가 있었다.

글 다방에 참여한 회원들에게는 의무사항이었기에 나 역시 글을 올려야 했다. 그런데 도저히 용기가 나지 않았다. 일기는 틈틈이 써 왔다고는 하지만 그것은 나 혼자만 보는 맥락도 없는 낙서 같은 글이었을 뿐이었다. 하지만 밴드에 올리는 글은 만인에게 공개되는 글이었다. 도무지 용기가 나지 않았다. 글을 올리는 것은 발가벗고 대중 앞에 서는 듯한 기분이었다. 머릿속에서 나름 제목은 잡아 보았는데 첫 문장을 어떻게 시작해야 할지 난감하기만 했다. 며칠을 노트북 화면에 쓰고 지우기를 반복하다 용기를 내어 글을 써 내려갔다. 조금 마음에 들었다. 그렇게 A4 용지 한 장 분량의 글을 쓰고 나서는 읽고 또 읽으며 고치고 또 고쳤다. 그리고는 마감 시한이 되어 눈을 꾹 감고는 제출 버튼을 눌렀다. 얼마 후 내가 올린 글 아래로 댓글이 올라오기 시작했다. 한결같이 칭찬과 격려의 글들이었다. 무척이나 고마웠다. 한번도 제대로 된 글을 써 보지 않은 내 글이 좋을 리가 없었다. 그런데도 선생님들은 내 글에 무한 칭찬 댓글을 달아주셨고 격려해 주셨다. 댓글 하나하나를 읽으면서 얼마나 고맙고 또 감격했는지 ~~.

그렇게 자신감을 얻게 되자 마구마구 글감이 떠오르기 시작했다. 그때는 자다가도 글감이 떠오르면 메모해 두느라 잠을 설치기가 일쑤였다. 그렇게 해서 시작한 나의 글쓰기 여정이 이어져 이렇게 지나온 내 삶에 대한 글로 이어지고 있다.

요즘 독서 모임에는 새로이 참석하시는 선생님들이 계신다. 여러 경로를 통해 찾아오신다. 대부분이 장년이지만 그중에는 간혹 젊은 대학생들도 있다. 참 보기가 좋다. 경험 많은 어른과 토론하고 대화한다는 그 자체만으로도 보기가 좋다. 그렇게 경험을 쌓다 보면 학교에서나 사회에서 다양한 사람들과의 커뮤니케이션이 잘 이루어질 것이다. 내 인생에서는 결코 경험할 수 없었던 그런 소중한 기회를 누리고 있는 그들이 부럽기도 하면서 한편으로는 그 젊은 청년들에게 박수를 보낸다. 먼~~ 훗날 이른 아침, 장성한 손녀들과 손잡고 나란히 독서 모임에 참석하는 날이 왔으면 좋겠다는 생각도 해 보았다.

독서포럼 10주년

독서 모임 10주년 행사가 있다는 소식이 한참 전부터 밴드 공지에 올라왔다. 시간을 비워 놓으라는 의미였다. 나도 달력에 일정을 표시해 놓고 어떻게든 참석하기 위해 일정을 살피고 조정하기 시작했다. 파티라니까 아이들이 조금 떠들어도 상관은 없을 것 같아서 참석하기로 마음먹었다. 공지에서는 당일에 제일 예쁜 옷을 입고 오라고 적혀 있어서 손녀들은 가을에 새로 산 예쁜 공주 드레스 옷을 입혔다. 나도 봄에 결혼식 가느라고 산 예쁜 진달래색 원피스를 챙겨 입었다. 파티장에 간다고 들뜬 큰 손녀는 할머니의 립스틱을 바르더니, 할머니도 이뻐야 한다며 할머니 입술에 직접 발라 주었다. 파티장에 도착하니 독서포럼의 최 회장님께서 생장미꽃을 가슴에 달아주셨다. 손녀들에게도 달아달라고 부탁을 드렸다. 손녀들이 너무 좋아했다.

먼저 10주년 기념식이 있었다. 손녀들을 데리고 기념사진을 같이 찍었다. 손녀들이 떠들며 밖으로 나가자고 해서 기념식을 다 보지는 못했으나 참 감격스러운 장면들이 많았다. 독서 모임에 참석하면서 자신의 변화된 모습을 말씀하시던 선생님들의 얼굴이 가슴에 남았다. 더불어 나의 변화된 모습에도 스스로 감사했다. 독서 모임을 창립하신 최창규 회장님! 감사합니다.

묵묵히 헌신하신 선생님들께 감사의 인사와 기념패가 전해지는 모습도 가슴에 남았다.

식이 끝나고 우리는 차려진 음식을 먹고 놀면서, 생음악이 흘러나오는 파티를 즐겼다. 손녀들 챙기고 먹이느라 나는 차려 놓은 음식도 다 못 먹고, 달콤한 와인 한잔 먹을 틈새는 없었지만, 파티의 즐거움은 만끽할 수 있었다. 가슴에는 생장미를 달고, 손에는 음식을 들고, 귀로는 생음악을 들으면서 춤을 추며 몸을 흔드는 손녀들의 흥겨워하는 모습이 보기에 너무 좋았다. 안 먹어도 배가 부르다는 말이 딱 그때인 것 같았다. 10대, 20대에는 꿈도 꾸지 못했던 생활을 60대에 누리고 산다.

　　　　　　　　　　　　치유를 가져다준 일기장의 기적

그림일기 외

파버카스텔 색연필

색연필을 사러 문구점에 갔다. 매일 하루도 빠뜨리지 말고 식단 중 한 가지를 골라 그림일기를 써 보라고 피디님께서 알려주셔서 실천하기 위해서였다. 이왕이면 제대로 해 보고 싶다는 마음에 다소 값이 나가긴 하지만 파버카스텔이란 메이커 색연필을 샀다. 수채 색연필 36색에 25,200원을 주었다. 피그멘트 라이너 0.1mm짜리도 샀다. 그림에는 재주도, 자신도 없었지만 두근거리는 마음으로 사서 가지고 와서 저녁에 그리기 시작했다. 색상이 화사하고 은은하면서도 잔잔하게 퍼져나갔다. 그러자 더불어 내 마음도 화사해지며 밝아지는 것 같았다.

초등학교 미술 시간에 친구가 좋은 파스텔로 그림을 그리는데 참 색깔이 예쁘고 은은해서 파스텔을 가진 친구가 부러웠던 마음이 내 가슴 한구석에 남아 있었던지 기억으로 떠오르고 있었다. 그림을 그릴 때는 몰랐다. 시간이 흐른 뒤에 그때 파스텔이 없어서 부러워했던 아픔과 상처가 깨끗이 치유되었다는 사실을 ~~.

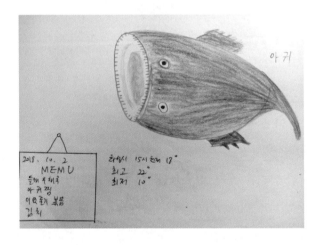

회사식당 메뉴를 그림으로 그렸다. 메뉴가 매일 달라지는데 재료의 모습이 특징이 없는 날은 참 어려웠다. 이날은 아귀찜이 주메뉴였다. 아귀를 손질할 때 보면 저 날카로운 이빨에 장갑이 붙어 찢어질 때가 있어서 특징을 살려보았다. 이빨 하나하나 그려 넣다 보면 그림이 살아나고 있어서 참 재미있었다. 일할 때 저

치유를 가져다준 일기장의 기적

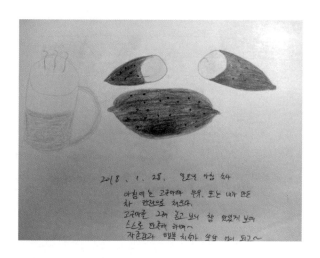

녁에 그릴 것을 생각하며 자세히 보아둔다.

아침에는 고구마와 우유, 또는 내가 만든 차 한잔으로 배를
채운다.

고구마를 그려 놓고 보니 참 맛있게 보여 스스로 만족해하며
~~.

아침에 먹은 고구마를 생각하며 어떻게 그릴까? 고민하다 잘
랐을 때의 노란 속이 생각나서 상상하며 그렸다. 고구마 껍질의
순은 피그멘트 라이너 0.1mm로 찍어서 표현했다. 컵 주변의 노
란색은 연필을 갈아 손으로 문지르니 은은한 색으로 입혀졌다.

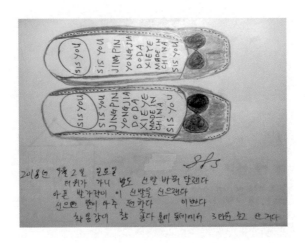

칠하고 그리는 시간이 내게는 말할 수 없이 즐거운 시간이었다.

더위가 물러가니 발이 신발을 바꿔 신으란다. 왼쪽 아픈 발가락이 이 신발이 편해서 좋다고 찾는다. 신으면 왼 발가락이 아주 편하다. 예쁘다. 깜찍하다. 착용감이 참 좋다. 봄에 동네 옷집에서 3만 원 주고 산 건데 발이 참 좋아한다.

코다리 반찬이다. 그림을 그리려면 오전에 동태 손질할 때 동태를 자세히 살펴두어야 했다. 그림을 스케치할 때 눈과 꼬리에 힘을 실어 보았다. 잘 보이지 않는 날카로운 이빨을 그려 넣고 비늘과 지느러미는 0.1mm짜리 연필로 살렸다. 몸통은 연필을 깎아 손으로 문질렀다. 그 하나하나 그릴 때마다 스스로 희열과 깊은 무지의 상처가 회복되는 걸 체험할 수 있었다.

치유를 가져다준 일기장의 기적

오라가 중요국 돌다고 수누서
더거 옥은 마음 옛 그그리

2018. 2. 3. 홍자
10시 15분

내가 그린 그림을 보면서 뿌듯함과 더불어 자연스럽고 은은한 색상 자체에서도 마음이 밝아지는 걸 느끼고 있었다. 그림을 잘 그려서가 아니라 내가 생각한 무언가가 그림으로 표현되는 것 자체에 만족을 느끼기 때문이다. 이렇게 내가 스스로 치유되고 있었던 것을 시간이 지나면서 알 수가 있었다.

이 그림을 따라 그리는 날

이날은 몇 시간 동안 생각을 집중했다. 초저녁에 시작해서 점 하나, 선 하나 따라 그리다 보니 어느새 완성되었다. 시계를 보니 자정이 넘어 있었다. 나는 평소에 세모 하나, 네모 하나 반듯이 그릴 줄 몰라 그림에는 주눅이 들어 있었다. 이 그림을 완

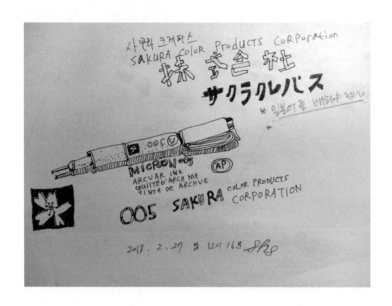

성하고 나서는 "와! 나도 할 수 있어. 해 보니 되네. 나도 잘하
네!" 하며 스스로 자신감의 점수를 후히 매겨 주었던 날이다.

치유를 가져다준 일기장의 기적

일터와 쉼터

　방송대를 다니려면 일요일에 자주 치르는 시험과 출석 수업을 위해 직장을 옮겨야 했다. 구직 신청을 했더니, 화성에서 먹고 자도 되는 주방 일자리가 바로 올라왔다. 나에게는 너무 좋은 조건이었다. 당시 아들과의 마찰을 줄이려면 조금 물리적인 거리를 두고 사는 게 좋다고 생각하고 있었기 때문이었다. 근무 시간이 좋았다. 하루 세끼 회사직원들의 식사 준비와 식후 설거지만 하면 남는 시간은 오롯이 내가 자유로이 사용할 수가 있었다. 오전 쉬는 시간, 오후 쉬는 시간, 퇴근 후에의 긴 시간은 공부하는데 최적의 조건이 되었다. 밤늦게까지 불을 켜고 공부를 해도 아무도 탓하는 사람이 없는 환경이었다. 어릴 때부터 꿈꾸어 오던 공부하기 좋은 환경 그대로가 내 눈앞에 펼쳐졌다. 그

꿈은 나 혼자 넓은 방에서 지내면서 아무 때고 공부하고 싶으면 하고 자다가도 일어나서 책상 앞에 앉아 내가 원하는 만큼 책을 보기도 하고 글을 쓰기도 하며 쉬기도 할 수 있는 것이었다. 오랫동안의 꿈 중 한 가지가 추가로 실현되었던 시기였다.

일하며 배우는 즐거움

그림 그리기를 계속하면서 나도 그림 그릴 수 있다! 나도 배우면 할 수 있다는 자신이 차츰 생기기 시작했다. 전에는 세모 네모를 반듯하게 그리는 것조차도 자신이 없었던 나였다. 그러던 나였는데 내가 보기에도 몇 장 정도는 보기에 꽤 나 그럴싸한 그림들이 완성되기 시작했다.

사진 찍는 것도 재미가 나기 시작했다. 전에는 사진 찍는 것도 싫었다. 내 표정이 경직되고 굳어 있었기 때문이었다. 웃지 않을 때의 어두운 표정은 내가 보기에 싫었다. 그러나 그 당시에는 주방장 언니와 함께 시간만 나면 들로, 산으로 다니며 자연을 배경으로 사진을 찍었다. 모든 사물이 이쁘게 보이고 눈길이 가서 저절로 입이 올라갔다. 그때 산과 들판에서 채취한 열매 청이나 담금주는 지금도 남아 있어서 가끔 시간 있을 때 나누어 먹고 있다. 당시는 내 삶에서 가장 마음 편한 시간이었다. 쉬는 시간도 많았고 퇴근 시간도 정확했다. 무엇보다 퇴근 후 잠잘 때까지 오롯이 자유롭게 내가 원하는 공부를 했던 시기였다.

탁 트인 화성시 팔탄면 가재리 들판에서

들판에서

며칠 후면 2월이다. 응달에는 아직 눈의 흔적이 남아 있어서 바람이 차갑지만, 햇빛에 나가면 봄이 오는 소리가 들렸다. 날씨가 화창해서 점심을 먹은 후 들판으로 산책을 나섰다. 큰 하천길을 따라 걸었다. 자연풍경을 들여다보고 온몸으로 자연의 소리에 귀를 기울여 보았다.

1. 나뭇잎이 나부끼는 소리와 스쳐 지나가는 바람 소리와 졸졸 물소리가 들려왔다.

물소리를 따라가 보니 물이 돌에 부딪힐 때마다 작고 하얀 물줄기를 만들고 있었다.

2. 하천 물속에서 마른 갈대 풀이 부대끼는 소리가 정겹게 들려왔다.

3. 등 뒤로 내리쬐는 따사로운 햇살에 마음이 푸근해 왔다.

4. 나의 볼을 스쳐 가는 상쾌한 바람이 봄이 오고 있음을 느끼게 해주었다.

5. 풀이 한들한들 부대끼며 조용히 흔들리는 소리가 마음을 차분하게 해주었다.

자연의 소리에 귀를 기울이며 한 시간 정도 산책하다 보면, 넓은 들판을 한 바퀴 돌아서 어느새 회사에 도착한다. 더운 여름에는 주로 퇴근 후 저녁에 산책하였고, 차가운 날일 때는 점심 휴식 시간에 따뜻한 태양을 등에 지고 들판에서 산책하였으며, 밤에는 공부에 전념하는 알찬 시간을 보낸 날이 많았다.

독서 삼매경

삼국지

어릴 때부터 책 읽기를 좋아했지만, 여건이 여의치 않아 많은 책을 접할 수가 없었다. 조그마한 마을이라 동네에 서점도 없었을뿐더러 설령 있었다 할지라도 돈이 없었다. 그런데 어디서 흘러 들어온 것인지는 모르겠지만 집에 위인전 몇 권과 외국 소설책, 그리고 상록수라는 책이 있었다. 당시에는 몰랐는데 나중에야 그 상록수의 무대가 안산이라는 사실을 알게 되었다. 내가 본격적으로 읽게 되면서 주로 손에 잡은 장르는 심리, 자녀교육 및 자기 계발 분야였다.

상대적으로 소설은 그리 많이 읽은 편이 아니었는데 우연한 계기로 대하소설 삼국지를 읽게 되었다.

삼국지를 읽게 된 계기는 방송대 과제를 하기 위해 이러저러한 책을 보고 있었을 때, 그 책 가운데 어떤 작가가 '인문 고전을 읽어 두어야 두뇌가 발달한다.'라고 일러주었기 때문이다. 그래서 전부터 명성은 익히 알고 있었던 삼국지를 읽어보고자 1권을 사서 책꽂이에 꽂아두고 있었다. 우연히 여동생과 통화를 하다가 삼국지에 대해 말을 했더니 책값을 보내왔다. 그 돈으로 나머지 삼국지 9권을 다 샀다. 쌀 한 가마니 들여온 기분이었다. 전쟁 이야기 속에 세상사는 처세술과 사람 심리가 보였다. 성경을 보면 구약시대에 많은 전쟁을 한 기록이 있다. 인류 역사가 전쟁과 함께 이어져 온 것임을 알게 되는데, 삼국지에는 전쟁을 치르는 사람의 처세술이 자세히 묘사되어 있었다. 내가 어릴 때 친정엄마께서 잔소리하시는 아버지를 보며 조조 같다고 말씀하셨는데 삼국지를 읽고서야 그 말뜻을 이해하게 되었다.

직장 정리 후에 손녀들과 집에서 적응하며 여러 달 쉬는 동안 삼국지를 읽고 내용을 요약하는 작업을 하였다. 천 선생님께 이 기간에 무얼 하면 보람 있을까 여쭈었을 때 책을 읽지만 말고 요약해서 써 보라고 하셨기 때문이었다. 봄과 여름을 지내면서 읽었다.

손녀 둘을 어린이집과 유치원에 등원시켜 놓고 집안 정리 정돈을 해 놓은 다음, 아이들의 과자까지 간식으로 책상 앞에 챙

치유를 가져다준 일기장의 기적

겨놓고 앉아 책 읽기에 몰입했다. 책을 집중해서 읽으며 각 챕터를 A4 5장 분량으로 요약해 나가기 시작했다.

창가에는 비가 주룩주룩 내리고, 아파트 숲속에서 들려오는 새들이 지저귀는 소리를 들으면 내 마음이 차분해지기도 하고 센티해지기도 했다. 그런 자연의 소리를 들으며 손녀 하원 시간까지 대낮에 삼국지와 성경을 몇 시간씩 읽었다. 그야말로 독서 삼매경에 빠진 기간이었다.

살다 보니 이렇게 편하고 한가로이 읽고 싶은 책을 읽는 행복한 날도 있구나! 싶을 때가 많았다. 내가 초등학교 졸업 이후 지금까지 집에서 이렇게 여러 달 일을 나가지 않고 지내본 적이 없었기 때문이었다. 그 결과 화성 직장에서의 충분한 공부와 독서 몰입에 이어 집에서 여러 달 지내는 동안 성경도 충분히 읽으면서 삼국지 열권도 다 읽어 낼 수 있었다. 조조와 제갈량의 지혜와 유비의 성격이나 인성 등에서 많은 생각과 느낌을 받게 해준 책이었다. 10권의 장편소설을 처음부터 끝까지 쭉 읽어보는 기분도 참 좋았던 시간이었다.

제4부

일기장의
기적

타임머신

2023년 1월, 코로나 여파로 내가 일하던 직장에 손님이 줄면서 영업이 어려워지자 권고사직이 되었다. 하지만 당장 직장을 구하지는 않았다. 손녀들이 유치원 봄방학 기간이었거니와 연이어 큰손녀가 초등학교 입학하면서 학교생활과 등하굣길을 적응시키기 위해서는 시간이 필요했기 때문이었다. 나는 이 기회에 그동안 마음속에 묻어만 두었던, 지금까지 써 놓은 글을 정리하여 책으로 엮어보려는 생각을 실행해 보아야겠다고 작정했다. 그래서 그동안 써 놓았던 글들, 특히 일기장을 꺼내어 들추어 보기 시작했다. 그러는 중에 나는 정말로 깜짝 놀랐다. 가족과의 소통과 행복을 위해 상담해 온 세월이 길기도 했지만, 그때 그때마다 내게 주어졌던 숙제와 그에 대한 해답이 줄줄이 기

치유를 가져다준 일기장의 기적

록되어 있었기 때문이었다.

그런데 기록된 내용 중의 아주 일부분만 기억에 남아 있고 대부분은 잊어버렸거나, 기억 저 너머에 흐릿하게 남아 있을 뿐이었다. 그런데 그런 기록 중에서 나를 눈물짓게 만든 것은 방송 촬영이 끝났을 때, 내 손을 잡으시며 이후로도 힘들 때는 꼭 손잡아 주시겠다고 하신 약속을 정말로 지켜주신 진 피디님이 보내 주셨던 수없이 많은 격려와 위로의 말들이었다. 다시 읽어보니 그때의 상황과 마음이 떠올랐고 더불어 그때 진 피디님을 통해 받았던 위로의 감정들이 새삼 내 마음을 울컥하게 만든 것이다. 그 말들은 그때마다 나에게 큰 힘이 되어 징검다리 역할을 해주고 있었는데 어느 순간 잊고 살고 있었던 것이었다. 아~ 내게 내어주신 과제만 하나씩 실천했더라도 지금쯤은 아들과의 관계가 더욱 좋아졌을 텐데~! 하는 아쉬운 생각이 들었다.

또한 그때그때 나의 속사람과 겉 사람과의 대화를 기록해 놓은 글을 읽으면서 참 수없이 많이도 갈등하며 살아왔구나! 하는 생각이 새삼 들었다.

방송 이후 아들이 더 분노에 차서 나와의 갈등이 심할 때, 아들과 대화가 안 되어 답답할 때도 일기장에 때로는 편지문으로, 때로는 기도문으로 써 놓은 글들을 다시 읽었다. 그 모든 글의 주제는 한결같이 내가 살아 있는 날 동안 풀어야 할 아들과의 소통이라는 숙제였다. 내 말이 아들에게 전달되지 않고 벽에 부딪힌 듯 허공에 맴도는 느낌을 늘 가지고 살아오면서 왜 그런지 이유를 알고자 애를 써 왔다. 그런데 그에 대한 답을 풀 수 있는 열쇠가 일기장 곳곳에 적혀 있었다. 이렇게 일기장을 읽다 보니 이제는 내 숙세가 풀릴 때가 가까이 왔다는 느낌이 강하게 일고 있었다. 물론 아직도 아들 녀석과의 소통 문제는 미해결 과제로 남아 있다. 무엇보다 아들의 마음속에 도대체 어떤 아픔이 있기에, 도대체 언제부터 이리도 두터운 벽이 생겼는지 그 원인을 찾는 것이었다. 이제 그 과제 말고는 실생활에서나 경제적인 면에서나 크게 염려할 것 없이 평온한 삶을 영유하고 있었다.

치유를 가져다준 일기장의 기적

행복 뒤의 그림자

    감사하게도 좋은 직장에 취업이 되어 돈도 벌고 운동도 하고 그림일기도 그리면서 내 인생 최고의 안정된 생활을 영위하면서 나는 내가 원하는 보다 새롭고 더 도전적인 삶을 꿈꾸게 되었다. 대학을 졸업하고 대학원에도 진학하여 심리학을 더 깊이 공부하고 싶다는 꿈도 꾸고 있었다. 대학원을 가려면 어디로 가야 하는지? 어떤 과정을 거쳐야 하는지에 대한 선배들 의견도 몇 군데 기록되어 있었다. 그 글을 보면서 좀 생소했다. 그랬었나? 싶을 만큼 기억이 희미했는데 나중에 생각이 나기도 했다.

    그러던 중에 방송대 졸업을 1년 앞두고 손녀 둘을 양육해야 하는 무게가 찾아와서 다시 힘이 들기 시작했다. 손녀들과의 동행은 힘들기도 했고 어려웠지만, 손녀 둘이 하루가 다르게 쑥쑥

자라는 모습에서 힘을 얻으며 그 나름의 새로운 행복을 만나고 있었다. 나는 손녀들과 함께 하는 시간을 양육 일기의 형식으로 글로 써 내려갔고, 그렇게 글을 쓰는 시간은 손녀들과의 행복한 시간을 다시 떠올리게 함으로써 나는 다시 미소를 지을 수 있었다. 그렇지만 그런 행복 속에서도 순간순간 저 가슴 깊숙이 아릿한 통증으로 찔러오며 마음에 서늘한 냉기를 돌게 만드는 것이 있었다.

그것은 큰아들 연수! 그 연수와의 관계가 아직도 풀리지 않는 숙제로 남아 있기 때문이었다. 손녀들 앞에서 나는 아들과 말다툼을 할 때가 있었다. 그런데 이처럼 큰아빠가 집에 오면 할머니와 싸우는 모습을 손녀들은 싫어했다. 그리고 아빠가 퇴근해 들어오면 할머니와 싸운 큰아빠의 모습을 이르기 시작했다. 그런 일이 반복되자 어느 날 둘째는 아이들에게 교육상 좋지 않다며 형을 집에 못 오게 하고 형이 보고 싶으면 엄마가 밖에 나가서 만나고 오라고 말하기 시작했다. 나는 손녀들 아빠의 말에 아무런 대답을 할 수가 없었다. 가만히 듣기만 했다.

왜냐하면 술에 취했다 하면 폭력을 부리던 아버지와 그런 아버지와 맞붙어 싸우던 큰아들에게 내 관심이 온통 기울어 있었기에 둘째에게는 상대적으로 엄마의 손길이 제대로 미칠 수가

치유를 가져다준 일기장의 기적

없었다. 그런 가운데서도 둘째는 건실하게 자라 주었다. 아버지와 형은 지금까지도 재정적인 독립을 제대로 못 하고 겨우겨우 사는데 둘째는 반듯하게 자라 재정적으로 제 앞가림하면서 잘살고 있었다. 그런 둘째가 애쓰며 일으켜 세운 집안에 무슨 이유로든지 분란을 일으키고 싶지 않았기 때문이다.

30여 년 전 트라우마

오래전 방송 영상을 다시 자세히 보기 시작했다. 일기장은 내가 기록한 글들이지만 방송은 제3자가 객관적으로 우리의 문제를 들여다보고 촬영한 현실을 전문가들이 살펴보고 분석해서 편집한 것이라 뭔가 새로운 것을 볼 수 있지 않을까? 라는 생각이 들었기 때문이다. 아들이 방송 이후 너무나 나를 힘들게 해서 두 번 다시 보지 않았던 파일을 눈앞에 불러내었다.

병의 원인을 찾고자 MRI 촬영을 통해 몸 구석구석을 수색하듯 저 기억의 언덕 너머의 구석구석을 더듬어가기 시작했다. 먼저는 일기장의 구석구석 단서가 될 만한 것들이 있을는지 샅샅이 훑어보기 시작했고 이어서 영상을 통해 해답을 찾으려고 한 것이다.

그런데! 그런데! 그날은 내 모습이 새롭게 보이기 시작했다. 나의 내면의 모습이 보이기 시작했고, 내가 원하는 것이 무엇인지를 말하고 있는 내 목소리가 너무도 또렷하게 두 귀에 들려오기 시작한 것이다.

아들은 정말로 착하고 효자였는데~, 어려서 커갈 때는 엄마 편에서 엄마를 편들고 걱정하던 아들인데, 아무도 엄마를 건드리지 못하게 보호하려 했던 아들인데~, 왜 살아갈수록 저만치 멀어져가고 이리도 소통이 안 되는 것일까! 도대체 그 벽은 어디서부터 시작된 것인지…….

그 의문이 항상 나를 괴롭히며 따라다녔다. 그리고 지금도 여전히 그 의문과 갈망은 진행형이었다. 영상에서 아들은 이렇게 소리치고 있었다. 자신이 아버지의 폭력과 맞설 때 엄마는 힘이 없었고 그래서 아무런 도움이 되지 않았고, 따라서 그런 엄마를 보면 분노가 일어난다고!

그런 아들의 절규를 뚫고 엄마와 아들을 꽁꽁 묶고 있는 억센 동아줄을 풀어가 보겠다는 전문가의 말이 내 귀에 새롭게 들려오기 시작했다. 심리극 전에 선생님께서 두 사람 사이에 벽이 놓여 있는 것 같다고 하시는 말도 들렸다. 8년 전에는 귀에 들리지 않았던 말이었다.

그러면서 1988년 3월, 30여 년 전에 먼저 천국으로 떠난 3살짜리 딸의 죽음이 다시 떠오르기 시작하고 있었다. 그 죽음의 충격이 30년을 넘게 아들이 죽을까 봐 애착으로 남아 있었던 사실을 8년 전 상담하면서 알게 되었던 그 날이 다시 떠올랐다. 그때도 아들과의 소통을 위해 가족 상담하고 있을 때였다. 그때는 내 아픔만 보였는데 이번에는 나의 가슴에서 아파하는 5개월 된 아기 연수의 모습이 보이기 시작했다. 다시 그 뒤로 엄마 등에 업혀서 힘들어하고, 엄마 가슴에서 젖 먹으며 아파하는 어린아이 때의 연수 마음과 정서도 느껴지기 시작했다.

엄마가 슬픔에 잠겨있는데 그 엄마의 가슴에서 눈물 젖을 먹고 있는 생후 6개월도 안 된 아기가 어떻게 이 세상이 행복하고 안전하다고 느낄 수 있었을까? 하는 생각이 뇌리에 스쳐 지나가면서 가슴이 후벼지는 아픔이 나를 찾아오기 시작했다.

손녀 둘을 학교와 유치원에 보내고 직장 일 걱정 없이 차분한 마음으로 조용한 한낮 시간에 영상을 보면서 그렇게 세상을 맞이하며 삶이 시작된 아들 연수와 대면하고 있었다.

그렇다면 아버지에게 아들이 내 앞에서 당하는 것 이상으로 엄마가 없는 시간에 세상 살아오는 동안 더 큰 상처도 많았겠구나!. 아들에게도 어떤 아픔이나 사건이 있었을 수도 있었겠다는 생각이 들기 시작했다.

아!!!

아!!!

내가 딸의 상실로 인해 충격을 받아 아파하며 힘들어할 때 아들도 같이 아프고 힘들었겠구나!

병원에서 치료받고 있는 3살짜리 어린 딸을 앞에 두고, 침대 밑에 누워서 술주정하고 울며 난리 치던 남편의 모습도 떠올랐다.

부모라면 아프기가 말로 다 표현할 수 없겠지만 그렇다고 원망이 치료에 도움이 전혀 안 되는데 그렇게 나를 힘들게 했다. 그 당시 부업으로 집에서 20여 마리의 강아지를 키우고 있었는데, 병원에서 딸을 치료하고 있는 동안에는 내가 하던 일을 대신해서 강아지 밥 주며 잘 돌보고 있어야 하는 것이 마땅했다. 그런데도 자신의 할 일은 않고 술 먹고 병원까지 와서 난리를 치니 마음이 참 불안하고 불편했다. 그렇게 술을 먹으면 난리를 치는 생활이 몇 년 전까지도 이어졌으니 내 마음이 얼마나 힘들었을 것이며, 그 당시에 엄마 등에 업혀 있는 아기에게 얼마나 애정을 가지고 키울 수 있었을까? 하는 생각이 밀려왔다.

그 불편함 속에서 생후 몇 개월 안 된 아기에게 눈물 섞인 젖을 먹이며 화상 입은 딸을 간호하는 나의 마음 상태도 보였다. 현실의 힘든 상황에 짓눌려 아이에게 애정이 없는 나의 모습이었다.

얼마 후 딸을 잃은 엄마는 불안한 마음으로 일 년 동안 눈물을 흘리면서 아기에게 눈물 젖을 먹이며 키우는 불안정한 모습과 불안해하는 아기의 내면 상태도 보였다. 여기까지 생각이 정리되면서 아들의 상태를 생각하니 아찔하게 느껴졌다. 아기 때라 말은 못 하지만 본능적으로 엄마의 아픔을 감지하고 느끼는 것이 있다는 걸 지금은 알기 때문이었다. 아기가 감당하기에 너무나 힘들었을 것이었다.

일순간에 아들 삶의 시작이 내 뇌리에 스쳐 지나가기 시작했다.

세상살이에 찌든 나의 내면!

내 삶이 힘들어 아들의 정서를 돌볼 겨를이 없었던 이 미련덩어리 엄마!

아들의 마음속에 아픔이 있어서 저렇게 분노하고 반항한 것임을 알게 되기 시작하면서 그 마음이 이해되기 시작하고 있었다. 언제부터인지는 알 수 없으나 '어디서부터 뭔가가 정지된 그 시간'을 느끼기 시작했다.

장벽이 무너지고

아들의 내면에는 틱을 앓았던 초등학교 2학년 시절 자신의 자리가 텅 비어 있었다. 또한 사춘기가 한창일 중학교 2학년 시절의 자리 역시 비어 있었다.

아이에게 틱 증상이 나타난 것은 초등학교 2학년 무렵이었다. 당시 남편의 직업이 목수였던지라 집에는 목수 일을 할 때 사용하는 연장이 많았다. 손 연장도 많았지만, 동력을 사용하는 기계 연장들도 여러 종류가 있었던 것으로 기억이 난다. 그런데 남편은 일을 쉬는 날임에도 집에서 하루 종일 방에다 연장을 늘어놓았고, 또 동력을 사용하는 공구들을 하루 내내 작동시켰다. 특별히 공구를 수리한다거나 무슨 일을 하기 위한 행동이 아니었다. 아무런 이유 없는 남편의 심술이었다. 내가 이런 기계를 가지고 너희들을 먹여 살리고 있다는 유치한 시위 같았다. 공구가 돌아가는 소리와 함께 연장과 연장을 부딪쳐대는 소리를 하루 종일 듣고 있다 보면 머리가 멍멍했고 귀가 아프기까지 했다. 기계가 덜덜덜 돌아가는 소리와 함께 술에 취한 목소리로 무슨 의미인지 모를 말을 맥락 없이 떠들어 대는 소리까지 겹쳐지면 귀가 아픈 것을 넘어서 저러다가 무슨 일이 일어날 것만 같다는 불안감이 온 집안을 덮었다. 이것은 집이 아니었다. 차라리 집 밖이 더 마음이 편했다. 그런 집안 환경에서 아이는 자랐다. 어려서는 그래도 별 탈 없이 예쁘게 잘 자라 주었고 건강하게 초등학교에 들어갔다. 그때까지만 해도 아무런 별 증상이 없었다. 그런 아들이 끝내 누적된 불안이 틱으로 나타난 것이었다.

아이의 틱 장애는 상상하기 힘들 만큼 충격이었다. 하지만 나는 너무 무력했고 또 무식했다. 어떻게 대처해야 할지도 몰랐을 뿐더러 설령 알았다고 할지라도 남편 때문에 생활고 때문에 할 수 있는 마땅한 방법이 없었다. 결국 알코올 중독으로 인해 남편을 알코올 치료 병동에 보낸 후 아이의 틱 증상을 치료해 보려고 했지만 여러 가지 이유로 남편의 입 퇴원이 반복되면서 아들은 효과적인 치료도 받지 못한 채 그 시간을 견디어야 했다. 가장 보호받고 안전하게 자라야 할 초등학교 시절과 한창 자신의 꿈에 부풀어야 할 중, 고등학교를 졸업할 때까지 나 이상으로 몇 배 더 불안과 분노로 보내야 했다. 틱을 치료하느라 약을 먹어야 했고 그 부작용으로 아들은 수업에 집중은 고사하고 약 기운에 취해 학교에서는 늘 책상에 엎드려 자느라 공부도 친구도 모두 잃어버려야 했던 아들이었다. 그리고 그렇게 자란 아들은 결국 나이 서른이 되면 죽을 것이라는 결심까지 하게 된 것이었다.

다행히 신체상의 틱은 치료했으나 마음의 상처는 고스란히 가슴에 남아 꽁꽁 얼어붙은 마음 때문에 세상에 문을 닫은 채 아들은 성장했다.

방송을 찍으며 상담 미술 치료 시간에 아들은 자신의 인생의 색을 시기별로 칠할 때 유년 시절을 온통 시커먼 잿빛으로, 중고등학생 시절은 그보다 더 새까만 색으로 칠했다. 그랬었구나, 아들에게 유년기와 학창 시절은 떠올리고 싶지도 않은 암흑 같은 시기였구나.

아버지의 가정폭력으로부터 자신을 지키려다 경찰서로 끌려갔던 아들. 엄마가 일하느라 집에 없는 낮 동안 집안에서 벌어진 사건 사고들. 황금 같은 성장기를 우울한 잿빛 속에서 보내버린 아들의 삶이 주마등처럼 나의 뇌리에 떠오르며 스쳐 지나가고 있었다. 아들도 어린 시절부터 성장기까지의 그 긴 고통의 불안

이 너무나 크고 무서워서 그 어떤 기억이 멈추었을 거란 생각이
들었다.

엄마가 일하러 나가고 집에 없는 시간에 아버지와 무슨 일이
있었는지 나는 알지 못했다. 일을 끝내고 집으로 오면 피로에 지
쳐 아이들이 어떻게 하루를 보냈는지 제대로 살펴본 기억이 없
다. 단지 밥이나 먹었는지 정도나 확인했을까. 따라서 당연히 아
이들의 정서까지 보살필 생각을 못 하고 지금까지 살아왔다. 방
송 출연 과정에서 아들은 자기의 생각과 감정을 표현했는데 '엄
마가 누구인가?'라는 질문에 "힘도 없고 도움도 안 되는 엄마!
엄마는 나에게 더 이상의 보호자가 아니다"라고 했던 말이 떠올
랐다. 그때는 저 말이 도대체 무슨 뜻일까? 이해를 못 했다. 그
런데 이제야 비로소 그 말이 이해되기 시작했다. 그랬구나! 죽
을 만큼 힘들었구나! 아들의 마음이 나에게 그대로 전달되고 있
었다. '자신이 죽지 않고 살아있는 자체가 엄마를 위한 것'이라는
대답도 떠 올랐다. 얼마나 살아가기가 힘들었으면 그런 생각까지
했을까? 공감이 가고 있었다.

세분의 전문가 앞에서 자기의 생각과 느낌을 그대로 잘 표현
하는 아들의 모습도 보이고 있었다. 그 모습을 보니 나의 과거
모습이 보였다. 나는 아들의 마음을 헤아릴 여유가 없어서 대화

를 나누지 못했다. 아들이 화를 내고 분노할 때의 속마음은 아버지와 엄마에 대한 사랑을 받고 싶은 마음의 표현이었는데 나는 엄마로서 그 마음을 알아차리지 못하고 그 시기를 다 놓쳐 버렸다는 자책이 들었다. 그런 마음을 공감받지 못하고 친구들과 사귀는 방법도 모르고 돈조차도 없었던 아들의 입장이 그려졌다. 그러다 보니 아들은 혼자만의 세계 속에 박혀 오직 게임에 몰두한 채 살아온 것이라는 것을 이해하기 시작했다. 그리고 거기서 그 당시의 우리 모자의 내면을 대면하였다.

그렇게 대면하는 순간 모든 것이 이해되었고 마음속의 장벽이 순식간에 무너졌다. 아들과의 소통을 막고 있던 벽은 엄마인 나에게 있었다. 우리를 꽁꽁 묶고 있은 채 아픈 생채기를 내고 있던 동아줄이 무엇인지를 알게 되었다. 그 동아줄은 정서적인 공포에서 시작된 불안 때문이었음을 알게 되면서 차츰 나의 의문이 하나씩 둘씩 사라지고 있었다. 얼마나 긴 세월을 힘들게 살아왔는지 그 긴 세월이 생생하게 나의 머리를 스쳐 지나가고 있었다. 그렇게 아들의 눈으로 세상을 바라보는 순간, 아들과의 소통을 가로막고 있던 장벽의 원인이 나에게 있음을 알 수 있었다.

장벽의 원인은 내 가슴에
소통을 가로막는 그 벽은 내 가슴에 있었다. 아들이 금방이라도 숨이 멎어 죽을까 봐 나를 떨게 했던 불안은 내 가슴 저 밑바닥에 또아리를 틀고 앉아있었다. 아들이 나에게 반항하고 분노하는 많은 원인이 엄마의 불안에서부터 시작했고, 성장기 때는 아버지의 가정폭력으로 인해 분노와 억압이 가슴에 가득 차 있었다. 때리고 소리치는 아버지보다 폭력으로부터 보호해 주지 못하는 엄마에게 더 큰 분노가 있었다. 그런데도 그때는 내가 힘들었기 때문인지 아들의 힘든 마음을 살필 힘이 없었다. 아들의 아픔을 돌볼 겨를도 없이 나의 아픔 때문에 아무것도 보지 못하고 그냥 지나쳐 온 긴 세월이 보였다.

그동안 나의 힘든 생활이 아들의 힘든 마음을 알아차릴 수가 없게 막고 있었던 것이었다. 엄마가 힘든데 아이가 편했을까? 엄마가 편해야 아이도 편하다는 상담 교수님의 그 말. 엄마는 컨테이너가 되어 모든 것을 담을 수 있어야 한다는 그 말이 그 순간 다시 떠올랐다. 아이의 엄마인 내 마음이 그렇게 불안하고 아팠으니 그 속에서 자라는 아이의 마음인들 얼마나 불안하고 아팠을까? 그 마음이 트라우마가 되어 아들을 놓지 못하고 나를 불행하게 잡고 살아왔다는 것도 알게 되었다. 그런 엄마 가슴에서 아들의 삶은 시작되고 있었다.

해맑은 손녀들의 모습 뒤로 옛날의 나와 아들들의 모습이 보

치유를 가져다준 일기장의 기적

일 때가 있다.

어쩌다 야단치는 큰소리에도 눈물을 뚝뚝 흘리며 울기도 하고 삐져서 방으로 들어가 시무룩 해하며 슬퍼하는 모습을 보며, 그 옛날 두 아들들은 얼마나 힘들고 불안했을까? 싶으면서 나는 엄마 자격도 없다. 라는 생각을 해 보기도 했다.

상실의 아픔

사람이 살다가 큰 상실을 겪거나 사건을 당하면 기억 상실증에 걸려서 아무것도 기억을 못 하다가 어느 순간 현장의 그 자리를 마주하면서 기억이 돌아오는 사례의 장면을 TV나 책에서 보아왔다. 7년 전 건강가정 지원센터에서 상담하는 동안에 30년 전으로 돌아가, 잃어버린 과거의 생각이 떠오르면서 치유되었던 나의 경험이 그랬다. 그때도 기적이었다. 30년 된 유리 조각을 꺼내던 그때의 내가 그런 경우였다. 아들도 어린 시절부터 성장기까지의 그 긴 불안 속에서 그 고통이 너무나 크고 감당하기 무서워서 그 어떤 아픈 기억들이 어느 순간부터 멈추었거나 가라앉지 않았을까?. 그래서 이토록 큰 아픔을 안고 살아오지 않았을까?

남편의 알코올 중독과 무책임한 생활과의 갈등 속에 버겁게 살아왔던 나에게 모든 원인이 있었다. 나의 젊은 시절의 트라우마로 인해 그때의 기억이 사라졌다가 이제 살만해지고 내 마음이 치유되고 행복하게 되자 그 모든 기억이 되살아나기 시작했다. 나의 가슴에서 힘들었을 아기가 떠오르며 그동안 이해되지 않았던 아들의 말들도 하나씩 하나씩 이해되기 시작했다. 살아오면서 찍어둔 사진 속에 아들의 어두운 표정을 보면 가슴이 아팠다. 아프고 견디기 힘든 시절을 견디어 준 아들이 고마운 마음으로 다가왔다. 그 트라우마가 떠오르면서 이제야 아들을 놓으며 제각각 자신의 길을 걸어갈 수 있게 되었다.

치유를 가져다준 일기장의 기적

일기장의 기적

그동안 써 놓은 일기장을 다시 펼쳐 보는 동안 그 당시의 상황을 생생하게 돌아볼 수 있었으며, 생각했던 이야기를 컴퓨터에 정리할 수 있었다. 그렇게 정리를 다시 하면서 나의 과제가 풀어지는 기적이 일어났다.

십여 년간의 일기장 속에는 나에게 조언을 해주신 분들의 마음이 그대로 남겨져 있었다. 그 속에 많은 답도 적혀 있었다. 격려의 말과 내가 해야 할 과제들이 그 속에 자세하게 기록되어 있었기에 답도 얻을 수 있었다. 긴 시간 동안 써 온 덕분에 일어난 일기장의 기적이었다.

힘들 때마다 꾸준히 써 내려온 일기장.

글을 쓰다가 흘린 눈물 한 방울까지도
다 받아 준 나의 일기장!
나의 희로애락을 다 간직하고 있는 종이 일기장.

그때그때 써 내려간 일기!
틈틈이 내 마음을 기록해 놓은 종이 일기장!
누구에게 말도 못 하고 속이 탈 때도 일기장은
내 감정과 생각을 다 받아 주었다.

십여 년 동안 기록해 놓은 일기장이 있었기에 생생하게 기억
을 되살릴 수가 있었다. 그 일기장에 적혀 있는 글씨체만 보아도
당시의 내 마음 상태를 알 수가 있었다. 이제는 과거의 추억으로
남게 된 일들이지만 내가 어떻게 살아왔는지, 당시 아이들의 마
음이 어떠했는지, 나의 잘못이 무엇이었는지를 생생하게 보여주
고 있었다. 그 이전에 쓴 일기장이 많이 없어지긴 했어도 남아
있는 일기만으로도 나의 오랜 과제가 풀어지고 있었다. 일기 쓰
기는 지금에 와서 결과적으로 치유의 글쓰기가 되었다.

힘들다고 주저앉아 있지 않고 방송에 의뢰할 수 있었기에, 방
송에 나의 민낯을 그대로 보인 결과는 영상으로 생생하게 남아
서 오랜 과제 해결에 많은 힘이 되어주었다.

치유를 가져다준 일기장의 기적

미해결 과제를 가슴에 안고 살았기에, 손녀들과의 동행 속에서 아픔과 힘듦과 깔깔 호호 사는 즐거움이 있었기에,

촬영을 담당했던 진 피디님의 끊임없는 지도와 조언이 있었기에. 내게 글쓰기를 가르쳐 주신 따뜻한 천 선생님이 계셨기에, 둘째 아들의 성실함 속에 먹고사는 걱정 없이 오롯이 손녀들의 양육에 힘을 쏟으며 행복하게 살아왔기에, 오늘 이 평온함과 행복이 찾아올 수 있었다.

노래와 편지

보내온 노래 편지

몇 년 전 아들이 내게 카톡으로 노래 한 곡을 보내온 적이 있었다. '어머님께'라는 지오디의 노래였다. 처음 들었을 때는 가사를 제대로 알아듣기 어려웠다. 몇 번을 반복해서 듣다보니 가사의 내용이 점차 선명해지고 이해되기 시작했다. 듣고 나서 아들에게 "무슨 마음으로 이 노래를 보냈니? 가사에 의미가 있어서 보낸 거야?"라고 물어보았다. 아들의 대답은 "엄마 마음대로~"였다.

말투는 비록 퉁명스러웠지만 그렇다고 인정하는 듯했다. 노래가 빨라서 잘 알아듣기가 힘들었지만 나는 듣고 또 들으며 가사를 적어 보았다. 나중에는 화면에 가사가 나오는 영상을 검색해서 가사를 보며 적어나갔다. 가사 하나하나가 아들의 마음을 그대로 적어 놓은 편지처럼 들렸다. 내 마음을 아프게도 하였다가 한편으로는 기쁨이 차오르기도 하였다. 엄마 마음을 알고 던지는 아들의 말 같이 들렸다. "우리가 살아온 모습과 닮았다."라고 하는 아들의 말에 나 역시 공감이 갔다. 가슴이 뭉클해 왔다.

어머님께

노래 GOD

어머니 보고 싶어요.

어려서부터 우리 집은 가난했었고
남들 다하는 외식 몇 번 한 적 없었고
일터에 나가신 어머니 집에 없으면
언제나 혼자서 끓여 먹었던 라면

그러다. 라면이 너무 지겨워서
맛있는 것 좀 먹자고 대들었어.
그러자 어머님이 마지못해 꺼내신
숨겨두신 비상금으로 시켜주신

자장면 하나에 너무나 행복했었어.
하지만 어머님은 왠지 드시질 않았어.
어머님은 자장면이 싫다고 하셨어.
어머님은 자장면이 싫다고 하셨어.

그렇게 살아가고 그렇게 후회하고
눈물도 흘리고 그렇게 살아가고
너무나 아프고 하지만 다시 웃고
중학교 1학년 때 도시락 까먹을 때

다 같이 함께 모여 도시락 뚜껑을 열었는데
부잣집 아들 녀석이 나에게 화를 냈어.
반찬이 그게 뭐냐며 나에게 뭐라고 했어.
창피해서 그만 눈물이 났어.

그러자 그 녀석은 내가 운다며 놀려댔어.
참을 수 없어서 얼굴로 날아간 내 주먹에
일터에 계시던 어머님은 또다시 학교에
불려 오셨어. 아니 또 끌려 오셨어.

다시는 이런 일이 없을 거라며 비셨어.

치유를 가져다준 일기장의 기적

그 녀석 어머님께 고개를 숙여 비셨어.
우리 어머니가 비셨어.

그렇게 살아가고
그렇게 후회하고 눈물도 흘리고
그렇게 살아가고
그렇게 후회하고 눈물도 흘리고
그렇게 살아가고

너무나 아프고 하지만 다시 웃고
아버지 없이 마침내 우리는 해냈어.
마침내 조그만 식당을 하나 갖게 됐어.
그리 크진 않았지만 행복했어.

주름진 어머니 눈가에 눈물이 고였어.
어머니와 내 이름에 앞 글자를 따서
식당 이름을 짓고 고사를 지내고 밤이 깊어가도
아무도 떠날 줄 모르고 사람들의 축하는 계속되었고

자정이 다 돼서야 돌아갔어. 피곤하셨는지 어머님은
어느새 깊이 잠들어 버리시고는 깨지 않으셨어. 다시는.

난 당신을 사랑했어요. 한 번도 말을 못 했지만
사랑해요, 이젠 편히 쉬어요. 내가 없는 세상에서 영원토록

그렇게 살아가고
너무나 아프고 하지만 다시 웃고
그렇게 살아가고
그렇게 후회하고 눈물도 흘리고
그렇게 살아가고
너무나 아프고 하지만 다시 웃고

아들의 솔직한 편지를 받은 느낌이 들었다. 지금도 이 노래를 가끔 들으며 당시 아들의 마음을 생각해 보곤 한다.

아들이 고등학교에 입학했던 때가 생각났다. 그때가 아들이 심리적으로 가장 힘들어했던 때였다. 말문을 닫고 대답을 기피하고 있던 시기였다. 학교에 가서 '아들이 말하기를 싫어하고 대답을 잘 않으니 그렇게 알고 계시라'고 부탁하는 마음으로 찾아가 말하고 싶었으나 학기 초기라 '조금만, 아주 조금만 살펴보고 찾아가야지. 너무 이르게 학교 찾아가서 오히려 아들이 힘들게 되면 안 되지!'라고 생각하며 조바심을 내고 있었다. 그런데 사고는 너무도 빠르게 벌어지고 말았다. 아들이 담임선생님께 폭행

을 가한 것이다. 선생님께서 묻는 말에 학생이 대답하지 않는다고 아들에게 욕을 하며 야단을 쳤고 이에 격분한 아들이 선생님께 주먹을 날린 것이었다. 나는 곧바로 학교로 불려 갔다. 그동안 아들의 상태에 관해 구구절절 말하고 애원한 끝에 퇴학은 면하고 학교를 옮겨 이후 졸업을 할 수 있었다.

* 지금 생각하면 그때 그 담임선생님께서 학생의 마음을 조금만 헤아리고 대했더라면 그런 불상사는 생기지 않았을 수도 있었겠다는 생각과 엄마가 망설이지 말고 입학하고 바로 다음 날 찾아갔더라면 그런 일이 생기지 않았을 수도 있었을 거란 생각도 든다.

지금에 와서야 당시에는 나 살기 바빠서 아들들이 아빠의 폭력과 함께 가난과도 싸우고 있었다는 것을 알게 되었다. 가끔 큰아들과 둘째 아들이 가난으로 인해 겪은 일들을 입에 올리곤 하는데 그때마다 죄스럽고도 미안한 마음이 이는 것은 어쩔 수가 없다..

아들에게 써 놓은 편지

앨범, 책갈피, 안 쓰는 가방 등 곳곳에 당시 아들에게 쓴 편지가 들어 있었다. 이제는 내가 당시의 편지에 썼던 말들을 아들에게 들려주어도 되겠다는 생각이 들기 시작했다 그때 마침 아들이 물어볼 게 있어서 집에 잠시 오겠다는 전화를 해 왔다. 아무런 말을 덧붙이지 않고 오라고 했다. 전 같으면 왜 오는지부터 시작해, 마음에서 나도 모르는 짜증이 나고 불편했을 것인데 그날은 내 마음이 달라져서인지 벽에 부딪히지 않고 그 말이 내 가슴에 전달되고 있었다.

다음날 아들이 와서는 옛날 초등학교 시절의 담임선생님을 찾고 싶다고 했다. 왜 만나고 싶은지 그 이유를 조곤조곤하게 물어보았다. 왜냐하면 일기장을 읽다 보니 많은 분께서 아들에게 짜증을 내기 전에 먼저 이유부터 차분히 물어보라고 하신 조언들이 곳곳에 적혀 있었기 때문이었다. 그런데 어제까지도 아들에게 따뜻하게 물어보는 일이 드물었다는 것을 알고는 나 스스로 충격을 받고 있었기 때문이다. 그 세 분의 선생님은 아들에게 야단도 치셨지만 반면에 공부를 할 수 있도록 조언도 해주시고, 약 기운 때문에 학교에서 자느라 학업 진도가 늦어진 자신에게 많은 배려를 해주신 분들이었는데 종종 그분들 생각이 난다는 것이었다. 특히 학교 내에서 생활이 어려운 사람에게 주는 저 소득층 혜택을 찾아서 자신에게 물질적인 도움을 챙겨 주어서 고맙다고 기억하고 있었다.

치유를 가져다준 일기장의 기적

그렇게 이야기하는 아들의 모습은 무척이나 부드러웠다. 아들이 "선생님을 찾을 수만 있다면 찾고 싶다."라고 이야기했을 때 나 역시 부드럽게 대답을 할 수 있었다. "그래 한번 찾아보자!." 세월이 오래 지나서 연락처를 찾을 수 있을지는 모르겠다며 아들과의 대화가 꽤 오랫동안 이어졌다. 예전 같으면 그 선생님이 널 기억하겠느냐? 하며 처음부터 타박하면서 내 목소리가 올라갔을 것이다. 그런데 이제는 내 뒷면에 있던 벽이 사라져서 소통이 이루어지고 있다.

아들과 이야기하다가 물었다. 옛날에 너에게 들려주고 싶었던 이야기가 일기 속에 적혀 있더라. 그때는 너도나도 준비가 안 되어 일기장 속에 묻어두고 있었는데 이제는 들려주어야 되겠다는 생각이 드는데 들어 보겠는지 물어보았다. 그러자 "엄마가 알아서 해."라고 아들이 선선히 대답하는 것이었다. 정말 얼마 만에 나눠보는 정겨운 질문과 대답인지. 속에서 감사의 눈물이 흘러나오고 있었다.

연수에게

사랑스럽고 이 세상에서 가장 소중한 아들 연수야!

그동안 힘든 세상 살아오느라 고생 많았구나. 행복하고 편한 세상 살아보자고 엄마가 TV 출연을 신청했고 연수가 기

대했던 것 이상으로 잘 협조해 줘서 엄마는 고맙고 행복했
단다.

고통과 아픔으로 점철된 지나온 삶들로 인해 엄마는 인터
뷰하면서도 울고, 자다가도 울고, 전문가 선생님들과 상담
할 때도 울었단다. 연수가 힘들었던 만큼 엄마에게도 무척

힘든 세월이었단다.

아들 연수야!

이제 우리가 같이 출연했던 '달라졌어요' 프로그램을 통해 우리들의 환경도 엄마의 마음도 달라지고 있단다. 그리고 물론 우리 아들 연수도 달라지고 있을 것이고.

온라인 게임에서 사람들이 너를 보고 욕하거들랑 "그래! 옛날에 내 모습은 그랬지만 이젠 달라지고 있어! 봐 볼래? 우리 엄마도 달라지고 나도 나날이 달라지고 있어! 물론 앞으로도 계속 달라질 거야! 네 맘대로 떠들어!"라고 말해주거라.

이제 우리 행복하게 웃으면서 서로 사랑하고 아끼며 살자! 그동안 엄마가 연수 마음을 너무도 몰라주어서 미안해! 그리고 고마워!

　　　　　　　　2015년 2월 못나고 무식한 엄마가 연수에게

방송 촬영하던 마지막 그날은 최대현 교수님 지도하에 심리극을 하였지.

너는 별에서 왔다고 했어.

엄마가 없으면 불안하지만,

반면 엄마가 있으면 불편해하는 연수의 마음.

아주 아주 어릴 때부터 엄마가 어디론가 사라져 버릴지도 모른다는 불안.

행여 아버지랑 엄마가 밖으로 나가기라도 하면 엄마가 맞을까 불안했던 너의 마음.

그럴 때마다 마치 저승과 이승을 왔다 갔다 하는 듯했던 너의 심정.

앞으로 만일 아버지가 단 한 번만이라도 술 먹고 집에 오면 절대 용서하지 않을 것이며 땅에 파묻어 버릴 거라던 너의 절규.

너의 말을 듣고 엄마는 너에게 너무너무 미안했단다. 엄마는 항상 네 곁에서 너를 보호하고 있다고 생각하고 살았는데, 네가 이렇게 엄마 생각에 불안하게 살았다는 것이 정말 정말 미안했어. 정작 너와의 소통이 안 되게 원인을 만든 것은 나였음에도 우리 아들을 원망하며 나 혼자 이리 뛰고 저리 뛰었구나! 하는 반성과 미안함이 밀려왔단다.

너는 엄마에 대한 마음을 다 표현하고 난 후에 마음이 후련하고 편하다고도 말했었지. 그 말을 듣고 난 뒤에야 엄마는 살기 바빠서 너희들의 응어리진 감정에 귀를 기울이지 못하고 너희들의 마음을 헤아리지 못하고 살았다는 걸 알기 시작했었단다. 이런 못난 엄마와 살아오느라 고생 많았지? 정말 미안하고 고맙다. 진심으로 사과할게.

연수야! 연수는 엄마가 억울한 일을 당하면 가만히 있지를 않았지. 네가 커가면서 엄마가 아버지에게 맞거나 욕을 들으면 너는 네가 얻어맞을 줄 알면서도 곧장 아버지에게 대들었지. 그만큼 너는 엄마를 끔찍하게 위해주던 아들이었지. 월피동 살 때도 이웃 사람이 엄마에게 이유 없이 듣기 싫은 말을 했다고 주먹과 발길질을 하는 바람에 경찰서를 오고 갔지만, 담당 경찰관은 너를 효자라고 불렀었지. 엄마는 그때의 기억을 소중하게 간직하고 있단다.

이 세상의 주인공은 너란다.
이제 네가 원하는 삶을 살아가자.
너에게 더는 간섭하지 않을 거야.
방송은 우리의 처음 모습을 보았을 때 전문가들이 모두 개선의 가능성 있다고 해서 시작한 것이란 걸 기억하자꾸나.

며칠 전 엄마가 살아온 지난 십여 년간의 일기를 살펴보다가 너에게 써두었던, 하지만 부치지 못한 편지가 많은 걸 보았어. 옛날에는 엄마가 힘이 없었고 무엇이 문제인지도 몰랐어. 그리고 너의 마음도 열리지 않아 애써 너에게 하고 싶었던 수많은 말들을 엄마의 마음에 묻어두었었지. 그리고 그 뒤로 세월이 많이 흘러갔네.

이제는 문제가 무엇이었는지도 알게 되었고 그래서 너에게 고백할 때가 되었다는 생각이 들었단다. 그런 생각을 하던 중에 네가 엄마에게 카톡을 보내왔네. 학교 다닐 때 너를 도와주었던 선생님을 찾아 상담을 받고 싶다고. 도움을 주신 선생님들을 잊지 않은 채 고마움을 표하고 싶다는 너의 마음이 엄마도 좋구나. 우리 힘이 되는대로 학교 선생님을 찾아보도록 하자꾸나.

2023년

사과의 편지를 읽어주며

아들에게 내 마음을 담아 꾹꾹 눌러 쓴 사과의 편지를 읽어 주었다. 사전에 천 원석 선생님께 아들에게 그동안 마음에 담아두었던 사과와 용서를 비는 마음을 담은 편지를 들려주고 싶은데 도와달라는 부탁을 드렸었다. 이에 선생님은 장소를 섭외해 주셨고 아들과의 의식을 진행하기 위한 준비를 해주셨다. 조용한 음악이 흘러나오는 카페에서 나는 준비한 편지를 꺼내어 아들을 앞에 두고 담담한 목소리로 읽어나갔다. 아직도 아들의 마음에는 가시지 않은 엄마에 대한 불신이 남아 있지만, 차츰 회복될 것이라 믿었다. 편지를 읽어주고 나니 천원석 선생님께서 아들에게 엄마의 편지를 듣고 난 소감을 말해달라고 하였다. 그러자 아들은 "아버지를 놓고 살자고 했는데 엄마가 내 말을 안들어서 고생을 많이 했지. 때리는 아버지보다 가정폭력을 막아주지 못한 엄마에게 더 큰 반항심과 원망이 들었었다"라고 말했다. 아버지의 폭력으로부터 자신을 보호해 주지 못했던 무능한엄마에 대한 분노가 뿌리 깊게 자리하고 있었음을 그날 다시 한번 확인하고 아들에게 진정으로 사과했다. 오랜 기간 쌓여온 상처였기에 아들은 그 자리에서 사과를 바로 받아 주지는 않았지만, 아들의 말속에는 온기가 담겨있었다. 앞으로 서서히 회복될것이라 믿어 의심치 않았다.

* 귀한 시간을 내어서 우리 가정의 회복을 위해 성심껏 도와주신 천 원석 선생님 부부에게 깊은 감사의 마음이 일었다. 앞으로 두 분에게 진 빚을 갚아 나가기 위해서라도 열심히 사랑하며 살아가리라.

앞으로도 우리 모자간의 관계 회복을 위해서는 많은 시간과기다림의 노력이 필요할 것이다. 그래도 괜찮다. 이제는 벽을 넘어설 자세도 용기도 갖추어져 있고 아들의 상황도 조건 없이 수용할 마음가짐도 준비되어 있다. 분명 살아가다 보면 또다시 무언가에 걸려 넘어지기도 하겠지만 이제 다시 일어설 힘이 생겼다.

눈물과 치유

지난 근 10여 년의 세월 동안 방송을 통해서 상담과 치료를 병행하고, 검정고시를 치르며 방통대에 입학해 공부하면서 직장인과 대학생이라는 신분으로 살아왔다. 더불어 치열하게 독서를 하면서 독서토론 모임에도 나가 여러 사람과 토론도 하고, 또 글쓰기 모임에도 참여해 비록 거칠지만, 글을 써나가는 동안 나의 내면에는 이루 말할 수 없는 변화와 더불어 치유가 일어났다.

초등학교를 졸업하고 14살이란 어린 나이로 바로 사회에 나서면서 학창 시절이라는 추억이 없어 마음 깊은 곳에 늘 주눅이 들어 있던 내가 이제는 당당해졌다. 지금은 손녀들과 지지고 볶고 지내는 힘들고 어려운 육아의 생활 속에서도 짬이 나는 대로 글쓰고 있다. 그리고 이렇게 지나온 세월 동안 써왔던 글을 통해 지난 세월을 정리하면서 어릴 때의 아픔과 지난날의 상처가 치유되고 있는 나를 느낄 수가 있으니 얼마나 감사한지 모르겠다.

만약 내가 쉬지 않고 시간에 쫓기면서 계속 일하며 글을 썼다면 나의 트라우마는 더 오래도록 안고 살았을 수도 있었을 것이다. 여유로운 시간에 간절한 마음과 차분한 마음으로 저 내면 깊숙이까지 들여다볼 수 있었기에 그렇게 긴 세월 아픔의 원인을 찾아낼 수가 있었다.

나의 감정 온도

아들이 중고등학교 다닐 무렵 나는 건강식품 영업직을 하여 생계를 꾸려 나갔다. 그 시기에 나는 한숨과 울분이 쌓이면서 압력밥솥의 압력처럼 답답한 가슴이 터질 것만 같을 때가 잦았다. 분노가 깊으면 눈물도 나오지 않는가 싶었다. 너무도 힘들어 우는 것조차 사치였던 시기였다. 나와 같이 일하던 경이는 내 얼굴을 보면 내 속에 얼마나 울화가 차올랐는지, 내 감정의 온도가 얼마인지를 알 수 있었던 모양이었다. 하지만 정작 나 자신은 내 감정 상태가 어땠는지를 알지 못했던 시절이었다.

어느 날 경이가 팽팽하게 부풀어 오른 풍선에 바늘을 대듯 나의 마음을 건드려서 내 눈에 눈물이 핑그르르 돌게 했다. "언

니 마음이 폭발하기 전에 바람 빠지게 한 거야!." 라고 위로의 말
을 던졌다. 그때 단지 눈물 몇 방울만 흘렸는데도 가슴이 트이며
숨이 쉬어지는 듯 편안했다. 지금도 그때 흘린 몇 방울의 뜨거운
눈물이 잊히지 않는다. 그때는 몰랐는데 지금 생각하면 당시의
그 눈물 몇 방울마저도 내 아픔을 씻어주는 치유의 눈물이 되고
있었다.

차가운 내 가슴

아들이 독립하기 전 일이다. 어떻게든 아들의 자립을 위해 방
법을 찾고자 회사에서 외출증을 끊어 구청에 상담차 다녀오던
날인 것 같다. 아들 서류 제출 일이 마음대로 안 되어서 좀 속상
한 상태였다. 문득 내 가슴이 얼음덩이처럼 차디차다는 느낌이
들었다. 평소 내가 차갑다는 생각은 해 본 적이 없었는데 왜? 갑
자기 그런 느낌이 들었는지 알 수가 없었다. 그런데 그 느낌이 드
는 순간 동시에 아~ 내 가슴이 이렇게 차가운데 아들들은 얼마
나 힘들었을까? 엄마가 따뜻한 가슴이었어도 힘들었을 텐데 엄
마의 가슴이 이렇게 얼음 같았으니 아들들은 어디에서 온기를
느끼며 살아왔을까? 하는 생각이 들며 눈물과 함께 엄마라는
자리가 한없이 부끄럽게 다가왔다. 그런데 신기하게도 그런 마음
이 들었던 이후로 서서히 그 얼음이 조금씩 녹는 것을 느낄 수가
있었다. 가슴에 온기가 오르고 있음을 감지하기 시작했다.

치유를 가져다준 일기장의 기적

눈물은 시시때때로 상처를 치료하며 씻어주는 역할을 해주었다. 방송에 내 삶을 의뢰하고 인터뷰하면서 심리극을 진행할 때는 오열의 눈물을 쏟아 내었다. 얼마의 시간을 울었는지 지금도 모른다. 그때는 부끄러운 줄도 모르고 내 육신의 곳곳에 쌓여 있던 남편에 대한 미움과 아들과의 갈등 속에서 쌓인 절망감과 어릴 때 마음껏 뛰어놀지 못했던 상처까지 모든 아픔을 완전히 무의식 상태에서 봇물 터지듯 쏟아 내었다.

너무 힘들 때는 울고 싶어도 눈물이 나오지 않았었다. 울고 나면 숨이라도 쉬어지고 가슴이 후련하겠는데 눈물이 나오지 않을 때가 있었다. 그런데 한번 터진 눈물은 그렇게 오열로까지 터져 나왔다. 살아가는 길이 힘들고 기가 막혀서 한번 터지기 시작하니 그 이후 혼자 있는 시간에도 이유 없이 뜨거운 눈물이 두 볼을 적실 때가 많았다. 눈물도 총량이 있었는지 어느 순간부터인가 차츰 눈물이 멈추었다.

그리고 세월이 여러 해 흘렀다. 검정고시와 방송대 공부, 그리고 여러 가지 좋아하는 일들을 찾아 즐기면서 살아오는 동안에 내 가슴 깊은 곳에서는 나를 힘들게 묶고 있던 동아줄이 조금씩 아주 조금씩 풀리고 있었다. 그동안 몸속에서 뜨겁게 한도 없이 쏟아 낸 눈물 줄기는 응어리진 감정과 여러 가지 힘듦을 씻어내는 치료제가 되어 내 감정이 치유되고 있었다. 뒤돌아보니 그 눈물은 그때 그 순간마다 치유를 가져다주는 치료제였다.

　이 글을 쓰는 동안 상처가 건드려질 때마다 쓰리고 아팠으며 아물고 있는 상처가 들여다보일 때마다 그 상처를 입었을 때가 떠올라 힘들었다. 아물어진 상처의 자리를 보며 '고생했어. 수고했어. 잘 견디어 냈어!'라고 나 자신에게 위로하고 다독여 주었다. 그리고 지금도 아파하고 있는 아들을 생각하며 묵묵히 견디며 살아온 아들에게 편지를 써서 읽어주었다. 메일로도 보내 주었다. 고맙다고, 고생했다고 마음으로 사과하며 위로를 보냈다.
　지금도 내 속에서 불쑥불쑥 솟구쳐 나오는 화로 인해 가끔 소리를 지르게 하지만 이제는 곧바로 그런 내 감정을 알아차릴 수가 있다. 이 또한 시간이 지나면 치유가 계속되면서 화가 멈춰질 것이라고 본다.

　　　　　　　　　　　　치유를 가져다준 일기장의 기적

따뜻하고 평온한 세상

　나에게 치유의 기적이 진행되면서 아들과 막혀 있던 벽이 서
서히 무너지기 시작했고 그와 더불어 잔소리도 사라지기 시작했
다. 이제 웬만한 일은 수용이 된다. 아들이 당장 취직이 되거나
일을 많이 하는 건 아니지만 옛날처럼 짜증이 나거나 화가 나지
않고 따뜻하게 대해진다. 그러다 보니 큰아빠와 손녀들과의 사
이도 가까워졌다. 뚱뚱해서 싫다며 거리를 두던 손녀들이 큰아
빠 언제 놀러 오는지를 보채며 기다리는 정도가 되었다.

　'어린이날'이라며 아들이 조카들 주려고 맛있는 과자와 아이
스크림을 사 들고 오겠다고 연락이 왔다. 오기 전에 손녀들에게
말했다.

"큰아빠가 오늘 번 돈으로 너희들이 전번에 주문한 아이스크림과 과자를 사 온대."

큰 손녀가 되묻는다.

"큰아빠 노는 줄 알았는데 일 다녀요?"

"그럼~! 큰아빠 일 나갔으니 아이스크림 사 오는 거지!"

그리고 잠시 후 큰아들이 들어왔다. 제법 생각이 많아진 초등 1학년 큰손녀는 큰아빠와 도란도란 이야기를 나누며 놀았다. 새침데기 둘째 손녀도 전에는 큰아빠가 뚱뚱해서 싫다더니 이

제는 놀아달라고 직접 전화도 한다. 둘째 손녀도 한창 한글을 배워가면서 할머니 핸드폰에 있는 글을 보면 누군지 알기에 그 이름을 찾아서 필요한 전화를 거는 모습을 보면 흐뭇하다. 가족 사이에 거리가 점차 좁혀지면서 차츰 내가 꿈꾸던 오순도순 의지하고 사랑하며 지내는 가정의 모습으로 변화하고 있다. 얼마나 원하던 가족 모습인지. 아들 직장 일도 차츰 안정되리라 믿는다. 마음이 평온하다.

마음을 치유한 뒤 바라보는 세상은 밝고 따뜻하다.

엄마 생일

내 생일이라고 아들이 놀러 왔다. 카네이션과 안개꽃을 골고루 섞어서 만든 꽃다발과 카네이션 봉투에 용돈까지 넣어서 들고 왔다. 깜짝 놀랐다. 어떻게 이런 생각 했는지 물어보았다. 병

원 선생님께 여쭈었더니 그렇게 하면 엄마가 좋아하실 거라며 알려 주셨단다. 오래도록 다니면서 이런 상담까지 할 수 있게 되었구나! 라는 마음이 들면서 참 마음이 흐뭇했다. 카네이션 꽃다발을 꽃병에 꽂아서 그 물에 얼음을 번갈아 채워가며 여러 날 생화로 즐겼다.

손녀들도 꽃을 보고 함성을 지르며 좋아했다. 온 식구가 생일 축하 노래를 부르며 분위기를 살린 후에, 촛불을 끄고 나서 피자와 치킨을 집으로 주문해서 외식으로 저녁을 다 같이 맛있게 먹었다. 나도 덩달아 먹었다. 요즘 대세에 따라 가족들과 같이 현대식으로 먹는 것도 편하고 재미도 있었다.

얼마나 원하던 가족 모습인지. 아들 직장 일도 차츰 안정되

리라 믿는다. 이제는 내 할 일에 집중하고 살면 된다.

엄마와 아들 사이에 엉켰던 동아줄의 실타래도 풀어졌다. 나의 힘듦과 내면에 있던 분노로 인해 아들이 하는 말을 들을 귀가 없어서 아들의 힘듦과 분노에 공감해주지 못하고 살아왔음을 알 수 있었다. 그 감정이 어떻게 되고 있는지, 충족되지 못한 욕구가 무엇인지 보이지도 않고 들리지도 않아 알지 못했던 나였다. 그러나 이제는 느끼거나 알아차릴 수가 있다. 우리는 아직은 많기도 하고 크기도 한 상처들로 인해 지난날의 감정 때문에 아프게 살고 있다. 그 길고 큰 상처를 치유하려면 시간이 필요할 것이다. 이제 다시 기다려야 할 시간이 내게 과제로 남아 있다.

그동안 마음에서 놓지 못했던 아들과의 온전한 분리라는 과제를 할 수 있게 되었고 집착에서 벗어날 수가 있게 되었다. 그동안 아들의 독립을 위해 내가 할 수 있는 모든 방법 중 가능한 것은 대부분 다 실천해 보았다. 그런데 이제 내가 해야 할 첫 번째 과제는 '나에게 충실하고 나를 행복하게 하는 것'임을 알았다. 그렇게 노력하며 세월이 흐르는 동안 나를 힘들게 했던 소통의 벽이 무너지고 평온한 마음이 찾아왔다. 이제 우리 가족은 엉킨 동아줄 실타래의 묶임에서 자유로워지고 있다.

오늘에 이르러서 그때를 돌이켜보니 이제야 아들들의 모습

치유를 가져다준 일기장의 기적

이 보인다. 어린 나이 때부터 이 못난 엄마를 따라 그 불안한 세월 속에서 참고 견디어 오느라 얼마나 힘들었을까? 하는 생각이 물밀듯이 내 가슴에 밀려오고 있다. 그리고 이제야 조건 없이 안아주고 싶어진다. 눈도 한번 제대로 맞추어 주지 못하고 자란 아들들이 너무나 고맙고 미안하다. 마음껏 안아주고 싶어진다. 얼마나 감사한지 말로다 표현을 할 수가 없다.

긴 세월 동안 나의 상처가 무엇인지, 내가 진정 원하는 게 무엇인지 상담과 책과 사색을 통해 자각할 수 있었다. 상처받은 나의 내면 아이와 당당하게 대면한 뒤, 그 아이를 인정해 주고 받아들이며 같이 치유해 왔듯이 아들 자신도 그렇게 치유해 나갈 것이라 믿는다. 그동안 나는 아들을 강하게 키운다고 노력했으나 나의 내면의 마음을 몰랐기에 도리어 허약한 아들로 키운 결과가 되었다. 그러나 이제 무의식 속의 나를 알았고 마음 치유가 되면서 느끼는 게 달라지고 자유로워졌다. 아들도 당장은 힘들겠지만 조금씩 조금씩 건강한 모습으로 자유롭게 사회로 나설 날이 올 것이라 기대한다.

2023년 추위가 채 가시지 않은 이른 봄부터 내가 살아온 이야기를 글로 적어나가기 시작했다. 그동안 내가 써 놓은 글과 8년 전의 방송영상을 다시 보면서 내 안에 혼란스럽게 뒤엉켜 있던 많은 생각을 하나하나 정리할 수 있었다. 십여 년 전의 과거와 그 이전의 과거를 되돌아보면서 그 물음표에 대한 답을 얻을 수 있어서 이제는 정말로 가슴이 평온하다. 아들에게 얼마나 미안했는지 가슴이 아팠다. 이제는 세상이 따뜻해 보인다. 앞으로 살아가는 동안 행복으로의 계단을 다시 한 발씩 한 발씩 다시 올라갈 것이다. 그러다 보면 언젠가는 저 높은 언덕 위에 우뚝 설날이 올 것이라 믿는다.

8년 전, 오십을 훌쩍 넘은 어른인 나와 14살 나의 내면 아이가 손잡고 검정고시부터 시작했듯이, 삼십이 훌쩍 넘은 아들도 자신의 내면 아이와 손을 잡고 성장의 길을 걸어갈 수 있기를 기도하며 기꺼이 아픔을 떠나보낼 수 있기를 기도한다. 그 두 사람의 새 삶을 나는 응원할 것이다.

독립해서 사는 아들 집에서 다정하게 웃으며

치유를 가져다준 일기장의 기적

인생은 새옹지마

　　손녀들이 커가면서 자연히 야외로 데리고 나갈 일이 많아졌다. 그런 손녀들과의 자연 체험은 어린 날의 마음껏 놀지 못한 내 마음을 치유해 주었다. 3년 동안 손녀들과 자연 속으로 놀러 다니면서 느끼고 즐기며 쓴 글을 정리하면서 내 속에서 또다른 치유가 일어나고 있다는 것을 느끼게 되었다. 방송대 졸업 후 대학원 가서 더 많은 공부를 하고 내가 그토록 원했던 심리에 대해 더 많은 공부를 하였을 수는 있다. 그러나 손녀들과의 생활이 없었다면 지금의 치유를 경험하지 못했을 수 있다. 그래서 인생은 '새옹지마'라 했던가!

　　치유되고 행복해지면서 그 행복 뒤에서 혼자 아파하는 아들을 볼 수 있었다. 아기 연수와의 대면에서 내 아픔의 원인을 찾을 수 있었다. 타임머신을 타고 35년 전으로 돌아가서야 아들의 불안해하는 정서를 발견할 수 있었다. 그 상처받은 아들을 가슴에 안고 치유 받은 엄마의 가슴으로 새롭게 바라보며, 그 힘들었던 인생을 이제는 받아들일 수가 있다.

가족 상담을 해 오면서 상담 선생님에 대한 신뢰와 함께 내가 이해받고 공감받는다는 안정감이 쌓였다. 청소년 교육학과를 선택한 것은 우연이 아니라는 생각이 들었다. 지나고 보니 모든 일이 연결되면서 나를 이끌고 왔다는 생각이 들기도 한다. 모든 일이 감사하다.

남편은 지금

남편도 이제 나이가 칠십이 되었다. 나름 잘 지내고 있다. 오랫동안 연락이 없으면 살아 있나? 하고 전화해 본다. 목소리 들으면 살아 있다는 것이다. 최근에는 맑은 정신으로 살아가고 있는 모습이 보인다. 독거노인이 사망 후 여러 날 만에 발견되었다는 뉴스를 들으면 남 일 같지 않다.

공장에서 나오는 폐지를 모아 손녀 과자 사주라며 용돈을 줄 때도 가끔 있어서 손녀들을 데리고 남편을 찾아가기도 한다. 손녀들에게 맑은 정신일 때의 할아버지 모습을 기억하게 해주고 싶기 때문이다. 남편은 세상에 태어나 어릴 때부터 '부모 있는 고아'가 되어 친척 집을 전전하며 혼자 살아온 사람이다. 하지만 그렇게 자란다고 모든 이가 다 '어른아이' 가 되는 건 아닐 것이다. 자수성가라는 말도 있다. 같은 환경이라도 건강하게 잘 살아가는 사람이 있는가 하면 잘못되는 경우를 보기도 한다. 남편은 후자 쪽에 속한 사람이다. 남편이 그나마 가족이라고 전화할 곳은 나뿐이라 전화는 받아 주고 일 년에 몇 번 김치 담아다 주며 모진 인연의 끈을 차마 끊지 못하고 살아가고 있다. 그렇게 각자의 자리에서 이 세상 잘 살아가고 있다.

심리상담에 대해

사람들과 대화를 하다 보면 가족 중 누군가와 갈등하며 무척 고민하는 모습을 보게 될 때가 있다. 나아가 정도가 심해서 우울 증세를 보이는 사람도 있다. 사람이 살면서 갈등 없이 살아가기는 힘들겠지만, 그 골이 깊어지면 가족과의 연을 끊고 남남이 되어 남처럼 지내게 되고 그러면서 병이 생기는 걸 본다. 이유는 다 있겠지만 가족 간의 갈등이 발생할 경우 누군가에게 손을 내밀어 도움을 받는다면, 가족이 마치 남남인 양 지내지 않고 보다 행복할 수 있을 거란 생각이 들 때가 있다.

혼자 생각보다는 둘이 낫고 둘 생각보다는 셋이 낫다는 옛말이 참 맞는 말인 것 같다. 자꾸만 핵가족화가 되어가는 세상에

치유를 가져다준 일기장의 기적

'혼밥'이 늘고 있다. 혼자만의 생활을 해야 하는 사람이 늘고 그런 세상이 일반화되었다. 말할 상대가 없어 우울증에 걸리는 사람을 보기도 한다. 앞으로는 더 늘게 될 것이다. 이럴 때 머뭇거리지 말고 주변에 있는 상담소를 잘 이용만 해도 내 마음을 나눌 수가 있어서 우리의 정신건강과 우리의 삶이 나아질 것이라고 나는 경험자로서 말하고 싶다.(이 말은 모두 똑같이 나처럼 상담해야 한다는 생각으로 내 경험을 말하는 것이 아니라는 것을 밝힌다. 귀에 들려온다면 실천해 보기를 바라는 마음이다. 내 이야기를 쓰는 시간이라서 내 경험을 말하는 것이며 누구나 같은 생각일 거라는 마음은 없다.)

사는 게 너무 힘들다면 비밀이 보장되고 전문으로 상담해주는 여성가족부에서 지원하는 건강가정 지원센터를 찾아가 보시면 조금은 위로가 될 수 있을 거란 생각을 감히 해 본다. 가족 상담, 개인 심리상담, 유아 상담 등 다양하다. 다른 유료 상담소도 많이 있다. 이상한 사람이 가는 곳도 아니고 못나서 가는 상담소도 아니었다. 나도 누군가에게 듣고 갔다.

가족 간의 갈등이든 지극히 작은 이유이든 누구라도 마음이 아프고 불편하면 찾아가 보시라고 권하고 싶다. 상담전문가에게 내 고민을 마음 놓고 털어놓을 수 있는 전문 기관이라고 생각하시면 편하게 찾아갈 수 있을 것이다. 나는 기본 6회 차 상담이 완료될 때마다 그곳에서 다시 추천해 주는 곳은 다 찾아갔다.

실오라기를 잡는 심정으로 티끌만큼의 희망만 보여도 살아갈 힘이 생기는 것 같았다. 친한 사람에게는 자존심도 있고 비밀 보장이 안 되지만 전문 기관은 안심하고 내 힘든 마음을 털어놓을 수가 있어서 가능했다.

개인이 하는 곳은 비용이 많이 드는 것 같았고, 지방자치 단체에서 운영하는 곳은 무료에서부터 시작해서 개인의 소득에 따라 다양하며 저렴하였다. 나는 50분당 5천 원부터 시작했다. 때로는 접수하고 여러 날을 기다리기도 하고, 급하다고 하면 급한 대로 상담 일정을 잡아 연락을 보내왔다. 각 지방자치 단체마다 설치되어 있고 보건복지부와 여성가족부에서 보조해서 운영하는 걸로 이해하시면 될 것 같다.

우리는 몸이 아프면 병원을 찾는다. 그런데 마음이 아픈 것은 그냥 두고 사는 경우가 많다. 어쩌면 마음이 아프다는 것을 인식하지 못하기 때문인 경우가 더 많은 것 같았다. 사람의 마음이 아픈 것이 만병의 원인이 된다는 걸 알기는 해도, 마음이 아픈 줄도 모르고 사는 사람을 보게 되면서 그분들에 대한 안쓰러운 마음이 든다. 설령 안다 해도 치료가 막막해서 그냥 사는 사람을 많이 보아 왔다. 전문가와의 상담을 통해 우리가 알지 못하는 마음의 상처를 찾아낸다면 치유할 길이 보이고 행복이 한

걸음 가까이 다가올 때가 있을 것이라 본다. 용기를 내어 상담의 문을 두드려 보는 방법도 행복을 찾아가는 하나의 좋은 길이 될 것이라 여겨져서 감히 추천해 본다.

바깥 놀이

치유의 시간이 되었던 생활 수기 몇 편 선보이며 글을 맺으려
한다.

춘 천 마 라 톤

20여 년 전, 내 나이 42살인 10월. 나는 아무런 준비도 되어
있지 않은 상태에서 춘천 마라톤 대회에 참가했었다. 그때는 열
정이 넘치던 젊은 날이라 별다른 준비도 하지 않은 상태에서 겁
도 없이 무작정 따라나섰다. 오래된 일이라 대부분은 흐릿한 추
억으로 남아 있지만 지금도 귀에 쟁쟁하게 들려오는 잊을 수 없
는 소리와 모습이 있다.

그 소리는 10km 아마추어 2만 명이 출발할 때 들렸던 발자
국 들 소리이다. 그냥 남들 따라 출발선에 대기하고 있다가 출발
호루라기 소리에 같이 출발하는 순간 나는 전쟁터에 온 것 같
았다. 2만 명이 달리는 발소리는 영화 장면 중에 나오는, 끝없이
펼쳐진 벌판에서 양쪽의 말들이 서로 마주 달려오는 말발굽 소
리와 같았다. '다 다 다 다 다 다 ~~~~~.'

그 자리서 자칫 넘어지기라도 하면 밟혀 죽을 것 같았다. 나
는 최대한 바깥쪽으로 나와 달렸다. 어느 정도 달리니 잘 달리
는 사람들은 앞서 빠져나가고, 또 포기하는 사람들은 뒤에 처지
며, 나는 나만의 페이스로 지치지 않고 완주하는데 목표를 두고
달려서 중간 등수로 완주를 할 수 있었다.

완주를 끝내고 나니 마라톤 풀코스에 참여한 전문 마라토너
들의 돌아오는 일이 남아 있었다. 그때 어떤 사람이 풀코스 목표
분기점을 찍고 들어오더니 잔디밭에 벌러덩 드러눕는 모습이 보
였다. 궁금해서 다가가 발바닥을 보니 발바닥 가죽이 홀라당 벗
겨져 있었다. 발바닥 피부 가죽이 짐승 가죽 벗겨 놓은 듯 까진
것이었다. 그때 누군가 그분은 마라톤만 하고 나면 저렇게 된다
고 누가 알려주었다. 세상에~! 새살이 차오르기까지 얼마나 아
플까? 저렇게까지 마라톤이 하고 싶을까? 그 열정에 감동이 되
기도 하고 안타깝기도 하였다. 결국 준비 없이 막무가내로 뛰었

20여 년 전 춘천 마라톤 출발선에서 (맨 우측이 필자)

던 나는 춘천서 안산까지 오는 봉고차 안에서 나는 거의 실신
상태였다는 것은 내 추억의 덤이다.

* 그날의 경험은 나에게 살아가는 힘을 줄 때가 많았다. 하
면 된다! 할 수 있다! 감히 내가 춘천 마라톤 대회에 아마추

치유를 가져다준 일기장의 기적

어로 10km 완주를 했어! 그 출발 말발굽 소리는 앞으로도 생각날 것이다. 단풍을 보니 생각나서 추억을 떠올려 정리해 본다.

* 그때 있는 힘을 다해 뛰었던 마음처럼 오늘 또다시 신발 끈을 조여 매고 앞에 있는 목표를 향해 달려가리라!

생애 첫 등산

이사 오기 전에는 1층이라 편하게 바깥을 드나들며 살아왔었다. 새로이 이사 온 집은 14층이다. 이사하면서 가장 좋았던 점은 눈을 뜨면 베란다를 통해 바깥 날씨를 바로 알 수 있다는 것이다. 앞 베란다 정면에는 노적봉 산봉우리가 보이고, 그 꼭대기에 철탑이 하나 우뚝 서 있는 것이 보인다. 창문에 습기가 차 있으면 두 아이는 커다란 창문에 손가락으로 마음껏 그림을 그린다. 그러면서 저~멀리 보이는 철탑을 가리키며 저 산에 가 보고 싶다고 말했다. 그럴 때마다 나는 날씨가 풀리고 시간이 많을 때 가 보자고 약속을 해 왔다.

왜냐하면 비록 3월이라고는 하지만 추워서 아이들이 감기에 걸릴 걱정도 있었지만, 반대로 저 정도 높이의 산이라면 5살 7살의 이른 나이인 아이들이 오르기에 다소 벅차긴 하지만 충분히 한 번 올라갈 만하다고 생각했기 때문이다. 무엇보다 큰 소녀가 유치원에서 배운 것을 나에게 한 말을 기억하고 있기 때문이기도 하다. "포기하지 않아요! 끝까지 할 수 있는 데까지 해요!"

힘든 길을 떠날 때마다 그렇게 대답하는 손녀가 참 대견하다. 이번에도 "산에 올라가다 힘들면 어떡하지?" 물었을 때 "끝까지 못 가도 괜찮아요. 갈 수 있는 데까지 갈 거예요"

드디어 그때가 왔다. 봄이 오고 있고 날씨도 풀리고 있다. 시간적 여력도 많이 있는 그때가 왔다. 그때는 대통령 선거일이다. 아들은 오늘 같은 선거일은 국경일이 아니라서 출근을 해야 한단다. 할 수 없이 내가 임시로 연차 내어 손녀들과 놀아야 한다. 계획에 없던 날이다. 그래서 다음날 산에 가기로 전날 약속을 했다.

나는 아침 6시에 일어나 투표를 하고 왔다. 아들은 7시에 회사로 출근을 했다. 아이들이 자는 동안 나는 산에 갈 준비물이 무엇인지를 머릿속에 대강 떠올려 두었다. 이사 후 아직 자리 잡지 못한 부분을 정리하면서 간식과 미니 돗자리 등을 챙겼다. 윤이가 먼저 일어나고 란이는 푹 자고 10시가 다 되어 일어났다. 눈 뜨자마자 란이는 "할머니! 오늘 산에 가는 거지요? 할머니도 같이 가는 거 맞지요?"라며 확인부터 한다. 7살이 된 란이는 기억력이 좋은 편이라 무슨 말을 허투루 듣지 않는 편이다. "그래 산에 가려고 준비하고 있어. 산에 가니까 편한 바지와 티를 골라

입어라."

란이가 일어나서 베란다로 가더니 "할머니 밖에 사람이 많이 다녀요. 날씨도 엄청 좋아요! 잠바는 안 입고 갈래요!" 안산천에서 산책하며 오가는 사람들을 보고 하는 말이다. "그래도 잠바는 입고 가야 해! 입고 가다가 더우면 벗더라도 말이야. 그리고 그 잠바는 네가 끝까지 책임져야 한다. 할머니는 너희들 간식도 챙기고 윤이도 돌봐야 해서 네 잠바는 못 챙겨!" "네~" 갑자기 따뜻해진 봄 날씨에 맞는 봄옷을 고르느라 애먹었다. 비록 아이들이 나이는 어려도 여자아이들이라 그런지 옷에 대해 상당히 까탈을 부리는 편이라 매일 아이들 옷 입히기가 난감할 때가 많았는데 이날도 예외가 아니었다. 란이는 신이 나서 저 먹을 거는 자기 가방에 챙겨 넣어 메고 봄 소풍 겸 생애 첫 등산에 나섰다.

청소년 수련원 주차장에 차를 세우고, 왼쪽으로 발길을 돌려 고대하던 철탑 정상을 향해 걷기 시작했다. 신이 난 란이는 큰 소리로 콧노래를 부르며 씩씩하게 앞서갔다. 그때 우리 옆을 지나가던 모녀의 대화가 뇌리에 남는다. 초 2 정도 되어 보이는 딸과 엄마가 산책하며 지나다가 "저 동생 봐라! 신나게 노래 부르며 가니까 얼마나 재미있겠어?" 아마도 가기 싫다는 딸을 억지로 달래서 산책을 나왔던 모양이다. 엄마는 조금 책망하듯 말하며 지나갔다. 그 말을 들으니 할머니와 손녀 둘은 생각이 잘 맞아 집을 나가 노는 것을 즐기고, 매사에 대체로 활동이 적극적이라서 좋다는 생각이 들었다.

산책길 따라 조금 가는데 오른쪽 산 능선에 좁은 길을 따라 산으로 오르는 아저씨 두 분의 모습을 본 란이가 "할머니! 저 아저씨 가는 길로 갈래요!" "그래 너 가고 싶은 길로 가자" 조금 올라가더니 갑자기 "할머니 제가 탐정 대장 할래요!. 제가 앞장서서 길을 헤쳐 갈래요!"라며 굵은 나뭇가지 한 개를 주워 들더니 "나는 탐정 대장이다~! 나를 따르라~!" 하면서 막대 든 오른손을 높이 들고 씩씩하게 앞장서서 가파른 산을 오르기 시작한다. TV나 유튜브에서 본 모습을 흉내 내는듯했다.

집에서 나올 때 신발을 각자 선택해서 신게 했다. 운동화, 평소 신는 구두, 겨울 부츠 등이 있는데 아이들은 목이 긴 겨울 부츠를 선택했다. 이유를 물으니 신발 속으로 흙이 들어가는 게 싫어서란다. 오늘은 약간 덥지 않을까? 싶었지만 아이들의 선택을 존중해 주기로 했다. 산을 오르다 보니 신고 싶은 신발을 신으라고 한 게 참 잘한 일이고 아이들이 참 잘한 선택이었다는 생각이 들었다. 왜냐하면 돌멩이나 나무뿌리에 걸려 넘어져도 다치지 않고 안전하게 올라갈 수 있어서 좋고, 먼지나 흙도 안 들어가서 참

치유를 가져다준 일기장의 기적

좋았다. 비가 오지 않아 바싹 말라 쌓인 낙엽에서 먼지가 많이 났기 때문이었다. 윤이도 언니가 오르는 길을 따라가고 나는 맨 뒤에서 아이들을 보호하며 제법 가파른 길을 오르기 시작했다.

언니만 탐정 대장하고 앞에 가니 윤이가 샘이 나서 시무룩해지는 게 보인다. 나는 얼른 눈치채고 말했다. "윤이는 두 번째 탐정 대장하고 할머니는 꼴찌 하자" 그랬더니 윤이 얼굴이 금방 펴지고 좋아하며 "네~~" 하고 힘내서 씩씩하게 다시 오르기 시작한다. 평소에도 큰손녀 란이가 대부분 앞장서다 보니 둘째가 시샘하면 할머니가 꼴찌 하면서 둘째의 자존심을 살려주며 살고 있다.

그렇게 굽이굽이 산을 오르다 보니 드디어 철탑이 보이는 노적봉 산꼭대기에 도착했다. 아이들은 "와~~ 철탑이 보인다~" 소리 지르며 철탑을 향해 간다. 철탑 앞에 높고 커다란 바위가 두 개 있는데 그 바위 위에 기어 올라서서 포즈를 취하기 시작한다. 철탑이 보이는 정상에 온 소감을 영상으로 찍어 달라며 인터뷰 형식의 말과 포즈를 취하는 것이다. 윤이도 언니 따라 하며 "힘들게 철탑이 보이는 정상에 왔다!."라며 당당하게 인터뷰하는 포즈와 말을 한다. 유튜브에 어린이가 정상에 오르면 인터뷰하는 모습이 보이는데 그 영상들을 보며 상상하고 있었던 말을 진

높이 966m의 노적봉 산 정상을
향하여, 2022년 3월

하산하다 양지바른 곳에서
그림을 그리는 모습

지하게 하는 아이들의 모습이 참으로 대견하고 사랑스럽다.

　　이른 봄 햇살이 따스하게 내리쬐는 정상에서 한참을 놀고는
내려올 때는 다른 길로 하산하였다. 한가한 산허리에 난 길을 따
라 내려오니 산책길이 나온다. 둘레길 옆에 큰 나무가 없는 양지
바른 곳에 햇살이 비쳐서 파란 풀이 돋아나 있었다. 그곳에 돗
자리를 깔고 간식을 먹으며 란이는 그림을 한 장 그려낸다. 난
그게 참 대단하기도 하고 부럽다. 그림을 그리고 싶다거나 그려
야겠다는 생각이 들면 금방 그림을 완성하는 그 손재주가 참으
로 부럽다. 양지바른 곳에 파릇파릇 새싹이 돋아난 것을 관찰도

하고, 누군가 만들어서 달아둔 새집도 관찰하면서 즐겁고 신나는 오늘의 여정을 마치고 집에 왔다.

> * 이날 봄을 맞이하는 등산은 나에게도 큰 힐링이 되었다. 겨울 동안 내내 집에만 갇혀 있다가 산에 오르니 얼마나 기분이 좋았는지 모른다. 손녀들과 살기 전에는 조금만 시간이 나도 가까운 산에 한 시간 정도 걷고 오면 몸이 가볍고 기분이 상쾌해지는 생활을 해 왔다. 이제 그 자유로운 생활도 사라져 버려 몸이 무거울 때가 많았는데, 손녀들이 자라니 이렇게 가벼운 산행도 가능하구나! 싶어 기분이 좋았다.

비가 쏟아지는 날

4월이다. 날씨가 풀리기 시작해서 며칠 전부터 주말에 호수공원으로 놀러 가기로 손녀들과 약속했더니 손녀들은 매일매일 그날을 손꼽으며 기다리고 있었다. 그런데 일기예보에서 주말에 비가 많이 온단다. 나는 아이들과 같이 활동형이라 비가 와도 놀 수만 있으면 가는 게 좋겠다고 생각을 했다.

"란이야! 주말에 비가 많이 온대!"

"우산 쓰고 장화 신고 우비 입고 가면 되잖아요?"

'아하! 우리 란이가 우산을 쓰고 장화도 신고 물에서 실컷 놀아 보고 싶었구나!' 하는 생각이 스쳐 간다. 왜냐하면 유치원이 우리가 사는 아파트 바로 옆이라 비가 오더라도 비를 맞고 걸어 가거나 놀아 보는 경험을 하지 못했기 때문이었다. 그래서 조금 이라도 물이 고여 있으면 놀고 싶어 했었다. 생각이 거기에 이르 자 "그래! 그날 상황 봐서 웬만한 비라면 가도록 하자!"라며 가기 로 마음을 굳혔다.

토요일, 일기예보대로 비가 주룩주룩 제법 쏟아지고 있었다. 그래도 우리는 아침을 챙겨 먹고 약간의 간식을 가방에 넣고 출 발하여 호수공원 매점 근처에 차를 세웠다. 비가 주룩주룩 쏟아 지니 넓은 공원에서 흘러내리는 빗물이 내를 이룰 정도였다. 우 리는 그 물을 첨벙첨벙 밟기도 하고 킥보드를 타고 지나가기도 했다. 4월 비교적 따스한 날이라 물놀이하기엔 적격이었고 비옷 을 입어서 몸도 젖지 않았다.

그런데 어라! 저 앞에 평소에 보이지 않았던 뭔가가 보였다. 킥보드를 타고 가다 보니 저 앞에 천막이 크게 쳐진 거대한 무 대가 눈에 들어왔다. 아이들은 킥보드를 타고 그곳을 향해 나아 갔다. 비는 계속 쏟아지고 있었다. 지나가는 사람도 없었다. 우 리 셋만 비가 쏟아지는 넓은 운동장을 지나고 있었다. 무대 위로 오르니 비를 피할 수가 있었다. 아이들은 스케이트장을 누비는 선수들처럼 신나게 그 위를 누비며 논다. 출출하면 가방에서 간

호수공원 야외무대 위에서 쏟아지는 비를 바라보며, 2022년 4월

식을 꺼내 먹으며 쉬었다 달렸다 하였다.

잠시 비가 그쳤다. 무대에서 내려와서 놀던 란이가 저~만치 서서 무언가를 발견하고 나를 오라 손짓한다. 가 보니 의자가 놓인 공원 벤치 옆에 작은 도서관이 있었다. 아이들 책이 대부분이었다. 공원관리실에서 마련한 건지 공원에 자주 오는 누군가가 만든 건지 알 수 없으나 제법 많은 책이 색이 바랜 상태로 관리가 안 된 채 독자를 기다리고 있었다. 우리는 거기서 몇 권의 책을 들여다보다가 다시 무대 위로 올라갔다. 다시 우두둑 쏟아지는 빗소리를 들으며 손녀 둘은 스케이트 선수처럼 미끄러지듯 무대 위를 독차지하며 빗소리만 들리는 큰 무대 아래서 킥보드를 원 없이 타고 놀 수 있었다.

다시 비가 주춤해지자 초등학생 두 명이 무대 앞으로 다가와 놀기 시작했다. 우리는 집으로 가기 위해 무대를 내려와 차가 있는 매점 쪽으로 향했다. 계속 내린 빗물이 낮은 곳으로 내려와 제법 골이 깊은데 아이들은 더 신나게 장화 신은 발로 그 물을 첨벙첨벙 밟으며 빗속을 걸어간다. 아이들은 예상치 못했던 신나는 물놀이를 평지에서 안전하게 실컷 즐겼다. 사진도 많이 찍었다. 비가 오는데도 고집부려서 치마를 입은 손녀의 사진을 찍어보니 공주같이 예쁘다.

식물원

초복을 앞둔 무더운 날씨지만 즐거운 주말을 즐기고자 식물원을 방문했다. 세시에 퇴근하고 바로 손녀 둘을 하원 시켜 아이스크림을 손에 들리고 일동 식물원으로 달렸다. 시계가 네 시 반을 넘어서고 있었다. 다섯 시면 문을 닫는다. 그래도 주변 공원에 놀 곳이 있으니 늦었어도 생각한 대로 출발을 했다. 식물원에 들어서니 마감 시간이 임박해서 입장 불가란다. 멀리서 왔으니 얼른 돌아보고 오겠다며 쪼끔 우겨서 들어가 봤다. 정말 신기한 식물들이 많고 연못에는 색깔이 다양한 잉어도 많이 노닐고 있었다. 아이들은 신기해하며 무척이나 좋아한다. 아쉬움을 뒤

식물원에서, 2021년 4월

로하고 식물원을 빠져나와서 공원으로 가니 다양한 꽃들이 화려한 색깔로 자태를 뽐내며 벌과 나비와 사람을 유혹하며 날아다니는 게 보였다. 꽃이 많은 만큼 나비도 나풀나풀 날아다니는 게 많이 보였다.

꽃들을 충분히 구경하며 놀고 난 뒤 분수대를 가 봤다. 코로나 때문인지 분수대에서 물은 흘러나오지 않았다. 공원에 사람도 별로 없어서 우리가 놀기에는 좋았다. 손녀들은 조각품들을 일일이 안아보며 짧지만 신나게 오후를 즐겼다. 안산서 산 지 30년이 넘었어도 식물원 안으로는 들어가 보지 못했다. 그런데 손녀들에게 추억을 만들어 주기 위해서는 비록 몸은 힘들지만 감수하고 다니게 된다. 그렇게 신나게 뛰어노는 아이들을 보면 순간순간 힘든 것도 다 잊고 살게 된다. 즐거운 주말이었다. 손녀들이 살아가면서 이 자연 속을 거닐던 추억으로 아름다운 상상의 나래를 펴고 마음껏 자신을 사랑하며 살아갈 수 있기를 소망해 본다.

밀물과 썰물 체험

더위가 기승을 부리는 8월 초, 오전 독서 모임 토론이 끝나기 바쁘게 아이들이 먹을 것을 챙겨서 대부도로 떠났다. 입추가 지나면 바닷물이 차가워지기에 오늘이 마지막으로 바다놀이를 할 수 있는 시기이기 때문이다. 대부도 입구에 들어서면 솔밭이 있고 그 앞에 해변이 있는 걸 알기에 그곳을 목적으로 간 것이다.

바닷가의 한낮은 뜨거울 것이란 예상을 벗어나 해변은 우리가 놀기에 적당한 온도였다. 그러나 예상했던 모래 해변 대신 우리를 맞이한 해변은 바닷물이 빠져나간 썰물 갯벌이었다. 내가 잠시 실망하는 사이 아이들은 어느새 신발을 벗어 던지고 갯벌 속으로 뛰어가고 있었다. "할머니! 여기가 갯벌 맞아요?" "어떻게 알았어?" "유튜브에서 봤어요!" 큰손녀는 영상으로 보았던 갯벌을 직접 체험하는 게 너무 신기한 듯 신이 났다. "할머니, 촉감이 너~무 좋아요~" "꽃게 구멍이 있어요~" 아이들은 갯벌에서

대부도 바닷가에서 저 멀리서 밀물듯이　　같은 날 같은 자리인 대부도 바다
밀려오는 밀물을 바라보며　　　　　　　썰물에서, 2022년 8월

한참을 놀다 힘들면 모래 해변으로 나왔다. 누군가가 파고 놀다
간 모래 웅덩이를 더 크게 파서 그 속에 몸을 담그고 앉기도 하
고 눕기도 하며 일광욕을 즐긴다. 작은 손녀도 유튜브에서 본 대
로 해변 모래 위에 그림을 그려놓고 그 안의 모래를 손이나 장난
감으로 파내어 작품을 만들고 있다. '저게 아이들의 눈높이구나!'
실제 체험에 몰두하는 아이들을 보며 난 내 눈높이에서 바라보
며 감탄을 한다.

(2부)

　한참을 놀다 보니 저~멀리 수평선에서 바닷물이 밀려오는

게 보인다. 말로만 듣던 밀물 광경이다. 나는 그 광경을 가까이서는 처음 보았다. 우리 셋은 손을 잡고 물밀듯이 밀려오는 밀물을 맞이하러 바다를 향해 갯벌 위를 뛰어나갔다. 가는 도중에 손녀 둘은 놀러 나온 낯선 큰오빠들이 도구를 들고 게 잡는 모습을 보며 자기들도 해 보겠다며 처음 본 사람들과 스스럼없이 어울리기도 하는 모습을 보았다.

순식간에 물이 찬다고 해서 나는 무서운데 아이들은 좋아하며 겁 없이 물을 맞이하고 놀고 있다. 밀려온 물은 금방 발바닥을 적시더니 발등으로 올라오고, 발등에서 발목으로, 또 발목에서 무릎에 닿으려 한다. 이제는 아이들 손을 잡고 밀물을 뒤에 업고 해변을 향해 뛰어나가야 한다. 해변으로, 해변으로 우리는 뛰어나오면서 뒤를 돌아보았다. 물밀듯이 란 광경이 이런 거구나! 고요하면서 출렁출렁 물이 밀려오는 모습을 뒤돌아보며 해변을 향해 나왔다. 물이 차오르는 갯벌은 햇볕을 받아 따뜻해서 아이들이 온몸을 담그며 놀기에 너무너무 좋았다. 물이 차오르는 바다를 뒤로 하고 우리는 식당으로 가서 아점으로 바지락 칼국수를 시켜 허기를 채웠다. 그래도 대부도라 하면 칼국수가 유명하기도 하고 손녀가 칼국수를 워낙 좋아하기 때문이기도 하다.

집으로 돌아오는 차 안에서 우리는 선생님 놀이를 한다.

치유를 가져다준 일기장의 기적

"오늘 재미있었어요?"

"네~"

"갯벌 촉감은 어땠어요?"

"따뜻하고 부드러워 좋았어요~"

"왜 따뜻했을까요?"

"햇볕이 따뜻해서요~"

아이들의 티 없이 맑은 웃음과 이야기를 들으며 나의 마음도 바다에 뜨는 태양처럼 따뜻하게 붉게 물들어 올랐다.

* 놀고 온 그날은 몰랐다. 시간이 지나고 손녀들과의 글을 반복 읽어보고 정리하면서 알게 된 사실이 있다. 내가 어릴 때부터 엄마를 돕겠다는 생각과 가난한 환경에 적응하느라 마음껏 뛰어놀지 못해 상처로 남았던 내면 아이가 치유되면서 행복해하고 있었다는 것을 알면서 감사했다. 손녀들과 나의 내면 아이가 마음껏 뛰어놀았던 날이다. 그 또한 내게는 기적 같았다. 생각지도 못했던 선물이었다.

도토리 노래

도토리 노래가 있다는 걸 아시나요? 전 손녀들에게서 처음 들었어요. 가을이 되니 4살짜리도 6살짜리도 이 노래를 자주 부르더군요. 저도 자연히 조금씩 익혀 가는데 며칠 전에는 손녀들이 잠자기 전 누워서 "할머니! 도토리 노래를 부를 줄 알아요?"라며 불러 보라는 요청을 받았어요. 할머니는 이 노래를 잘 모른다고 했더니, 따라 불러 보라며 선창을 하네요.

"때굴때굴 때굴때굴 도토리가 어디서 왔나~

단풍잎 곱게 물든 산골짝에서 왔지"

손녀에게서 배웠는데, 이번엔 할머니가 도토리를 알밤으로 바꾸어 불렀지요.

"때굴때굴 때굴때굴 알밤이가 어디서 왔나~

단풍잎 곱게 물든 산골짝에서 왔지"

* 손녀들은 지난번 산에 가서 알밤을 줍기도 하고 밤의 가시를 벗겨 까기도 했어요. 다람쥐 먹으라고 알밤을 그냥 두고 왔던 추억을 떠올리며 이 노래를 부르면서 가을을 즐기고 삽니다.

가을 해변 모래놀이

더위가 물러간 지 한참이 지났고 어느새 낙엽이 물들기 시작하는 10월이 다 지나고 있었다. 애들 아빠도 애들 엄마도, 애들 데리고 바닷가 모래사장에 한 번 다녀오겠다는 말을 여름 내내

하면서도 날씨, 직장, 일정 핑계로 미루더니만 어느새 가을이 되었다. 애들은 언제 바다로 모래놀이 가느냐고 칭얼대며 기다리고 있다. 그런데 이제는 날씨가 제법 쌀쌀해져서 바닷가에서 모래놀이 하기가 좀 힘든 계절이 되었다. 이번 주가 지나면 추워서 올해는 못 가게 생겼기에 내가 용기를 내어 나섰다. 큰아들에게 같이 가자고 했다. 3살 5살이라 혼자 바닷가 해변에 데리고 가는 게 쉽지 않기 때문이다. 다행히 큰아들이 선선히 같이 가겠다고 했다.

회사 야유회 등에서 정해진 장소로 대여 버스 등을 타고 바닷가에는 가 보았어도 내가 스스로 놀기 위해서 바다에 가 본 적은 없었기에 어디로 떠나야 할지 몰라 고민했다. 그러다 수년 전 대부도 장경리에 위치한 해변의 모래사장이 좋았던 곳이 생각나서 그곳으로 가기로 정했다. 내비게이션에 장경리 해수욕장을 입력하고는 출발했다.

막상 바닷가에 도착해보니 이곳도 차량 단속이 심해 주차 공간이 있어도 함부로 주차 허용이 안 되고 단속 대상이 되고 있었다. 코로나가 온 세상의 발목을 묶어 놓더니 발목을 묶은 것은 여기도 마찬가지였다. 가장 불편한 것은 공중화장실이 닫혀 있는 것이었다. 나까지 여자가 셋인데 화장실이 안 보이니 난감했다. 주변을 살펴보니 식당 주차장들이 비어 있는 게 눈에 들어

해변에서의 모래놀이

왔다. 계절적으로 손님이 뜸한 계절이었던 것이었다. 넓은 식당 자리에 차를 세운 뒤 화장실을 다녀왔다. 주차비 대신 나갈 때 칼국수에 밥 먹고 가려고 작정했다.

처음에 해변으로 내려갈 때는 춥지는 않았다. 그래도 가을 바닷바람이라 따뜻한 잠바를 입히고 장화를 신겨서 갔다. 무엇보다 모래놀이를 편하게 실컷 놀게 하기 위함이었다. 가져간 모양틀로 모래를 찍어 성을 쌓기도 하고, 여러 가지 거북이 집을 만들어 쌓고 뭉개기를 반복하며 놀았다. 오후 3시를 지나니 제법 쌀쌀해지며 추워지기 시작해서 손녀들을 달래 집으로 가자

치유를 가져다준 일기장의 기적

고 해서 올라와 식당으로 향했다. 화장실에서 대충 모래를 씻고 나서, 칼국수에 해물파전을 주문했다. 란이는 칼국수를 좋아하지 않아서 밥 한 공기 주문해서 국물에 말아 밥을 먹고, 윤이는 칼국수를 무척 좋아해서 양도 어른만큼 한 그릇 거의 다 먹었다. 오늘 하루도 자연 속에서 실컷 놀고, 실컷 먹고, 즐겁게 보내고 무사히 집에 도착하였다. 하나님! 우리를 안전하게 지켜주셔서 감사합니다.

* 내가 어릴 때는 바다를 가 본 기억이 없다. 자라서 20대 전후 반에 처음으로 해운대 해수욕장에 놀러 갔는데, 끝없이 펼쳐진 파란 수평선이 바다에 대한 나의 첫 기억으로 남아 있다. 햇빛에 달구어져서 뜨거워진 모래를 밟으며 맨발로 걸었던 기억도 있다. 그 후로 가끔 찾았는데 특히 겨울에는 차가운 바닷바람이 볼을 스쳐 지나가는 느낌이 참 좋았다. 길에서 파는 고동을 사서 까먹으며 놀러 다니던 추억이 있다.

* 그러다가 어른이 되어 서해안 바다를 가니 해변이 얕고 물이 흙물이라 이게 바다인가 싶을 때가 있었는데 물에 들어가 놀기에는 참 좋았다. 해운대는 동해안이라 물은 맑고 좋은데 수심이 깊어 함부로 들어갈 수가 없었다. 지금까지도 해운대 바닷물에는 수심이 깊어 무서워서 발목 이상 담가보지 못했는데, 서해안 물에서는 여러 번 해수욕도 해 보고 해

변 산책도 즐겼었다.

* 손녀들과 같이 철 지난 바닷가에서 모래놀이를 하며 같이 즐기고 집으로 오면서 바닷가에 대한 추억을 떠올려 보았다.

웃어야지~

손녀들과 북적거리고 살다 보면 화나고 힘든 일보다 웃을 때가 훨씬 더 많다. 아이들이 얼마나 쾌활하고 밝은지 매일 하하 호호 깔깔거리며 산다. 아침에 깨우면 잠을 덜 자고 일어났을 때는 잠투정하느라 징징거리지만 잠이 깨면 금방 장난기가 나타난다.

방통대 가기 전까지의 생활 속에는 웃을 일이 별로 없었는데, 공부하는 동안 내 마음이 치유되면서 많이 밝아지면서 웃음이 많아졌다. 현재 손녀들과 살면서는 애들이 이뻐서 웃고, 말과 행동이 귀엽고 재밌어서 웃는다.

어디서 들었는지 말과 노래를 잘해서 "어디서 그런 말과 노래를 배웠어?" 물으면 큰손녀는 "유치원에서, 유튜브에서, 선생님한테서"라고 말하고, 작은 손녀는 "선생님한테서~~"라고 대답한다. 노래하거나 대답하는 그 모습을 보면 귀엽고 이뻐서 내가 소리 내어 웃기도 하고 소리 없이 미소를 지어보기도 한다. 때로는 일부러 웃기는 행동을 하며 "할머니, 웃어야지!"라고 의도적인 웃음을 웃으라고 한다. 내가 뻘쭘해서 "하, 하하하" 어색하게 웃으면 "그렇게 말고 아까처럼 웃어야지~"라며 다시 웃으라고 한다. 억지웃음이 어색하다고 표현을 하는 것이다. 그러면 다시 저절로 진짜 웃음이 자연스레 폭소로 터진다. 그러면 할머니 웃는 모습이 재미있는지 바라보며 "그래! 그렇게 웃어야지!" 하면서 다 같이 또 한바탕 웃고 나서야 웃음이 사그라진다.

* 살아오면서 소리 내어 크게 웃을 일이 많지 않았다. 그런데 손녀들의 이쁜 말과 이쁜 짓이 나를 조용히 웃게 하였고, 같이 살면서 울고 웃지 않으면 안 되는 일상을 살고 있다. 코로나가 지나가면서 우리네 일상의 삶에서 웃음을 가져가 버린 느낌이 들 때가 많았다. 만나지 못해서 우울하고, 웃지 못해서 우울하다는 사람들의 이야기를 들으면 가슴이 아팠다.
* 한창 자라는 손녀들의 재롱과 고집부리며 떼쓰는 생활 속에서 지지고 볶고 살고 있다. 힘들기는 하지만 이렇게 웃고 지내다 보면 참 행복이 잔잔하게 내 가슴에 찾아오는 걸 느끼며 감사하게 받아들인다. 할머니가 써 놓은 우리 일상의 글을 읽어주면 손녀들은 그때를 기억하며 다시 읽어 달라며 재미있어하고 좋아한다.

에필로그

아들이 14살 중학교 첫 등교 한 날 아버지와 아들이 크게 싸
웠습니다. 싸웠다기보다 술 취한 아버지에게 어리고 힘없는 아이
가 보호자인 아버지에게 가정폭력을 당하게 된 거지요. TV 뉴
스에 나오는 가정사의 큰일이 우리 집에서 금방 일어날 것만 같
은 상황이었어요.

정말 오랫동안 힘들었던 전쟁의 나날이었습니다. 그래서 남편
의 가정폭력이 왜 생기는지 알아보고 내가 살아있는 동안 그 폭
력을 끊으려고 결심했지요. 제가 택한 그 길은 가족 상담이었어
요. 상담을 받는 동안 엄마라는 자리가 얼마나 중대하고, 엄마
의 정서가 얼마나 중요한지를 알았습니다. 뒤늦게 엄마의 자리를
인정하고 나의 잘못을 알아가면서 많이 달라지려고 애썼습니다.

그렇게 시작한 길이 지금까지 이어지면서 조금씩 달라지는 저

치유를 가져다준 일기장의 기적

와 가족의 모습을 바라보고 있습니다. 이 세상 사는 게 마음이 너무 힘드신 분이 계신다면 돈과 시간과 염치를 잠시 내리시고 주변에 손을 내밀어 도움을 청해 보시면 지금보다 나은 행복을 만나시리라고 믿으며 응원하고 싶습니다. 그런 마음에서 용기를 내어 제 흙 덩어리 인생을 보여 드렸습니다.

일기장을 보며 과거로 가 보니 쓰다만 글도 많고, 마음 정리가 안 되어 제목만 써 놓고 아무것도 쓰지 않고 백지로 남은 날도 많음을 보았습니다. 일상의 희로애락을 꾸준히 써온 일기장이 있었기에 과거로 생생하게 돌아가 볼 수 있었으며, 트라우마를 치유하고 마음의 장벽을 무너뜨리는 기적도 볼 수 있었습니다. 아직도 미숙한 나 자신이고 아직도 부족한 엄마이며 아직도 무뚝뚝한 할머니이지만, 그래도 앞으로는 좀 더 괜찮은 사람이 될 거라 여기며 나 자신을 위로하고 토닥거려 봅니다.

이제 모든 것을 내려놓고 두 아들과 함께 사랑스럽고 이쁜 손녀들과 웃으며 재미있게 살아가려 합니다. 한창 벚꽃이 필 때 저의 가슴에는 평온의 꽃이 피었습니다. 수용이라는 마음이 제 가슴을 따뜻하게 해주고 있습니다. 올봄에는 벚꽃 구경을 안 갔지만, 제 가슴에 피는 평온한 꽃이 아름답게 보입니다. 이제는 세상이 참 따뜻하게 보이네요. 이 따뜻한 가슴이 식지 않도록 부지런히 저 높은 곳으로 한 계단 한 계단씩 올라가 보렵니다.

그동안 힘들어도 일기 쓰는 일을 포기하지 않았기에 저의 부족한 글이 치유의 꽃과 열매를 맺었습니다. 저같이 육아나 삶에 어려움을 겪고 계신다면 위로가 되고 도움이 되어서 조금 더 행복해지고 또한 행복에 가까워진다면 저에게 보람 있는 일이 될 것 같습니다.

'당신의 글을 읽으니 힘이 나네요.'라는 말을 듣는다면 더할 나위 없는 보람이 되겠습니다.

고맙습니다.

2023년 가을의 문턱에서 손혜선

10여 년간 써온 일기장

치유를 가져다준 일기장의 기적